002
스토리코스모스 소설선

002
# 스토리코스모스 소설선

스토리코스모스

| 차례 |

당신도 조심하시오 | 최이아　08
X에서 늙어 죽은 최초의 인간에 관한 보고서 | 조재민　37
티셔츠 | 장성욱　65
공동 | 임재훈　93
인디고블루 청바지로부터 | 이아타　117
나는 그것의 꼬리를 보았다 | 이시경　147
셸터 | 방성식　181
창(槍) | 박은비　205
그가 나무인형이라는 진실에 대하여 | 도재경　233
고독한 순환을 즐기는 검은 유체 | 김　솔　255
디에스 이라이 | 김덕희　293

리뷰 | 리뷰어　327

파동과 공명 새로운 융합형 소설들의 가능성 | 박상우　341

# 당신도 조심하시오

―

최이아

―

오동나무 관뚜껑을 박을 때 쓴 못은 무참히 휘어진 채 땅에 널 브러졌다. 그 주변에 흩뿌려진 황토에는 봉분에 입힌 잔디가 뒤섞여 있었다.
　손으로 관뚜껑 위에 있는 황토를 털었다. 잔디 덩어리가 무덤 안쪽으로 툭 떨어졌다. 그 옆에는 기다랗고 가는 반 원통 모양의 쇳조각이 흙에 반쯤 묻혀 있었다. 이것의 한쪽은 땅에 박을 수 있을 만큼의 날이 서 있었고 반대쪽은 나무 손잡이를 끼울 수 있는 것 같았다. 쇳조각의 용도는 모르겠으나 아무튼 이를 주워 갈색 서류 가방에 담았다.
　못이 뽑힌 관뚜껑은 궤 위에 비스듬히 올려져 있었다. 닫혀 있어야 할 공간에 생긴 틈으로 보이는 시체. 이 송장은 수의를 입고 있지 않았다.
　숙부는 아침에 경성전화국 교환원이 몇 번이나 잘못 연결했다면서 전화로 내게 씩씩거렸다. 난 숙부가 밤새도록 노름하다 돈이 필요해 다급히 연락했거니 했으나 그게 아니었다. "숙모의 수의가 벗겨졌다"라고 말하는 숙부의 목소리는 덜덜 떨렸다.

숙부는 폐병에 걸려 목숨을 잃은 숙모에게 올이 가늘고 빛깔이 으뜸이라는 안동포 수의를 마련해줬다. 이 수의를 장만했을 때의 숙부 표정은 살아 있는 숙모에게 옷을 선물할 때보다 더 뿌듯해 보였다. 그런데 무덤에 들어간 숙모의 수의가 벗겨졌으니, 숙부는 여러모로 분노와 치욕을 느끼고 있을 것이었다.

숙모의 두 손은 저항이라도 했었는지 가슴 바깥쪽으로 꺾여 있었다. 손가락을 꽉 움켜쥔 숙모의 손아귀는 살아있을 때보다 억세 보였다. 수의를 빼앗긴 숙모의 몸을 만지는 건 망설여졌으므로 관 밑쪽보다는 뚜껑 뒷면을 살폈다. 뒷면에는 한지가 한 장 붙이 있었다. 그 한지에는 귀신 귀(鬼) 자가 쓰여 있었다. 이게 원래 붙어 있었나? 죽은 사람의 넋을 달래려고?

"영산을 이리 파헤쳐서야. 쯔쯔쯔."

고개를 들자 밝은 갈색 중절모를 쓴 사내가 무덤 밖에서 날 내려다봤다. 그는 무덤 밖으로 침을 뱉더니 쪼그려 앉았다. 이 사내의 중절모 위로 한낮의 태양이 이글거렸다. 중절모 챙 끝에 맺힌 땀방울은 빛을 굴절시켰다. 난 눈을 가늘게 떴다.

"현장 보존 모르세요?"

사내는 내게 손을 뻗으며 말했다.

"하긴 아직 '과학 수사'라는 걸 알 리가 없지."

남자는 혀가 짧은지 '과학 수사'를 '가학 수사'로 발음했다. 내가 가진 상식이 아니었으면 잘못 알아들었을 수 있겠으나 그렇지는 않았기에 무슨 말인지 되묻지는 않았다. 어찌 됐든 그의 어투는 못마땅했으나 이 자의 손을 모른 척하기엔 민망했다. 내 오른손은 사내의 오른손을 덥석 잡았다. 사내의 손바닥에는 거친 굳은살이 박여 있었다. 전쟁에 나갔다 온 손 같았다.

"댁은 누구요?"

무덤 밖으로 나온 뒤 물었다.

"니와 소우타. 탐정이오."

숙부는 반나절 동안 많은 곳을 돌아다녔다. 그가 제일 먼저 찾아간 곳은 종로경찰서였다. 숙부는 절절한 목소리로 숙모의 수의 절도 사건을 신고했으나 경찰은 시국 사건 때문에 당장 수사에 착수하기는 어렵다고 했다.

세상 제일 억울하고 화가 나 있는 숙부에게 기다릴 시간 같은 건 없었다. 그는 종로경찰서에서 일하는 육촌의 소개로 그 부근에 있는 니와의 사무실을 찾아가 사건을 의뢰했다. 범인을 잡아서 자신 앞에 무릎 꿇려 달라는 의뢰였다. 과거와 견줘 괴이한 사건이 급격히 늘어나는 1929년의 경성에서는 조선인은 물론 일본인 탐정 사무소도 심심찮게 찾아볼 수 있었다.

"잡지에는 나중에 실으시죠."

니와는 무릎을 툭툭 터는 나를 보며 말했다.

"제가 누군지 아시오?"

"의뢰인의 조카 김묘성 씨 아니오? '이계천지(異界天地)' 편집장이라고 들었소만."

숙부는 내게 자신의 비통한 심정을 널리 알려달라고 했다. 기쁜 일이든 슬픈 일이든 뭐든 드러내고 싶어 하는 그의 품행상 숙모의 수의가 사라진 건 조용히 처리할 일이 아니었다. 알리고 퍼트려 관심의 초점을 자신에게로 끌고 오는 것. 그로 인해 어떻게 해서든 본인에게 이문을 남기는 것. 이게 숙부의 삶의 방식이었으나 잡지를 창간한 지 얼마 되지 않은 나로서는 그의 요청을 거절할 만한 요량은 없었다.

"어째서요?"

"제가 과학 수사라고 하지 않았습니까."

"무슨 뜻이죠?"

"지금 쓰면 마음대로 쓸 거 아니오. 그보다는 제 수사를 보고, 마감 시일을 좀 두고 쓰는 게 더 좋을 거란 말입니다."

'이계천지'는 기괴한 사건이나 옛것이든 새것이든 하여간 낯선 내용을 소개하는 잡지다. 예를 들면 미지국 사람들은 원숭이와 결혼하는 풍습이 있다거나, 경성에 사는 변태성욕자가 여인의 시신을 수집한다거나, 저 남쪽에는 처를 들이는 데 있어 남녀 구분하지 않는 문화가 있다거나, 시골 묘지의 시체가 하룻밤 새 모두 사라졌는데 이는 머리에 뿔 달린 귀신의 소행이라고 하는 자의 주장 등이 창간호에 실린 내용이었다.

나는 그의 말을 듣고 나서 머리를 긁적였는데 창간호에 실린 글 중 내 작의가 들어간 부분이 없다고 할 수 없기 때문이었다. 그의 용모와 복장을 다시 살폈다. 초승달 눈을 가진 니와의 어깨는 다부졌고 거친 손에는 할퀴었거나 베인 상처가 많았다. 바지는 일본군 군복처럼 허벅지가 펑퍼짐했으며 밑단은 발목까지 올라온 개량 군화에 들어가 있었다. 군청색 멜빵은 하얀색 셔츠 위를 팽팽히 조였다. 그런데 겉옷은 색이 밝은 갈색으로 화사한 게 모던 보이가 입는 것으로 보일 만큼 서구스러웠다. 새것이면서 익숙한, 옛것이지만 낯선 것들의 부조화.

왠지 그의 말을 더 들어볼 필요가 있겠다는 생각이 들었다.

"그 가학 수사로 보면 범인은 어떤 자인 겁니까?"

니와는 피식 웃었다. 니와는 내가 그의 부정확한 우리말 발음을 부러 따라 한 걸 알아챘으나 개의치 않았다.

"황토가 아직 마르지 않고 촉촉합니다."

그는 손가락으로 흙을 비볐다.

"범인이 무덤을 파헤친 시간은 무덤 일꾼이 이를 목격한 시간과 그리 떨어져 있지는 않을 겁니다. 그렇다면 묘지에 몇 시부터 사람들이 드나드는지 알았다는 건데요. 이건 여기를 와봤다는 뜻일 겁니다. 수의를 가져간 자는 김 씨네 선산 근처에 살거나 의뢰인 김시우 씨와 가까운 사이인 게 확실합니다."

니와는 말하면서 손가락을 휘저었다. 숙모 무덤 주위에 각목을 꽂은 뒤 노끈을 두르는 인부들에게 간격을 좁히라는 지시였다. 나는 입술을 씰룩거렸다. 니와는 날 보며 한쪽 입꼬리만 올렸다.

"성 과학에서는 이런 일을 변태성욕이라고 부릅니다. 욕구를 해소하지 못한 자가 죽은 여자의 수의를 훔쳐 그것을 푸는 거죠. 그렇다면 용의자는 젊은 남자일 가능성이 높습니다. 개중에서도 처가 현재 없으며 앞으로도 없을 가능성이 높은 남자들로 용의자 무리를 추리면 될 겁니다. 이밖에는 임질이나 매독, 성기 사마

귀를 앓은 적이 있는 사람들도 주요 용의자로 포함해야 합니다."

"그건 왜죠?"

니와는 나를 흘끔 올려다봤다.

"성 과학자 코무로 슈진은 조선인의 행실이 단정하지 못한 건 남색을 즐기는 풍습 때문이라고 밝혀냈습니다."

난 고개를 갸웃했다. 니와는 날 신경 쓰지 않았다.

"그러니깐 할 수 있는 게 남색밖에 없는 이들이 그 뜨거운 욕정을 마저 다 풀지 못하고 갓 매장된 여자 묘를 대상으로 하는 도착증이 범행 동기입니다. 이런 일은 개화가 늦어 문물을 제대로 이용할 줄 모르는 민족들에게서 많이 보이는 현상이죠. 제게는 그리 놀라운 일이 아니라는 겁니다."

큼큼 목을 가다듬은 니와는 손가락으로 인부들을 가리켰다.

"이것 보세요."

난 그의 손가락 끝을 따라 무덤 주위에 임시 울타리를 세운 인부들을 바라봤다. 이들은 가만히 선 채 추가 지시를 기다렸다.

"저 일을 몇 명이 하는 걸로 보입니까?"

숙부가 고용한 인부는 세 명이었다.

"범인은 한 명이 아니라는 겁니다. 변태성욕에 심취한 무리, 그러니깐 남색을 즐기는 동시에 여자의 물건이나 신체 일부에 집착하는 집단이라는 겁니다."

경성에서 제일가는 그로테스크 잡지를 발행하려는 포부를 지닌 나였으므로 니와의 말이 모두 생소한 건 아니었다. 오히려 용의자를 추리는 그의 논리에는 놀랄 만한 부분이 없지 않았다. 다만 그의 언변 중에 남색을 변태성욕으로 연결 짓는 건 동의할 수 없었지만, 이 자리에서 왈가왈부할 사안은 아니었다. 나는 그가 어떤 방식으로 범인을 찾는지를 잘 포착해 잡지에 넣으면 그만이었다.

'성 과학자 탐정이 시체 수의를 훔친 변태를 잡다.'

머릿속에서는 이미 다음 잡지에 넣을 글 제목이 잡히고 있었다. 선산을 내려가려는데 뒤에서 혀를 차는 소리가 다시 들렸다. 이 소리가 못내 멸시적으로 귀에 들어왔으므로 뒤를 돌아볼 수밖에 없었다. 니와는 두 손을 바지 주머니에 넣은 채 묘지에 또 한 번 침을 뱉었다. 나는 욱하는 감정이 참아지지 않았다.

"거참. 거기 그리 뱉는 거 아닙니다."

니와는 자신보다 비탈 아래쪽에 있는 날 내려다봤다. 그러면서 또 피식 웃었다. 그의 눈이 초승달보다 더 동그랗게 말렸다.

"이래서 단정하지 못하다는 겁니다."

"뭐요?"

"총독부에서 화장 취체 규칙을 발표한 게 언제 적인데 아직도 이렇게 조상의 선산에 목을 매는 겁니까. 후손 중에 병자가 생기거나 요절하거나, 또는 입신하지 못하는 게 어찌 조상의 묘를 잘 관리하지 못해서란 말입니까. 나야 의뢰니깐, 분묘 발굴은 엄연히 불법이니깐 이 관점에서 조사하긴 합니다만 이리 미개한 풍습을 언제까지 유지할 거요."

조금 흥분한 그의 조선어 발음은 또박또박했다. 조선인과 혈연으로 이어진 거 아닌가 하는 생각이 들 정도였다. 니와는 숨을 길게 뱉고 다시 말을 이었다.

"김시우 씨가 그렇게 화가 난 이유는 묏자리가 훼손당했기 때문인 겁니까? 아니죠. 죽은 처의 수의가 사라진 걸 마치 살아있는 아내가 겁탈당한 걸로 생각하니 그렇게 화가 난 겁니다. 송장에서 수치를 느끼는 거죠. 웃지 않을 수가 없습니다. 산 자의 세계와 죽은 자의 공간을 구분하지 못하는 게 조선인의 현실이라는 겁니다."

나는 한걸음 올라섰으나 내 발바닥에는 힘이 실리지 않았다. 니와가 한 말 중 끄트머리 부분은 그가 옳다는 생각이 들었기 때문이다. 숙부는 썩어가는 피부에서 산 자의 살결을 찾았다.

"삶과 죽음의 경계가 어디 칼로 무 자르듯 잘린답니까."

나는 내 안에 남아있는 불쾌한 감정을 억지로 끌어올렸다.

"우리의 인식이 우주 만물에 모두 이른다고 자신할 수 있는 겁니까. 이계나 사후 세계가 우리가 사는 세상과 연결되어 있지 않다고 자신할 수 있냐고요. 하물며 일본인이 조선에서 한 짓을 모두 '과학적'으로 설명할 수 있으면 해보세요."

말하면서 점차 씩씩댔다.

"죽은 자의 기억을 통해 산 자들이 서로를 연결하는 게 바로 전통이라는 겁니다. 내 안에는 나뿐만 아니라 가족과 조상이 함께 있는 걸 깨닫는 거라고요. 당신이 이걸 압니까?"

니와는 눈을 일직선 모양으로 만든 뒤 나를 쳐다봤다. 그의 얼굴에서 웃음을 찾아볼 수는 없었으나 그렇다고 미안해하는 내색이 있는 건 아니었다.

"'이계천지' 편집장답군요. 조만간 찾아가겠습니다."

그는 이 말을 남기고 무덤을 살피기 위해 뒤로 돌았다. 니와의 뒤통수에 그의 미소가 보이는 것 같았다. 나는 아랫니로 입술을 깨물며 선산을 내려갔다.

무악동에 있는 선산에서 내려와 전차를 타기 위해 효자동 방향으로 걸었다. 찌는 듯한 더위에 가뭄까지 겹친지라 땅에서는 아지랑이가 피어올랐다. 이 아지랑이 사이로 머리를 빡빡 깎은 아이들이 폐품이 든 망태기를 메고 분주히 뛰어다녔다. 아이들의 머리에서는 땀이 비 오듯 쏟아졌으나 어느 하나 걸음을 늦추는 이가 없었다.

전차에 올라타 비어 있는 자리에 앉았다. 등을 돌려 창밖을 무심히 바라봤다. 방금 죽음을 보고 온 것이 맞는가 싶을 정도로 거리는 사람들로 번잡했다.

머리에 장독을 이고 가는 여인, 아래위로 너풀거리는 장식이 달린 양장을 차려입은 여자, 냉면 쟁반을 어깨에 얹고 자전거를 타는 남자, 곰방대를 빠는 갓을 쓴 노인, 양복 겉옷을 팔에 건 채 콧수염을 만지는 사내, 번득이는 눈으로 주위를 살피는 순경, 베레모를 삐뚤게 쓴 거간꾼, 부리나케 달려가는 아이들과 이를 뒤쫓는 상인. 이 모든 이들에게서 펄떡이는 생기가 보였다.

전차가 조선일보를 지나자 멍하니 창밖에 둔 시선을 안으로 돌렸다. 그다음 정거장인 종로에서 전차 밖으로 폴짝 뛰었다.

'이계천지' 사무실이 있는 허연 외벽의 2층 건물로 들어가 계단을 오르려는데 나무 우편함에 봉투가 꽂혀 있는 게 보였다. 겉봉에는 '投稿(투고)'가 빨간색 글자로 큼지막하게 적혀 있었다. 이제 2호를 낸 잡지에 투고라니. 기대감과 경계심을 동시에 안은 채 봉투를 들고 계단을 성큼성큼 올랐다.

열쇠로 사무실 문을 열자 더운 열기가 빠져나왔다. 창문을 열고 나서 봉투로 부채질하며 책상으로 향했다. 주머니칼로 봉투를 깔끔하게 뜯었다. 안에 들어 있는 원고는 꽤 두툼했다.

원고지 50매 정도 분량의 소설 제목은 '인귀'였다. 안 그래도 다음 호부터는 소설이나 시를 실어볼 마음이 있었으므로 첫 장을 넘기기 전부터 반가운 마음이 들었다.

어느 늦은 밤 인귀는 생전에 남자아이 관계를 즐겼나는 남자의 관뚜껑을 연다. 근데 그 안에 든 남자는 눈을 부릅뜨고 있다. 두 팔을 가슴에 모으고 있는 남자는 인귀에게 '죽어서도 방해하려는 게냐'고 소리치며 기다란 손톱으로 그를 할퀸다. 인귀는 단지 난 영생을 위해 당신의 뇌수를 먹으려 했을 뿐이라고 대답한다. 그러고 나서 인귀는 남자의 수의를 벗겨 몸을 뒤틀리게 한 뒤 뇌수를 먹는다. 그러자 궤의 밑 부분이 여닫이문처럼 열린다. 깊고 깊은 어둠 속으로 인귀와 남자가 동시에 떨어진다. 그러다 땅의 끝에 이르자 횃불이 보인다. 어른거리는 불빛을 통해……

머리털이 쭈뼛 섰다. 등에는 닭살이 돋았다. 창밖은 생경할 정도로 고요했고 전화기는 울리지 않았다. 원고의 첫 장으로 돌아갔는데 작성자 이름은 보이지 않았다. 봉투에도 원고를 '이계천지'로 보낸 이에 대한 정보는 없었다. 다시 결말 부분으로 갔다.

벌거벗은 시체들이 수의를 빼앗기지 않으려고 안간힘을 쓰는 게 보인다. 시체는 손이 꺾여도, 손가락이 부러져도 수의를 꽉 붙잡는다. 인귀는 수의를 빼앗는 존재를 거든다. 그러다 시체의 머리를 잡은 인귀는 '당신도 조심하시오'라고 말하며 소설은 끝난다.

소설 자체는 아주 특이하거나 괴이하다고 할 정도는 아니었다. 경성에는 이보다 더 그로테스크하고 괴기스러운 창작물이 숱했다. 더군다나 문장은 거칠었고 뜻을 잘못 알고 사용한 단어들도 꽤 보였다.

내가 글을 읽으면서 닭살이 난 건 오전에 보고 온 사건과의 유사성과 그로 인해 올라오는 불쾌감 때문이었다. 수의가 벗겨진 숙모를 보고 온 직후 텅 비어 있을 때가 대부분인 잡지사 우편함에 투고 원고가 놓여 있었다. 원고를 쓴 자는 나를 아는 것만 같았다. 마치 이 모든 게 누군가 계획해 놓은 것처럼 돌아가는 느낌이 전신을 타고 흘렀다.

책상에서 일어나 창밖을 내다봤다. 거리의 사람들은 유유히 걸었다. 시체는 보이지 않았다. 나무 우편함으로 달려갔으나 그 안은 텅 비어 있을 뿐이었다. 주변을 찬찬히 살펴도 다른 흔적은 보이지 않았다.

내 생각은 이 원고를 투고한 자는 내가 무얼 어떻게 하길 바라는 것일까로 흘렀다. 진짜 범인이 재미 삼아? 이런 걸로 쾌락을 느끼는 변태 성욕자? 날 향한 경고?

다시 사무실로 뛰어간 뒤 서류 가방을 더듬거렸다. 그 안에는 무덤에서 주운 쇳조각이 들어 있었다. 원고를 쇳조각 옆에 있는 '이계천지' 창간호 사이에 끼워 넣은 뒤 가방을 들고 청량리 대장간으로 향했다.

대장간하고는 스무 걸음 정도 떨어져 있었으나 뜨거운 열기 때문에 눈을 뜨기 어려웠다. 손으로 얼굴을 막고 간신히 한 걸음씩 뗐다.

망치를 든 메질꾼은 모루에 올려진 벌건 쇠말뚝을 두들겼다. 메질이 더해질수록 길지 않은 쇠말뚝이 끝은 점점 뾰족해셨다. 망치가 쇠말뚝을 때릴 때마다 불꽃이 일었다. 이 메질꾼은 내가 대장간으로 다가오는 걸 보고 나서야 메질을 멈췄다.

"무슨 일이시오?"

땀이 온몸을 적신 메질꾼이 내게 물었다. 이 사람의 상체는 갈비뼈가 드러날 정도로 야위었으나 팔뚝만큼은 굵고 다부졌다.

"이게 뭐에 쓰는 겁니까?"

기다랗고 가는 반 원통 모양의 쇳조각을 건네며 말했다.

메질꾼은 쇳조각을 이리저리 돌려보더니 옆 사람에게 귓속말했다. 이 옆 사람은 나를 흘끔 쳐다보더니 대장간 안쪽으로 걸음을 옮겼다. 메질꾼은 손에서 망치를 놓지 않은 채 나를 바라봤다. 걸음을 되돌려야 하나.

이때 대장간 가장 안쪽에서 화덕을 보던 사내가 내 쪽으로 다가왔다. 대장간 사람들은 사내를 대장장이라고 불렀다.

"뉘시오?"

"저는 어, 그러니깐 잡지사 편집장입니다."

대장장이는 내 용모를 찬찬히 살폈다.

"이게 뭔지는 왜 물으시오?"

그의 손에는 내가 메질꾼에게 건넨 쇳조각이 들려 있었다. 내가 자초지종을 차근차근 설명하자 그제야 대장장이의 굳은 표정이 한결 누그러졌다.

"이건 낙양삽입니다. 도굴하기 전 땅에 구멍을 뚫는 용이지요. 구멍을 통해 나온 흙의 상태를 보고 이게 팔 만한 묘인지 아닌지 판단하는 겁니다. 작고 날렵하게 생긴 것이 보아하니 고분 도굴용은 아니고 있는 집 자손들 묘를 파려고 만든 거 같네요."

"이걸 만드시나요?"

대장장이는 손사래를 쳤다.

"큰일 납니다."

화덕에서 불꽃이 흘러나왔다.

"도굴하다 귀신이 붙으면 그것이 대장간까지 쫓아온답니다. 대장간에 귀신이 들면 날붙이에 아주 요사스런 기운이 서립니다. 이 세상 것이 아닌 그 기운은 철을 녹여도 없앨 수가 없죠. 어서 가지고 돌아가시오."

그는 쇳조각을 내게 던지듯 주더니 뜨거운 열기를 내뿜는 대장간 안쪽으로 발길을 돌렸다. 메질꾼은 손에서 망치를 놓지 않은 채 날 응시했다. 이 자는 내가 당장 돌아가지 않으면 날 향해 저 망치를 휘두를 것 같았다. 나는 뒤로 걷다 넘어질 뻔했으나 이내 중심을 잡고 다시 걸었다.

"여봐요."

막 걸어가는 순간 대장장이가 날 불렀다. 그는 방금 메질꾼이 두드린 반 자 정도 길이의 쇠말뚝을 내게 던졌다. 가죽 가방으로 이 쇠말뚝을 받았다.

"가져가시오. 방금 담금질한 거요."

갓 달군 철이 귀신 내쫓는 데 사용되는 건 창간호에 실은 내용이었다. 대장장이가 이걸 내게 던진 의도는 명확히는 모르겠으나 대화를 더 하겠다는 의지는 그에게도 나에게도 없었다. 난 뜨뜻한 쇠말뚝을 가방에 넣은 뒤 대장간을 등졌다. 그러자 안도의 한숨이 아주 길게 뿜어져 나왔다.

낙양삽이 현장에서 발견되었다는 건 범인이 도굴꾼이란 얘기였다. 도굴꾼은 고급 수의나 돈이 될 만한 것을 되팔기 위해 묘를 팠다. 묘지 근처에는 토막집을 짓고 사는 이들이 많은데, 그중에 잡범이 있을 가능성이 높았다. 이런 생각을 하면서 안도의 한숨을 쉰 건 두 가지 이유 때문이었다.

첫 번째로는 범인이 동성애자라고 단정할 수 없을뿐더러 범행 동기가 성도착이 아니었다. 모르는 사람 이름을 들먹이며 성 과학이 어쩌고저쩌고 잘난 척하는 니와 소우타가 잘못 짚어도 제대로 잘못 짚었다고 나는 단정했다. 투고 원고는 미심쩍으나 총독부에서 직접 나설 정도로 분묘 발굴은 성행하는 범죄다. 그러니 비슷한 상상력을 가진 인간이 실제 사건을 본떠 글을 쓰는 건 얼마든지 있을 수 있는 일이었다. 또 일일이 따져보면 다른 점이 훨씬 많았다.

숨을 길게 내쉰 다른 이유는 귀신의 소행이 아닐까, 하는 의심을 떨쳐버릴 수 있었기 때문이다. '이계천지' 창간호에는 시체를 먹는 뿔 달린 귀신 이야기를 실었다. 봉화군에서 떠도는 소문을 전화로 듣고 쓴 내용이었다. 근데 숙모의 관에는 '귀(鬼)' 자가 붙어 있었고 니와의 눈초리는 음습했다. 내 아무리 '이계천지' 편집장이라 해도 숙모가 귀신에게 수의를 빼앗겼다고 생각하고 싶지는 않았다.

머릿속이 정리되자 입가에 미소가 지어졌다. 무악동 숙부의 집으로 곧장 향했다.

내 이야기를 듣는 숙부는 아랫입술을 삐죽 내밀었다. 그러면서 내가 그 앞에 늘어놓은 투고 원고와 '이계천지' 창간호, 낙양삽 조각, 쇠말뚝을 발로 밀었다. 그래도 내가 오늘 있었던 일들을 계속 이야기하자 헛기침을 요란스레 하며 고개를 돌렸다.

"뭐가 마음에 안 듭니까?"

"탐정이 하는 말과 다르구나."

니와가 먼저 다녀간 모양이었다.

"네 일은 범인을 찾는 게 아니다. 탐정이 하는 일을 잘 알리는 거지."

숙부는 에헴, 하고 큰기침을 내더니 상체를 내 반대쪽으로 돌려버렸다.

경솔했다. 숙부가 숙모의 묘 도굴을 화젯거리로 만들려는 이유가 무엇인지 생각하고 와야 했다. 난 숙부가 감정적일 거라고 예단했고 내 편견이 옳을 거라고 자신했다. 그러나 이보다 더 후회되는 건 그 앞에서 내가 느낀 분노와 안도, 그밖에 다른 감정들을 여지없이 드러낸 것이었다. 손가락이 움츠러들면서 손톱이 손바닥을 파고들었다.

"인과응보다."

숙부는 고개를 내 쪽으로 돌리지 않은 채 말을 꺼냈다.

"네 숙모는 참 살가운 구석이 없는 사람이었다. 수발만 들 줄 알았지 사내 만족시키는 건 젬병인 건지 모른 척하는 건지 도대체 속을 알 수가 없었단 말이다. 언제나 바싹 얼어붙어서 꼼짝도 안 하고 말이야. 내가 몹쓸 짓을 하는 것도 아닌데 말이다. 네 엄마의 간청만 아니었어도 진작에 이 성혼 박살을 냈을 텐데, 내가 참고 살아준 거다. 봐라. 이 나이에 자식 하나 없는 게 말이 된다고 생각하냐?"

그는 내 쪽으로 고개를 돌리며 한쪽 눈썹을 치켜올렸다.

"그런데 그게 다가 아니었더란 말이지. 너도 알지? 박 씨 말이야. 네 숙모가 그 여자랑 어릴 적부터 알고 지냈다길래 여염집 사람임에도 불구하고 식모로 들여줬더니 말이야. 글쎄 물을 마시러 새벽에 부엌을 갔는데 이것들 둘이…… 어휴, 내 차마 입이 떨어지지 않는다. 그거는, 그거는 하…… 숙모가 폐병에 걸린 것도, 변태 놈한테 수의를 뺏긴 것도 다 인과응보란 말이다."

숙부의 두 눈은 그 어느 때보다 번득였다. 그의 두 손은 차분히 턱을 쓰다듬었다. 내가 지금껏 숙부에게서 보지 못한 모습이었다. 이런 눈을 가진 그를 노름에다 술이나 마시는 잡배 취급한 나 자신의 어리석음에 치가 떨렸다. 그러면서 점점 숨이 가빠왔다. 긴장한 탓에 입이 잘 떨어지지 않았다.

"…… 어쩌시려고요?"

"이번에 그것들을 깡그리 다 잡아들일 거다. 육촌 경찰이랑 함께 아주 이 잡듯이 다 뒤져야지. 움직일 수 있는 순경은 다 동원할 거다. 다 잡아서 다시는 고개를 들고 다닐 수 없게 족쳐야지. 그래야 분묘를 파헤치는 변태 성욕자가 사라질 게 아니겠냐. 이건 시국 사건이 될 거다. 묘성아. 내가 하는 일은 분묘 발굴 범죄를 뿌리 뽑는 일인 동시에 네 숙모의 혼을 달래는 거라는 걸 너는 잘 알아야 한다."

방바닥에 늘어놓은 것들을 가방에 넣으려 잠금장치를 두 손가락으로 눌렀다. 딸각 소리가 방 안을 울렸다.

"근데, 나는 말이다."

"네?"

"네가 왜 그렇게 이 일에 흥분하는 건지 모르겠단 말이다. 혹시……"

"그 탐정하고는 처음 보는 사이가 아닌가 보죠?"

"당숙 때부터 알던 사람이라더구나."

나는 내 물건을 욱여넣은 가방을 들고 방을 서둘러 나서려 일어섰다. 그러다 한 가지 꼭 물어봐야 할 게 떠올라 걸음을 멈췄다.

"근데 관에 '귀' 자는 왜 붙인 겁니까?"

"귀? 뭔 귀? 이 귀?"

그는 귓불을 만지작거렸다.

"관뚜껑 안쪽에 한자 '귀' 자가 붙어 있던데요."

"그래? 모르는 일인데."

"…… 알겠어요. 일은 잘 처리할게요."

방문을 열고 숙부네를 부리나케 빠져나왔다. 내 손에 들린 서류 가방은 철그렁거렸다. 등 뒤에서는 내 이름을 부르는 소리가 메아리치는 것만 같았다.

내가 낙양삽의 용도를 듣고 안도했던 건 분묘 발굴 용의자가 동성애자로 특정될 때 경찰이 어디부터 뒤질지를 알기 때문이었다.

익선동은 내가 생각이 막힐 때 자주 찾는 곳이다. 이 동네 한옥 단지 거리에는 달그락거리는 돌이 깔려 있었다. 기와지붕의 처마 끝에 달린 모서리가 해진 수막새의 연꽃 문양은 운치를 잃지 않았다. 대문의 나비경첩은 문을 여닫을 때 괴상한 소리를 냈으며 돌담은 군데군데 무너져 있었다.

왕왕 보이는 무당집에서는 만신이 흔드는 방울 소리가 새어 나왔다. 찻집에서는 극작가와 시인들이 모여 도란도란 이야기를 나누었다. 선술집에서는 기생조합에서 일하는 이들이 현찰을 주고받으며 왁자하게 떠들었다. 과거와 현재가 동네를 감싸는 와중에도 큰 한옥을 허물고 새 건물을 짓는 미래를 향한 생동감이 없지 않은 동네가 익선동이었다.

이 중에서도 내가 자주 찾는 데는 한옥을 개량해서 만든 카페였다. 카페는 오후 늦은 시간에 열어 전차가 끊긴 뒤에도 문을 닫지 않았다. 이곳에 여급은 없었으며 손님은 모두 남자였다. 이들 간에 오고 가는 눈빛에는 남모를 기대가 한가득 들어있었다. 손을 맞잡고 잔을 드는 사내들은 그 누구의 눈치도 보지 않았다.

바에서 일하는 그에게 눈길을 주며 숨을 내뱉으면 답답했던 가슴이 뚫렸다. 마음에 두고 있는 그를 지켜볼 수 있는 이 공간에서 나는 더할 나위 없는 안식을 누렸다.

그러나 한편으로는 익선동 카페를 정보 순사들이 퇴폐 온상지로 언급하는 걸 모르지 않았다. 나 역시 잡지를 만들기 위해 종로서를 드나들다 익선동 카페를 알게 되었다. 숙부가 이 판을 짜놓은 거라면 경찰들이 카페에 지금 당장 들이닥친다 해도 이상할 건 없었다.

숙부네가 보이지 않을 만큼 멀어지자 익선동으로 곧장 달렸다. 무악동에서 익선동까지 쉬지 않고 달리면 40분 안팎이면 도착할 거리였다. 그러나 대기근이 난 한여름이었다. 음료나 빙수를 파는 이동식 노점은 보이지 않았다. 해는 뉘엿거렸으나 이글거리는 아지랑이는 사라지지 않으려고 온몸을 비틀었다.

내 숨은 총독부에 이르지 못한 채 한계에 이르렀다. 서류 가방을 열어 지갑을 살피고는 사직단 공원 옆 은행나무 밑에 서 있는 택시를 잡았다. 택시 기사는 내 용모를 위아래로 찬찬히 살피더니 별다른 말을 건네지 않고 달렸다. 숨을 가쁘게 몰아쉬면서 손수건으로 땀을 닦았다. 손수건은 금세 흥건해졌다. 창을 통해 들어오는 바람은 뜨거웠다.

익선동에 도착해서는 한달음에 카페로 향했다. 대문을 벌컥 열고 들어갔다. 영업을 시작한 지 얼마 안 된 카페의 분위기는 차분했다. 금테 안경을 쓴 남자는 눈을 테 위로 올리며 잔에 들은 위스키를 마셨다. 하얀색 나팔바지를 입고 백구두를 신은 자는 주변을 살피며 검은색 페도라로 한쪽 눈을 가렸다.

평소 같으면 이들의 복장과 움직임 하나하나를 관찰하며 감탄했겠으나 지금은 그럴 여유가 없었다. 난 단 한 번도 말을 걸어본 적 없는 바에 있는 그에게 다가서기 직전 뒤로 돌아 내 행색을 살폈다.

머리에서는 땀이 여전히 흘러나왔다. 손수건은 수분을 더는 흡수할 수 없는 상태였다. 엉덩이와 가랑이는 뭐를 지리기라도 한 듯 축축이 젖었다. 셔츠는 맨살이 비쳤고 하루 종일 휘두르고 다닌 서류 가방에는 어디서 묻었는지 알 수 없는 먼지가 덕지덕지 붙어 있었다. 손으로 머리칼을 쓰다듬었다. 땀에 젖은 머리칼에서는 비릿한 악취가 났다.

그러나 이런저런 상황을 재가며 대화를 시도할 때가 아니었다. 숨을 크게 들이쉬고 바텐더 쪽으로 걸음을 옮겼다. 남자는 언제나 그렇듯 몸에 착 감겨 있는 흰색 셔츠에 폭이 넓은 파란빛 넥타이를 매고 있었다. 그는 날 보더니 입술을 살짝 벌렸다. 남자의 표정 변화를 본 건 처음이었다.

"지금 나가셔야 해요."

"네?"

그는 수건으로 투명 유리잔을 닦는 걸 멈췄다.

"지금이요."

내가 재차 강조하자 바텐더는 희맑게 웃었다.

"지금은 곤란합니다. 보시다시피 가게를 연 지 얼마 안 돼서요. 이따가 다시 이야기하시는 건 어떠실까요?"

바텐더는 미소를 잃지 않으며 아주 정중하게 손으로 빈 탁자를 가리켰다.

나는 어찌해야 할지 판단이 서지 않았다. 오늘 내가 겪은 일을 구구절절 말해야 하나. 아니면 다짜고짜 경찰이 들이닥칠지 모르니 여기 있는 사람들 전부 피해야 한다고 소리쳐야 하나. 그럼 되레 나를 수상한 사람 취급하지 않을까. 이러지도 저러지도 못하는 상황 탓에 어느새 등줄기에서 한기가 솟아올랐다.

"그러니깐, 경찰들이…… 당신들이 잘못한 것은 아닙니다. 그건 아닌데, 숙모 묘가 파헤쳐졌는데 수의가 없어졌습니다. 시체의 수의를 훔친 범인으로 그게……"

말은 두서없이 뱉어졌고 남자의 표정은 차분해지다 못해 점점 굳어졌다. 나의 안식이자 뮤즈가 날 향해 짓는 냉소에 가슴이 아렸다. 난 땀에 젖었고 너저분했으며 헐떡이면서 동시에 추워했으며 또한 손은 부들부들 떨었다. 이런 나의 말을 바텐더가 차분히 들어줄 리 만무했다.

나도 모르게 그의 어깨를 잡았다.

"당장이요."

남자의 표정은 일그러졌다. 남자는 내 손을 쳐서 어깨에서 떨구려 했으나, 내 손아귀는 바텐더의 셔츠를 놓지 않았다. 남자의 셔츠 단추 하나가 떨어지더니 바 위를 굴렀다. 남자의 표정은 일그러지다 못해 이제는 험상궂게 변했다. 그는 내 뒤 너머를 보며 "여기요"라고 소리쳤다.

뒤를 돌아보니 경찰 세 명이 우리를 바라보며 문 앞에 서 있었다. 이중 가운데 있는 경찰의 모자에는 좀 더 큰 문양이 박혀 있었으며 허리춤에는 칼이 채워져 있었다. 다급해진 난 남자의 셔츠를 더 세게 잡아당겼다.

그 순간 우두둑 소리와 함께 남자의 셔츠에 달린 단추가 모두 뜯겼다. 단추들은 내 이마에 부딪히거나 검은색 바 위를 굴러다니거나 바닥으로 낙하한 뒤 통통 튀었다. 낯빛이 파래진 남자는 두 손으로 젖꼭지를 가렸다. 경찰 세 명은 우리 쪽으로 달려들었다. 나는 남자를 보호하기 위해 바 위를 풀쩍 뛰어넘은 뒤 두 손으로 그를 감쌌다. 그러면서 외쳤다.

"뒷구멍이 어딘가요?"

남자는 두 손으로 몸을 세게 감쌀 뿐 일어나서 뒷문으로 도망가려 하지 않았다. 그가 상황을 제대로 인지하지 못하는 게 너무 답답해 남자를 뒤에서 안아 번쩍 들었다. 내 바짓가랑이는 남자의 바지 뒷주머니에 닿아 있었다.

경찰들은 나를 따라 바를 뛰어넘었다.

결국 이렇게 되는구나. 아주 짧은 시간 동안 내 미련에 대한 통탄과 숙부에 대한 원망, 숙모를 향한 동질감, 나의 사랑과 좀 더 일찍 친해지지 못한 회한이 내 안에서 마구 소용돌이쳤다.

경찰은 나를 남자에게서 뜯어낸 뒤, 그가 아닌 나를 바닥에 엎드려 눕혔다. 이들은 무릎으로 내 등을 눌렀다. 난 숨이 쉬어지지 않았다. 목에서는 캑캑 소리만 나왔다. 팔은 뒤로 꺾였다.

그 순간, 익숙한 목소리가 들렸다.

"이게 바로 '과학 수사'라는 겁니다."

웃고 있는 니와는 내 얼굴을 보며 쪼그려 앉았다. 그의 군화가 내 눈에 들어왔다.

"당신은 김시우 씨와 가까운 사이죠. 그러면서 김 씨네 선산을 잘 알고 있을 뿐 아니라 여러 번 가봤고요. 사람들이 언제 선산에 드나드는지도 잘 알고 있죠. 그리고 제가 투척한 소설을 읽고 흥분할 정도로 거대한 욕정을 가슴 속에 품고 있습니다. 이것 보세요. 대낮에 공개된 장소에서 이리 대범한 짓을 할 정도로 남색을 밝힙니다. 이런, 가랑이가 벌써 젖어있군요. 성 과학이 밝힌 조선인 표본을 우리가 바로 눈앞에서 보고 있는 겁니다."

니와가 크게 웃자 같이 온 경찰들이 따라 웃었다.

"당신은 숙모에게 품은 변태성욕을 그녀가 살아있을 적에 풀지 못한 겁니다. 그래서 묘를 파헤쳐 시체와 수의에 대고 푼 거죠. 그렇죠? 끄덕이시는군요. 과학 수사란 게 바로 이런 겁니다. 이제 난 당신을 의뢰인 앞에 데려가 무릎 꿇릴 겁니다."

경찰들이 좌우 양쪽에서 내 몸을 들었다. 나는 소리를 지르며 온 힘을 다해 바둥거렸으나 꿈쩍할 수가 없었다. 니와는 요사스러운 초승달 눈으로 날 바라봤다. 난 그를 향해 욕을 뱉었다. 둔기 같은 것이 내 뒤통수를 가격했다.

정신이 들고 나서 상체를 일으켜 주변을 살폈다. 근처는 어두컴컴했다. 흙바닥을 더듬거리다 보니 서류 가방이 손에 잡혔다. 저만치에서는 불빛이 일렁였다. 눈이 어둠에 적응하자 그 불빛이 횃불이란 걸 알 수 있었다. 흙벽에 달린 횃불 밑에는 머리를 산발한 자가 쪼그린 채 어깨를 들썩였다. 검붉은 등에는 군데군데 털이 나 있었다. 이 자는 후루룩대는 소리를 요란스레 냈다.

이 낯선 광경에 집중하자 산발한 머리카락 위로 뿔이 두 개 솟은 게 보였다. 내가 헉, 하자 이 존재는 쪼그려 앉은 채 내 쪽으로 천천히 고개를 돌렸다. 씩 웃는 눈은 초승달 모양이었으며 콧구멍 옆으로는 송곳니가 올라와 있었다. 턱을 주무르는 큼지막한 손에는 할퀴었거나 베인 상처가 많았다.

"일어났수?"

이 존재가 내게 말을 걸었다.

"누구요?"

"나요. 니와 소우타."

가만 보니 눈과 손이 내가 오늘 아침에 만난 일본인 탐정 니와 소우타와 닮았다. 니와가 어째서 저런 모습인 건지 생각할 겨를도 없이 그는 내 쪽으로 성큼성큼 걸어왔다. 이 존재의 키는 니와보다 두 배는 컸다. 걸음이 땅에 닿을 때마다 그 진동이 내 엉덩이에 전해졌다. 나는 뒤로 물러날 생각을 할 수 없었다.

"당신이 니와라고요?"

"니와 가문 성의 이명이 오니(鬼)인 걸 모르셨소? 자료 조사를 그렇게 안 해서야 어디 '이계천지' 편집장이라고 할 수가 있단 말이요. 쯔쯔쯔."

나는 아무 말을 하지 못했다.

"오니란 별칭은 옛날 조선에서 벌인 전쟁에서 얻었지. 닥치는 대로 해하니 자연스레 붙더군. 그 이후로는 조선에서 신분을 바꿔가며 살았지. 여긴 참 재미있는 곳이거든. 본토로 돌아갈 생각조차 나지 않더라고."

오니가 웃을 때마다 횃불이 흔들렸다.

"관에 '귀'는 당신이 붙인 겁니까?"

떨리는 입술로 한 글자씩 내뱉었다.

"조선인의 장례 문화는 참 피곤해. 수의로 몸을 똘똘 말아 시신이 뒤틀리지 않게 하면 현계를 떠난 자들이 사후 세계로 넘어가기 전에 이계공간으로 데려오기 힘들거든. 그래서 관에 귀를 붙이는 거야. 이걸 붙이면 땅에 묻힌 육신의 죽은 넋이 약해지지. 그런 뒤 시신의 수의를 벗겨 뒤틀리게 하면 내가 손쉽게 그걸 이계공간으로 가져올 수 있는 거지."

횃불이 크게 일렁이자 오니의 뒤로 인간의 시체 더미가 쌓여 있는 게 보였다. 숙모인 거 같은 송장도 보였으나 확신할 수는 없었다. 시체는 모두 똑같은 위치에 구멍이 뚫려 있었다.

"당신이 얻는 건 뭐지?"

"영생."

"어디서?"

내 질문에 오니는 또 한 번 크게 웃었다.

"지금 질문은 '이계천지' 편집장다웠어. 현계와 사후 세계, 그리고 그 외 수많은 이계는 가느다란 끈으로 연결돼 있지. 내가 속한 계들 간에 연결된 끈이 끊어지면 난 어디에도 존재할 수 없게 되는 거야. 공간을 채울 수 있는 혼을 먹어 나의 이계를 확장하는 게 영생의 밑거름이라고 할 수 있지. 그래야 계와의 연결이 끊어지지 않는 거야. 이계에 이르지 못한 인간이 내 말을 이해하긴 어렵겠지만 말하자면 그렇다는 거야."

오니의 이 말에 익선동 카페의 바텐더가 생각났다. 그 남자는 내가 잡혀간 이후에 어떻게 되었을까. 나를 어떻게 생각하고 있을까.

이 순간 이런 생각이 나는 건 어쩌면 현실 감각이 둔해졌기 때문일지도 몰랐다. 내가 오니의 이계로 넘어온 건지, 아니면 아직 현세인 건지 분간할 수 없었다. 이를 바로 알 순 없다고 해도 적어도 사후 세계로 넘어간 건 아닌 것 같았다. 그렇다면 그 남자를 다시 만나 애끓는 마음을 풀어버릴 수 있지 않을까.

"나 같은 사람을 노리는 건 왜죠?"

이 말에 오니는 목젖이 보일 정도로 입을 크게 벌렸다.

"그건 내게 아무 의미도 없어. 내가 쉽게 데려올 수 있는 집단을 만들어 주는 건 너희들이야."

오니는 내 쪽으로 쪼그려 앉았다.

"자, 대화는 그만하고. 이제는……"

"여긴 현세죠?"

"그렇게 보이나?"

오니는 히죽 웃으며 주변을 두리번거렸다.

나는 오른손에 쥐고 있는 서류 가방을 오니를 향해 휘둘렀다. 가방은 오니의 두꺼운 어깨를 맞고 떨어졌다. 잠금장치가 딸칵 소리와 함께 열리면서 가방 안에 있던 게 쏟아졌다.

오니는 내 행동이 같잖았는지 팔짱을 낀 채 물끄러미 날 바라만 봤다. 그러다 오, 하면서 자신이 투척한 원고를 집어 들었다. 그의 얇은 눈이 원고에 가려졌다.

난 바닥을 구르는 이계천지 창간호 옆에 있는 반 자 길이의 쇠말뚝을 집어 이를 오니의 맨살 발등에 꽂았다. 오니의 두꺼운 발등은 갓 달궈진 쇠가 살에 닿은 것처럼 지져졌다. 발등 피부가 녹아내리면서 쇠말뚝이 점점 깊이 박혔다.

"이 하찮은 인간 놈이!"

비명을 지르는 오니의 눈빛은 푸르뎅뎅했다. 눈꼬리는 올라갔고 얼굴빛은 벌게졌다. 송곳니는 더욱 뾰족해졌다. 오니는 내 쪽으로 쿵쿵대며 걸어왔다. 쇠말뚝이 깊이 박힌 발등이 마침내 내 가랑이 사이를 밟았다.

내 등은 흙벽에 가로막혔다. 더는 갈 데가 없었다. 이때 등 뒤의 흙벽이 좌우로 열렸고, 나는 그 안으로 빠졌다. 오니는 나를 쫓아오지 못했다.

사방은 아주 밝았다. 나는 한없이 낙하했다. 머리칼은 흩날렸고 더는 더운 바람이 불지 않았다. 나는 여기에 처음 왔으나 알 수 있었다. 여긴 나의 이계다. 뭐든지 내 마음대로 할 수 있는 나의 세계!

| 참고문헌 |

「조선의 퀴어」 박차민정, 현실문화, 2018.

| 작가의 말 |

내가 있는 세계와 갈 수 있는 세계는 연결돼 있다는 생각을 한 적이 있다.

세계 간의 연결이 내 존재를 증명하는 논거이며,

계들 간의 연결이 끊어지면 나는 모든 장소에서 사라지고 만다.

이런 상상대로라면 나만의 물리적 공간을 만들어 세계와 이을 수 있지 않을까.

내가 원하는 건 뭐든 할 수 있는 나만의 세계.

단, 나만의 세계를 열기 위해서는 거쳐야 할 게 있다.

세계 간의 충돌에서 살아남는 것.

1929년 경성에서 벌어진 시체 수의(壽衣) 도굴 사건.

이 사건을 파헤치는 '이계천지(異界天地)' 편집장 김묘성을 쫓다 보면, 세계 간의 충돌이 무엇인지 볼 수 있다.

**최이아**
2023년 제6회 한국과학문학상 중단편 부문에서 「제니의 역」으로 우수상을 받으며 작품 활동 시작. 소설집 『이윽고 언어가 사라졌다』, 웹북 『랩에서 생긴 일』 『당신도 조심하시오』 『푸리앙』 『현실은 복제되지 않는다』 출간.

# X에서 늙어 죽은 최초의 인간에 관한 보고서

조재민

필립은 X에서 늙어 죽은 최초의 인간이었다. 그가 죽기 전까지 X에서 늙어 죽은 사람은 아무도 없었다. 이 보고서는 X에서 늙어 죽은 최초의 인간, 필립에 대한 기록이다. (시민기자: 카디)

### 1. 특파원

X에서는 그 누구도 늙어 죽을 수 없었다. X라는 곳 자체가 늙지 않기 위해 만들어진 세계였고 사람들이 죽음을 피해 찾는 곳이었기 때문이다.

필립이 X에서 죽어가는 과정을 확인하기 위해서는 그가 어떻게, 또 왜 X에 들어가게 됐는지를 먼저 살펴봐야 했다. 전 세계 사람들은 필립이 X에서 보여줬던 양보 없는 결기와 저항의식 때문에, 그가 원래부터 저명한 정치인이나 사회운동가였을 거라고 알고 있는 경우가 대부분[1]이었지만 실상 X에 들어오기 전까지 그는 한 종합일간지의 기자였다.

나는 그가 X에 들어오기 전부터 그가 작성했던 거의 모든 기사를 찾아서 분석해 보았는데, 뜻밖의 사실 하나를 발견할 수 있었다. 그건 우리가 필립에 대해 알고 있는 면모와는 너무나 다른 모습이었다. 그가 쓴 기사와 거의 똑같은 기사가 다른 언론사의 기자 이름으로 평균 15개에서 최대 28개까지 검출이 된 것이다. 그가 X에 처음 들어온 2029년 직전 3개년 치를 좁혀서 분석해 보면, 필립은 해당 기간 동안 자신의 이름으로 총 1,628건의 기사를 작성했는데 이는 주말을 제외하고 매일 2~3건의 기사를 썼다는 말이 된다.

나는 이것을 어떻게 해석해야 할지 고민했다. 그가 그만큼 사회 문제에 관심이 많아, 매일 엄청난 분량의 기사를 초인적인 역량으로 쏟아냈다고 봐야 하는 걸까. 수많은 언론사가 그의 기사를 토씨 하나 고치지 않고 베껴 쓸 만큼 가치 있는 기사를 그 정도로 생성해 낸다는 것이 현실적으로 가능한 가정인 걸까.

나는 2020년대 중후반에 활동했던 한국의 원로 기자들에게 이에 대한 자문을 요청했는데, 조금씩 뉘앙스가 다르긴 했지만 인터뷰를 요청했던 대부분으로부터 '충분히 있을 수 있는 일'이라는 답변을 받게 된다. 당시에는 트래픽이 높은 기사를 각 언론사에서 기계적으로 모방해 양산해 냄으로써, 웹상의 독자 조회수(광고 수익과 직결되는)를 타 언론사로부터 일부 가져오는 보도 방식이 흔했으며, 특히 2020년대 중후반에는 그러한 취재 관행이 절정을 이뤄, 똑같은 기사가 수십 개의 언론사 이름으로 배포되는 경우가 일반적이라고 했다.

필립은 그다음 해인 2029년 사내 특파원 모집 공고에서 X에 지원했다. 이는 그가 그간 기사를 공장처럼 찍어냈던 작업 방식에 오랜 기간 염증을 느껴왔고, 이에 대한 탈출구나 기자라는 자신의 직업에 대한 소명 의식 같은 것으로 X를 선택한 것이 아니겠냐는 추론을 자연스럽게 하게 만든다. 당시에만 해도 X는 대중들에게 익숙한 개념이 아니었고, X에서 발생하는 거의 모든 일들이 기삿거리가 되었으니 제대로 된 취재를 하기 위해서 X만 한 곳도 없었을 것이다.

그가 특파원 자격으로 X를 선택한 데는 한 가지 이유가 더 있었을 것으로 보인다. 그에게는 결혼한 지 7년 된 아내가 있었는데, 아내 역시 같은 신문사 기자로, 그가 특파원 신청 당시에는 난임 휴직 상태였다. X에서는 초기 정착자를 유치하기 위한 전략으로 베이비 패키지 프로그램[2]을 운영하였는데, 이는 X 내에서 부부의 임신 확률을 획기적으로 높여 불임부부에게 출산과 양육의 체험을 가능케 한 프로그램이었다.

필립은 X에서 각 언론사 특파원에게 지급된 X코인으로 정착 첫해에 베이비 패키지 프로그램을 신청한 기록이 있다. 당시만 해도 베이비 패키지 프로그램 신청비는 0.012 비트코인으로 (2029년 당시의 기축통화인 US달러 기준으로 10만 달러 수준) 특파원에게 인센티브로 지급된 1년 치 체류비에 맞먹는 상당한 금액이었다. 그가 베이비 패키지 프로그램에 얼마만큼의 관심이 있었는지를 짐작해 볼 수 있는 대목이다. 당시 필립이 X의 베이비 패키지 프로그램을 어떻게 받아들였는지는 정확히 알 수 없으나 그가 X에 특파원으로 신청한 주요한 동기 중 하나가 출산과 양육에 대한 간접 체험에 있었음을 알 수 있다.

## 2. X

결국 사업이라는 것은 사람들의 진짜 욕망을 찾아내고, 그 혹독한 욕망의 대가를 받아내는 것이다.[3] 2020년대 후반부터 2030년대 초반까지는 미국의 전기차 회사 테슬라가 초전성기를 구가하던 시기였다. 테슬라는 2026년 2세대 AI 시대의 도래를 알린, 완전자율주행차량의 상용화에 성공하며 벌어들인 막대한 수익으로 X를 준비하기 시작했다.

괴짜이자 천재 엔지니어였던 테슬라의 CEO 일론 머스크는 그가 이십 년 넘게 준비해 왔던 화성 이주 프로젝트가 처참하게 실패한 후 사업 재건을 위해 인간의 마지막 욕망은 무엇일지 고민하기 시작한다. 화성 이주 프로젝트[4]의 실패가 어떠한 기술적인 결함 때문이 아니라, 화성이라는 공간에 대한 이주민들의 환상이 반년 만에 꺼져버린 탓이라는 점에 그는 주목했다.

새롭고 놀라운 경험을 찾아 화성행을 택했던 대부분의 신청자는 이주 3개월 만에 지구에서의 평범한 일상을 그리워했다. 회사가 휘청거릴 정도의 막대한 수업료를 내고 머스크가 깨달은 것은 단순했다. 사람들이 원하는 것은, 저 멀리 있는 그 누구도 경험해 보지 못한 세계가 아니다. 사람들이 원하는 것은 지금 자기 눈에 보이는 것들이다. 사람들은 자기 주변의 것을 욕망한다. 그렇게 프로젝트 X가 시작되었다.

2027년 11월 테슬라의 투자자 설명회에 초청받은 투자자들은, 온라인 초대장에 적힌 문구를 보고 고개를 갸우뚱했다.

> 'Metaverse is a virtual world and X is a another real world.'
> (메타버스는 가상 세계이고, X는 또 다른 실제 세계이다.)

화성 이주 프로젝트의 실패 후 1년간 그 어떤 언론에도 모습을 보이지 않았던 머스크가 복귀하는 투자설명회 자리였다. 지금은 메타버스라는 말 자체가 고어(古語)가 되어버렸지만, 그때만 해도 X를 표현할 길은 메타버스라는 단어밖에 없었다. 투자자들은 1년 만에 등장한 머스크가 2020년 초반 반짝 관심을 받았던 메타버스 기술을 들고 왔다는 소식에 실망했다. 투자자 설명회가 예고된 일주일 전부터 언론에서는 머스크를 헐뜯는 기사들을 쏟아냈다.

> 'Old boy is back. Elon Musk Returns To Earth Leaving His Own Brain On Mars.'

(올드보이가 돌아왔다. 일론 머스크, 화성에서 지구로 돌아오다. 단 그의 뇌는 화성에 둔 채로.)

2027년 11월 17일. 머스크는 1년 만에 복귀한 투자자 설명회에서 X를 처음으로 공개했다. X는 머스크가 만들어낸 또 하나의 지구이자 세계였다. 그는 X가 지구생태계와 99.9% 똑같은 곳이라고 주장했다. 다만 우리의 진보된 기술력으로 X에서는 그 누구도 늙지 않을 것이므로, 모든 인간의 오랜 염원이었던 불사의 꿈을 X에서 이룰 수 있다고 말했다. 투자자들은 12분간 머스크에게 기립박수를 보냈다.

X는 인간의 다섯 개의 감각과 뇌에 인식 센서를 장착한 뒤, 개인 캡슐의 수면 상태에서 경험하게 되는 가상 세계였다. 당시에는 메타버스라는 이름으로 흔하게 체험할 수 있는 기술이었지만 그것은 어떠한 게임 속 상황이나 놀이기구 탑승, 미션 플레이 등 제한된 공간과 구역에서 정해진 등장인물들이 펼치는 일종의 상황극 같은 체험이었다. 하지만 X는 지구 자체였다.

지구생태계를 그대로 복사해 붙여놓은 것처럼 X 안에는 우리가 알고 있는 모든 것이 있었다. 뉴욕이 있고 도쿄가 있고 서울이 있었다. 판사도 있고, 미용실도 있고 교도소와 대학도 있었다. 에베레스트 산맥이 있고, 마이애비 비치가 있었다. 그곳은 또 하나의 지구였다.

X에서 생활하는 것은 무료였으나 구독료를 내면 받을 수 있는 서비스들이 있었다. 가장 대표적인 것이 안티에이징 옵션으로, X

내에서 일정의 구독료를 지급하면 자신의 젊은 모습을 계속 유지할 수 있었기 때문에, 사람들은 X를 영생의 공간이라고 불렀다.

머스크는 어떻게 X를 만들어낼 수 있었을까. 그것은 그가 2026년 상용화에 성공한 완전 자율주행차량의 작동 원리를 통해 추론해 볼 수 있다. 테슬라는 2020년대 초반 전기차 대량생산에 성공하면서 전 세계를 돌아다니는 자신들의 전기차를 통해 전 세계의 모든 도로와 교통신호체계, 각 교통상황에 따른 운전자들의 운전습관을 데이터화하여 수집해 나갔다. 이를 테슬라의 초고도화 된 대용량 정보처리 시스템인 도조 컴퓨터를 통해 딥러닝 하며 어떠한 교통 환경에서도 인간처럼 새롭고 창의적인 판단을 할 수 있는 알고리즘을 만들어낼 수 있었던 것이다. 머스크는 완전 자율주행차량의 대성공을 발판으로, 무한대의 데이터와 그것을 딥러닝 할 수 있는 슈퍼컴퓨터가 있으면 어떤 세계라도 만들어낼 수 있을 것이라고 확신했다.

그가 X 프로젝트를 본격적으로 시작하게 된 계기는 화성 이주 프로젝트 실패 직후였던 것으로 추측된다. 자신에게 향한 비난의 국면을 전환하고, 또 한 번 세상을 놀라게 할 계획을 세운 것이다. 그의 마지막 프로젝트인 만큼, 그 누구도 따라 할 수 없는 사업을 만들고자 했다.

X를 만들기 위해서는 두 가지가 필요했다. 무한대의 데이터와 딥러닝. 머스크에게는 세계에서 가장 뛰어난 딥러닝 시스템인 도조 컴퓨터가 이미 있었기 때문에 데이터만 있으면 됐다. 그는 어떻게 데이터를 수집하는지 알고 있었다. 자신도 있었다.

머스크는 X를 만들어내겠다고 세상에 발표한 뒤 바로 전 세계 사람들을 대상으로 컬렉터(Collector)를 모집하기 시작했다. 정식 명칭은 데이터 컬렉터(Data Collector). 컬렉터들은 시각, 청각, 미각, 후각, 촉각 등 다섯 가지의 감각과 뇌에 인식 센서를 심어, 세상의 모든 시청각 데이터와 그 감각들을 접한 순간의 뇌파 반응을 테슬라에 되팔았다.

컬렉터들은 6개의 칩을 몸속에 내장시킨 후 일상적인 생활을 하면 됐기 때문에 최저임금 수준의 비용을 제공했음에도 불구하고 컬렉터를 모집한 지 일 년도 되기 전에 일억 명이 넘는 사람들이 전 세계에서 X의 컬렉터로 활동하기 시작했다. 그들이 제공한 데이터들을 도조 컴퓨터에서 실시간으로 처리해 나갔다.

매일 인억 명의 컬렉터들이 하루 16시간씩 쏟아내는 시청각 데이터들은 실로 엄청났다. 그들이 제공한 데이터들을 바탕으로 X 안에는 실제와 똑같이 작동하는 세계가 빠르게 만들어졌다. 테슬라에서는 사람들뿐만 아니라 남미와 아프리카 초원의 동물, 독수리와 새에게까지 마구잡이로 렌즈를 부착해서 데이터를 수집했고, 테슬라 봇[6]을 바다에 침투시켜 바다 생태계를 통째로 복사했다.

X 안에 나이아가라 폭포가 생겼고, 그랜드캐니언이 생겼고 맨해튼과 서울이 생겼다. 사계절에 따라 변하는 자연 지형도 실제 세계와 거의 유사하게 꼴을 갖춰갔으며, 지구에서 우리가 보는 사람들과 그들의 행동양식, 패션, 반응을 똑같이 재연한 세상이 만들어지기 시작했다.

X는 급격하게 지구를 복사해 나갔다. 2027년 11월 머스크가 X 프로젝트의 시작을 알린 6개월 만에 전 세계에서 활동하는 컬렉터는 5억 명을 넘어섰다. 머스크는 천재적인 엔지니어이기도 했지만 탁월한 사업가였다. 머스크는 X를 만들어내면서 동시에 X에서 사용할 수 있도록 설계된 X코인[7]을 만들어냈고, 수억 명에 달하는 컬렉터들의 비용을 자신이 무한 발행할 수 있는 X코인으로 지급했다. X가 지구를 대체할 것이라고 믿는 사람들은 X코인이 마지막 남은 그들의 부의 사다리라고 생각해 X코인에 대한 투기열풍을 만들어내기도 했다.

2028년부터 X는 최초 지구생태계와 구분할 수 없을 정도로 모든 감각을 체험할 수 있는 세계로 진화한다. 2028년 존스 홉킨스 대학 연구진이 참가자 1,096명을 대상으로 한 실험[8] 결과, 참가자 중 24%인 263명이 최초 지구생태계와 X를 구별하지 못했으며, 심지어 참가자 중 11%인 120명은 X에서의 감각이 더 현실과 가깝다고 응답하기에 이른다.

2029년이 되면서 머스크는 본격적으로 X로의 이주를 홍보하기 시작했다. 내가 보고 느끼고 욕망하는 이 세계와 똑같은 곳에서 영생할 수 있다는 사실은 사람들의 욕망을 자극하기에 충분했다. 머스크는 전 세계인을 상대로 더욱 공격적인 마케팅을 진행해 나갔다. 그중 하나가 각 언론사의 특파원들을 활용하는 전략이었다. 보통 특파원이라 함은 해외에서 2~3년간 근무하면서, 타지에서 일어나는 일을 현장에서 직접 취재하는 것을 말하는데, X는 각 언론사가 기자들을 X로 파견해, 그 세계를 취재해 기사화해

주기를 바랐다. 2029년에는 X가 거의 모든 언론사의 최대 광고주였기 때문에 X의 특파원 요청을 거절할 수 있는 언론사는 없었다.

필립은 2029년 3월, 아내의 손을 잡고 한국 서울에 있는 경기도 성남시의 판교 테크노밸리 X 센터를 찾아간다. 3일간 X 센터 내에서 체류하며 신체에 영양분을 공급할 의료 호스를 삽입하고, 다섯 가지 감각과 뇌에 X 호환 센서를 장착했다. 팔과 다리 및 관절 곳곳에 X에서 체류하는 동안 근육이 굳지 않게 자극을 줄 특수 장비들을 부착했다. X에서 수십 년을 체류하게 되면 결국 신경과 근육은 노화하겠지만, 뇌세포의 활성화를 통해서 X 내에서는 젊고 건강한 신체를 유지할 수 있다. 이미 2024년 초반부터 머스크는 자신이 CEO이자 대주주로 있는 뉴럴링크를 통해 인간의 뇌에 칩을 이식하는 데 성공했으며, 뇌세포의 자극을 인식하고 해석해 냄으로써 신체를 움직이게 할 수 있는 기술력을 보유하고 있었다.

필립은 아내와 함께 X 센터 내의 개인 캡슐에 들어갔다. 곧 뇌파와 다섯 개의 감각 센서는 X의 엔지니어 센터와 연동되며, 필립의 X에서의 삶이 시작되었다.

## 3. 염전 노예

필립이 X에서 어느 정도의 인지도를 쌓게 된 계기는 그가 X에 정착한 지 만 2년째 되던 해인 2031년, 그가 'X의 염전 노예들'이라는 기획 기사를 써내면서부터였다. 그 기사는 그가 X에 정착한 후 2년 동안 수집한 자료와 사람들을 인터뷰한 내용을 바탕으로 야심 차게 써낸 고발 겸 폭로기사였다.

필립이 집중적으로 조망한 사람들은 X 세계를 만들어준 컬렉터들이었다. X에서 모든 사람이 선택하는 안티에이징 옵션에는 비용이 있었다. X에 오는 사람 중에 안티에이징 옵션을 선택하지 않는 사람은 없었다. 최초 지구생태계를 두고 X에 오는 사람들의 목적 자체가 영생이었기 때문에 당연한 결과였다. 필립은 특파원이었기 때문에 X에서 체류비가 제공되었지만, 그 외 많은 사람이 안티에이징 옵션 구독료를 내기 위해 일을 계속해야 했다. 그중 일부는 X에서 미용사나 식당 서빙을 하며 X코인을 벌었다. 다른 이들은 여전히 지구의 데이터를 수집해 X에 되팔아 코인을 버는 데이 컬렉터[9]로 활동했다. 이들은 지구에서 데이터를 수집해 번 돈으로 X에서 젊은 신체를 유지하며 생활했다.

X는 여전히 개발 중이었고 세계 곳곳의 데이터가 필요했기 때문에 컬렉터에 대한 수요가 있었다. 문제는 이미 수년간 수억 명의 컬렉터를 통해 지구 대부분의 시청각 및 촉각의 감각 데이터들이 수집된 상태였기 때문에 더 이상 일상적인 데이터는 X에게 수집 가치가 없었고 희귀한 경험과 데이터만 되팔 수 있었다. 이런 경험들은 대부분 살인과 폭행, 강간과 같은 강력범죄 시에 분출되는 감각 값이었다.

필립은 이에 대한 근거로 자신이 만난 네 명의 컬렉터와 데이터값을 수집한 에이전트(전 X 직원)의 인터뷰 내용을 실었다. 그리고 X에서 희귀 데이터값이 본격적으로 수집되기 시작한 2030년과 2031년에 급증한 최초 지구생태계에서의 강력범죄 사건 발생 빈도를 근거로 제시했다. 필립은 이런 컬렉터들을 소금을 채취하기 위해, 섬에 감금되어 진종일 노예처럼 일을 해야 했던 한국 신안 섬의 염전 노예(Salt Slave)에 비유했다. 이들에게는 소금이 데이터였고, 신안 섬이 X였다.

기사의 파장은 어마어마했다. 필립도 어느 정도 예상은 하고 있었다. 자신이 근무하는 신문사의 최대 광고주이자 자신이 몸담고 있는 이 세계 자체인 X를 상대로 무지막지한 폭로전을 쏟아낸 대가에 대해서 말이다. 그는 이 기사를 내면서 동시에 X에서의 생활을 정리하고, 최초의 지구생태계로 돌아가 새로운 삶의 기회를 찾아볼 계획을 세우고 있었다. 기지 생활도 정리할 생각을 했다. 지난 2년간 자신이 포착한 X의 부조리에 대해 작성한 조각 기사들이 번번이 신문사 데스크에서 반려 당하며, 원활한 취재 활동을 못 한 것에 대한 허탈함과 무력감도 컸다. 최초 지구생태계로 돌아간 후 시민언론이나 대안언론을 만들어 뜻이 맞는 전 세계의 기자들과 함께 X의 부조리에 대한 취재를 이어가겠다는 야심 찬 소신도 품고 있었다.

하지만 필립의 아내 생각은 조금 달랐다. 아내도 기자였던지라, 필립이 X에 대한 폭로기사를 준비하고 있다는 사실을 대충 눈치채고 있었다. 다만 필립과 그의 아내는 X의 초기 정착 프로그램인 베이비 패키지 프로그램을 통해, 결혼 후 7년 만에 아이가 생겼다. X에서 경험하는 모든 감각은 최초 지구생태계의 무한 데이터값을 바탕으로 창조되었기 때문에 모든 경험이 지구의 것과 동일했다. 다만, 베이비 패키지 프로그램을 통해서, 임신의 확률이 높아져 아이를 가질 수 있었던 것이다.

필립의 아내는 X에서 산부인과를 다니며 아이의 심장 소리를 들었고, 배가 불러오면서 입덧까지 했다. 10개월의 임신 기간을 통해 똑같은 출산의 고통을 겪으며, X 이주 만 1년이 되던 해에 아들을 출산하게 된다. 필립과 아내의 데이터를 분석해 가장 근접한 확률의 DNA와 생김새를 갖춘 아이가 태어난 것이다. 그 아이 또한 엄마의 모유를 먹고, 배앓이를 했고 3개월이 넘어가면서 뒤집기를 했다. 밤에 열이 나면 필립이 응급실에 데려갔고, 쉽게 잠이 들지 않을 때는 한 시간이 넘게 필립과 아내가 교대로 자장가를 불러주기도 했다.

필립이 X에 와서 베이비패키지 프로그램을 신청한 것은 육아에 대한 체험이나 호기심 차원이었다. 이후 그러한 경험을 바탕으로 특파원 생활이 끝나면 다시 최초 지구생태계로 돌아가 난임 시술을 이어가며 진짜 아이를 가질 생각이었다. 하지만 그들의 눈앞에 보이는 것은 체험 이상이었다. 필립과 아내를 쏙 **빼닮**은 그 아이는 그 누구보다 진짜 같은, 너무나 사랑스럽고 기특하고 예쁜 아이였다.

필립은 아내와 이 문제에 대해 계속 이야기를 나눴다. X에서의 삶도 있고 아이도 있지만 이것은 다 기존의 데이터를 기반으로 만들어진 가짜 세계이고 자신들은 결국 최초 지구생태계로 돌아가야 한다는 점에 대해 공감했다. 자신들에게 주어진 이 아이 또

한 자신들을 닮아서 사랑스럽고 예쁘지만 가짜라는 것을 잊지 말자고 했다. 이들은 너무 미래에 매몰되어 현재를 외면할 필요 또한 없으니, 자신들이 이 아이와 함께하는 시간 동안에는 이 아이를 진짜라고 생각하고 아이에게 최선을 다하자는 데 뜻을 같이했다. 그래서 그들은 그들이 연애 시절 함께 영화로 보았던 '죽은 시인의 사회'에 나왔던 '카르페 디엠'(현재를 잡아라)이라는 말을 줄여 아들 이름을 '카디'라고 지었다.

필립이 X에 대한 폭로기사를 터트리기 한 달 전이었다. 새벽에 필립이 아내의 울음소리를 듣고 잠에서 깨 거실로 나갔을 때였다. 아내 또한 필립이 폭로기사를 터트리면 최초 지구생태계로 다시 돌아가야 한다는 사실을 알고 있었다. 아내는 카디를 안고 소파에 앉아 울면서 필립에게 말했다. "나도 다 알아. 우리 눈앞에 보이는 모든 것들이 다 가짜라는 것을 안다고. 그런데 그렇게 생각하면 견딜 수가 없어. 그럼 카디도 가짜라는 말이잖아. 그것만은 받아들일 수가 없어. 나에게 있어서 카디는 진짜 내 아들이니까."[10]

필립의 폭로기사가 나간 후 X에서는 하루도 지나지 않아 반박 기사를 냈다. X에서는 그 어떠한 형태의 불법적인 데이터도 수집하지 않으며, 공식적인 X 센터가 아닌 특정 에이전시를 통해 희귀 데이터를 수집하는 그 어떤 형태의 지하 시장도 존재하지 않는다고 밝혔다. 기사에 나온 인터뷰이가 모두 익명 처리되어 진술 내용의 진위를 확인할 수도 없으며, 제시된 지구의 강력범죄 증가는 최근 많은 선량하고 합리적인 대중들이 X로 이주하면서

도태의 수순을 밟고 있는 최초 지구생태계의 자연스러운 모습이라고 반박했다. X에서도 지구와 동일하게 폭력과 살인 등 강력범죄가 발생하고 있으나 범죄자들이 범죄 순간에 느끼는 감각은 기존의 X 생태계에 누적된 데이터값 사이의 연산과 조합으로 충분히 창조해 낼 수 있으므로 특수상황(특히 강력범죄, 도박 등)에 대한 별도의 감각값을 추가로 수집할 필요도 느끼지 못하고 그럴 필요도 없다고 덧붙였다. 이와 동시에 X는 필립이 속한 신문사에 광고 의뢰를 중단했고, 필립과 신문사에 각각 천문학적인 금액의 손해배상을 청구했다.

X가 필립을 고소한 다음 날, X의 책임 엔지니어였던 제프리[11]가 필립의 집으로 찾아온다. 제프리가 찾아온 후 필립은 돌연 지구생태계로 돌아가지 않고 X에 남겠다고 선언한다. 아내는 필립에게 왜 갑자기 마음을 바꾼 것인지, 도대체 제프리와 어떤 대화를 주고받았는지 끈질기게 물어봤지만 필립은 끝끝내 자신의 아내에게조차 그 이유를 밝히지 않는다. 결국 이날의 대화 내용은 필립 사후, 필립의 장례식장에서 처음으로 밝혀지게 된다.

## 4. 버그

필립이 갑작스럽게 X에 남게 되면서 그는 X에서 처음으로 경제적인 어려움에 봉착하게 된다. 필립이 몸담았던 신문사에서는 필립을 해고했다. 필립이 신문사의 보고 체계와 데스크의 승인

없이 배포한 기사로 신문사의 명예가 실추되었고, 막대한 경제적 손실을 입게 되었으며 필립이 기사 작성 과정에서 사실관계를 명확히 확인하지 않아 기자 직업윤리를 위반했다는 이유 때문이었다. 실업자가 된 필립에게 당연히 X에서 신문사 특파원에게 지급했던 체류비도 지급되지 않았다. 필립은 당장 일을 해야 했다. 가장 목돈이 들어가는 것은 안티에이징 구독료였다. X에서 필립에게 막대한 민사소송[12]도 제기한 상태였고 그것의 일부도 필립의 채무가 될 것이었다.

필립은 소속 없는 시민기자로서 X의 내부 부조리를 파헤치는 취재를 계속 이어갔다. 취재한 기사를 X에 있는 자신의 SNS에 올렸고, 자신을 지지하는 몇몇 사람들로부터 후원을 받으며 생계를 이어 나갔다. 문제는 매년 비용이 치솟는 안티에이징 구독료였다. 안티에이징 구독료는 매년 10% 이상씩 상승해서, X에 거주하는 시민들이 지출하는 부담 중 주거비 다음으로 높은 고정 지출이 되었다.

개중에는 안티에이징 구독료를 연체하거나 미납하는 사람들도 있었다. 하지만 연체된 구독료는 자동으로 대출과 연동되어 개인 채무로 전가되었다. 그럴수록 사람들은 더 많은 시간을 X에서 일하거나 지구생태계와 X 사이를 넘나들며 데이 컬렉터로 활동해야 했다. 그럼에도 불구하고 안티에이징 구독을 취소하는 경우는 없었다. 지구생태계 대신 X로 이주한 사람들의 목적은 영생이었기 때문에 X에 살면서 안티에이징을 신청하지 않는 경우는 없었다. 그럴 바에는 그냥 최초 지구생태계로 돌아가면 그만이었기 때문에, X에 살면서 안티에이징을 구독하지 않는 경우의 수는 성립될 수 없는 조합이었다.

필립은 시민기자로서 취재를 이어가면서 더 많은 X의 부조리를 발견하게 된다. X에서는 이미 탈중앙 정책[13]을 이주민들에게 천명했지만 필립은 그 말을 믿지 않았다. 필립이 시민기자로서 천착했던 문제는 X의 명의도용 문제 등 X에서 자행된 자본가들의 특혜와 관련한 문제들이었다. 필립 사후 X의 책임 엔지니어였던 제프리의 양심선언으로 필립이 제기한 많은 문제가 사실로 밝혀지게 되었고, 오늘날 수십 개의 회사가 X와 유사한 서비스를 제공하며 독보적이었던 X의 영향력이 위협받기 시작한 것도 필립의 고발 기사가 그 출발점이었다. 당시에만 해도, X 세계에 대한 존재와 영향력은 절대적이었고, 그 누구도 X의 경쟁사나 대안 서비스에 대해 상상할 수 없었다. 그만큼 X가 가진 권위와 지배력이 그 어느 때보다 완고했던 시기였다.

X 운영의 제1원칙은 최초 지구생태계와의 동일체 원리였다. 지구생태계에 한 사람이 하나의 생명을 가진 것처럼 X에서도 한 사람이 한 개의 생명만을 가질 수 있었다. 그가 X에서 교통사고를 당해 죽게 되면 개인 캡슐에 잠들어있던 해당 인원의 센서들이 오프라인 상태로 변하고, 그는 최초 지구생태계로 돌아가 다시는 X로 출입할 수 없었다. 지구생태계에서 한 생명의 가치가 소중한 만큼 X에서도 한 생명은 소중해야 했다.

필립은 최초 X에 투자했던 투자자들을 비롯하여 일부 자산가들에게 X에 출입할 수 있는 수십 개의 가상 명의를 개설해 주어 그들이 윙슈트 플라잉이나 암벽 등반 등 익스트림 스포츠를 거리낌 없이 즐기며 살아가고 있다고 주장했다. 심지어는 살인 등을 취미로 저지르기도 하는 등 X 내에서 수십 개의 목숨을 활용하여 X를 자기들 무법천지의 놀이터이자 휴양지로 사용하며 불사조처럼 생활하고 있다고 폭로했다.

필립이 제기한 의혹이 필립 사후 일부 사실로 밝혀지자 X에서는 X의 정식 오픈 전 베타버전 점검용으로 배포된 명의 일부가 해킹되었다고 반박했다. 하지만 X의 도덕성에 큰 타격을 받는 계기가 되기도 했다.

필립이 죽기 직전까지 물고 늘어졌던 또 다른 문제는 X의 탈중앙 정책의 허구성과 관련된 것들이었다. 필립은 어떠한 형태로든 X의 이사진들이 자신들의 이해관게에 따라 X 내에 불합리한 개입을 하고 있다고 믿었다. 하지만 심증과 정황만 계속 발견할 수 있을 뿐 그 어디에서도 X의 개입과 조작의 증거를 찾을 수 없었다. 그래서 필립은 X에서 남은 대부분의 삶을 그 조작의 증거, X의 버그 찾기에 전념했다.

필립이 시민기자로 활동한 지 5년째 되던 해, 자신의 SNS에 연재하기 시작한 '에이징 다이어리'는 그를 오늘날 모두가 알고 있는 세계적인 명망가로서의 입지를 만들어주게 된 계기가 된다. 필립은 'X의 염전 노예들'이라는 기사로 신문사에서 방출된 후 5년간 X의 버그를 찾기 위해 자신의 모든 젊음을 바쳤다. 하지만 결국 그 어떤 버그나 조작증거를 찾을 수 없었다.

X는 이 세계 자체이자 이 세계를 만든 장본인이다. 이 세계를

시스템적으로 완벽하게 통제하고 있는 조물주 같은 존재였기 때문에 X를 상대로 X의 오류를 찾아낸다는 것은 지구생태계에서 하나님의 실수를 찾아내겠다고 덤비는 꼴이었다. 인위적이고 비합리적인 X 생태계 내 개입 흔적이나 데이터 조작이 있었다고 해도, 그것이 필립의 손에 증거물의 형태로 온전히 남아있게 둘 리가 없었다. 5년간 필립은 빈 수레를 미는 기분이었을 것이다. 무력하고 허탈했을 것이다.

결국 필립은 자신이 버그를 찾아낼 수 없다면 스스로 버그가 되기로 결심한다. X라는 곳은 안티에이징 옵션을 통해 모두가 지구와 동일한 생태계에서 영생을 누리는 공간인데 그 대전제를 필립이 깨부순 것이다. 스스로 안티에이징 옵션을 선택하지 않음으로써 X에서 늙어 죽기로 한 것이다. X에게 가장 치명적인 버그를 스스로 만들어낸 것이다.

자신의 존재 자체, 자신의 늙어감이 버그의 생생한 증거였다. 필립은 자신이 하루하루 늙어감을 SNS에 '에이징 다이어리'라는 이름으로 연재하기 시작했고, 이는 X에서 엄청난 반향을 불러온다. 필립은 그로부터 16년 뒤인 61세에 실제 숨을 거둔다. 그가 에이징 다이어리를 시작하고 16년간 그는 실로 엄청난 고통 속에서 지냈는데, 나는 필립의 가장 가까운 거리에서 그가 16년간 고통받으며 살아온 과정을 기록했다.

16년간의 내용을 하나하나 옮길 수는 없지만 필립은 분명 평범하게 늙어가지 않았다. 엄청난 고통 속에서 하루하루를 보냈다. 필립은 알고 있었다. 그가 세상의 주목을 받으며 에이징 다이어리 프로젝트를 시작하면 X에서 가만히 지켜보고 있지만은 않을 거란 사실을 말이다. 분명히 X가 개입하게 될 것이고, 그것을 생생하게 기록함으로써 증거물로 남길 계획을 세운 것이다.

필립은 그것을 나에게 기록하게 했다. X는 필립을 괴롭히면서 필립이 에이징 다이어리를 포기하고 다시금 안티에이징 옵션 선택을 유도했다. X 세계의 근간을 뒤흔드는 버그가 살아서 돌아다니는 꼴을 볼 수 없었다. 필립은 하루하루 참을 수 없는 고통을 견뎌냈다. 당연히 데이터의 조합으로 자연스럽게 만들어진 고통이 아닌, X가 깊이 관여되어 부여된 고통이었다.

어떤 날 필립은 치통으로 밤을 지새웠다. 내가 어떤 고통이냐고 물으니 잇몸의 모든 이가 차례로 뽑혀 나가는 고통이라고 답했다. 겨울이면 유독 필립의 방만 영하 20도 아래로 떨어졌다. 그리고 어떤 날은 아무런 고통 없이 도파민이 분출되는 날도 있었다.

필립은 X가 자신에게 던지는 메시지를 이해하고 있었다. 도전하지 말라는 메시지. X는 필립에게 기쁨도 고통도 마음대로 줄 수 있는 존재라는 것을 인식하라는 메시지. 필립은 하루하루 이 세상을 만든 신과 싸워나갔다. 그렇게 필립은 16년간 버티다 늙고 병들어 사망하게 된다. 그의 나이 61세, 그가 X에 들어온 지 23년 만이었다.

필립은 하루라도 더 저항하기 위해 마라톤을 하고 건강식을 챙겨 먹었지만 아무 소용 없었다. 그의 수명은 X에서 결정한 것이니까. X는 필립을 통해 안티에이징 옵션을 포기하게 될 경우 얼마나 고통받으며 살아가야 하는지를 본보기로 보여주고 싶었으나 필립의 에이징 다이어리를 본 사람들은 X의 인위적인 개입 정황들에 의심을 품기 시작했고, 시간이 지날수록 필립을 응원하고 지지하는 사람들이 늘어났다. X에서는 그러한 물결을 더 지켜볼 수 없다고 판단했을 것이다.

필립의 물리적인 신체는 한국의 경기도 성남시 판교 테크노밸리 X 센터에 있는 개인화 캡슐에 있었다. 이미 그의 근육과 신경은 마비되고 뇌파만 활성화되어 있는 상태였다. 그가 X에서 죽음을 맞이하면서 필립의 활성화된 뇌파와 X 세계 사이에 연결된 호환 센서는 오프라인 상태로 전환되었다. 그렇게 그의 X에서의 삶은 마감된다. 필립은 지금까지도 X 센터 내의 개인 캡슐 안에 뇌세포가 활성화된 상태로 누워있다. 그 어떤 세계와도 호환되지 못한 채…… 그는 그렇게 X에서 늙어 죽은 최초의 인간으로 기록되었다.

## 5. 진짜 세계, 가짜 세계

필립이 우리에게 남긴 것은 무엇일까? 필립은 스스로 버그가 되어 X에서 늙어 죽음으로써 X에 남겨진 사람들에게 영생 너머를 보게 만들었다. 영생을 선택하지 않고 죽은 사람의 출현은, X에 사는 사람들로 하여금 자신들이 왜 영생이라는 옵션을 선택했는지를 스스로 생각하게 만들었다. 나는 왜 영생을 위해 나의 대부분 시간을 안티에이징 구독료를 벌기 위해 허둥거리고 있는 걸까? 정작 나의 하루하루는 노예 같은 삶을 살고 있는데…… 내 삶의 목적 자체가 언제부터 영생이었던 것인가? 도대체 무엇을 위한 영생인가? 필립은 우리가 영생이라는 것에 매몰되어 보지 못하는 것을 보게 만들었다.

필립이 죽은 후에도 그가 남긴 거대한 의문은 오랜 기간 해소되지 않았다. 도대체 왜 필립은 16년이나 고통을 받으면서 꼭 X에 남아있어야 했을까? 필립이 'X의 염전 노예들'을 기사화한 후 X가 그에게 제기한 민사소송도 곧 취하되었기에 그는 X에 어떠한 부채도 없었고 당시만 해도 개인화 캡슐 속에 있는 신체의 신경과 근육이 살아있어 마음만 먹으면 언제든 지구생태계로 돌아갈 수 있었다. 그런데 도대체 왜 그는 그 누구도 이해할 수 없는 그런 선택을 했던 것일까? 여기에는 그가 우리에게 남긴 더 큰 메시지가 숨어있다.

필립이 죽은 후 치러진 장례식에서 나는, 필립이 'X의 염전 노예들'을 배포한 후 필립을 만나러 왔었던 X의 책임 엔지니어 제프리를 만나게 된다. 제프리는 필립의 장례식이 끝난 지 3개월 뒤 양심선언을 통해 필립이 생전 제기한 상당수의 의혹들, 대부분 X의 수뇌부들이 특정 데이터값을 조정함으로써 X 생태계를 조작했던 사실들을 폭로한 장본인이기도 했다. 나는 장례식에서 제프리에게 물었다. 그날, 21년 전 필립을 찾아와서 나눈 이야기가 도대체 무엇이었는지. 그 만남 이후 왜 돌연 필립은 지구생태계로 돌아가지 않고 X에 남겠다고 했는지……

필립이 죽을 때까지 아내에게까지 함구한 그날의 진실이 무엇인지 제프리에게 물었다. 제프리는 필립의 죽음을 지켜보면서 양심고백을 해야겠다는 결심을 굳혔던 것으로 추측된다. 제프리는 아무런 거리낌이나 숨김없이, 그날 자신이 필립과 나눴던 이야기에 대해 나에게 말해줬다.

"일종의 협박이었죠. 필립은 자신과 아내가 지구생태계로 돌아가게 되면 당시 카디가 X에 혼자 남겨지게 될 것이란 걸 알고 있었어요. 아마도 자신들이 떠나도 카디는 X에서 누군가의 도움을 받아 잘 살아갈 것이라고 믿었을 수도 있습니다. 우린 그걸 건드린 거죠. 우린 이미 필립과 그의 아내가 카디에게 가진 사랑과 애정이 얼마나 깊은지에 대한 데이터를 훤히 보고 있었거든요. 제가 필립에게 말했습니다. 당신이 떠나도 당신의 기사에 대한 우리의 소송은 계속될 것이다. 당신이 X를 떠나면 당신이 변론도 할 수 없으니 분명히 우리와의 소송에서 패소하게 될 것이다. 우리는 그 천문학적인 손해배상을 당신의 유산을 상속받을 아들 카디에게 청구할 것이다. 그럼 카디는 평생 X에 남아 당신이 남긴 채무를 갚으며 하루하루 고통스럽게 살아갈 것이다. 죽지도 못하고 영원히. 만약 당신이 X에 남는다면 우리는 몇 개월 뒤 당신에게 제기한 모든 소송을 취하하겠다."

결국 필립은 데이터들의 조합과 알고리즘으로 만들어진 자기 아들에게 더 좋은 세상을 남겨주기 위해 자신의 목숨을 바친 것이다. 그 결정을 내린 순간 이미 필립에게 어떤 것이 진짜인지 가짜인지를 구분하는 것은 아무 의미가 없었을 것이다.

필립이 죽음을 앞두고 23살이 된 그의 아들 카디에게 남긴 유언에서도 그의 철학을 엿볼 수 있다.

"세상에는 진짜도 없고 가짜도 없다. 내가 진짜도 아니고 네가 가짜도 아니다. 지구생태계가 진짜도 아니고 X가 가짜도 아니다. 우리가 유일하게 진짜라고 할 수 있는 건 지금뿐이다. 지금, 여기가 유일한 진짜다. 내가 평생에 걸쳐 투쟁한 대상은 X가 아니라 항상 내가 살아가는 지금이었다."

이것이 필립이 X에서 보여준 마지막 모습이었다. 그렇게 필립은 X에서의 23년간의 삶을 마감 짓는다.

필립의 죽음은 우리 삶을 많은 부분에서 바꿔놓았다. 필립 이전에 X에 대한 주요한 논쟁거리가 진짜 세계와 가짜 세계를 구분 짓는 것이었다면, 필립의 삶과 죽음을 통해 이제는 진짜와 가짜를 구별하기보다 지금 우리의 삶에서 어떻게 인간성을 회복할 수 있을지에 대해 고민하기 시작했다. 진짜와 가짜를 구분하는 노력이 무의미하다는 것을 이제 우리 모두 알게 되었기 때문이다.

이제 사람들은 지구를 선택할지 X를 선택할지 고민하기보다 X에서든 지구에서든 지금 이 삶에서 어떻게 부조리를 없애고 어떻게 어제보다 나은 오늘을 만들 수 있을지에 대해 고민한다. 지구생태계든 X든 다를 게 없다. 누군가에게는 진짜고 누군가에게는 가짜일 것이기 때문에……

마지막으로 이 글의 모티브가 되어준 필립, 나에게 카다라는 이름을 지어주고 진짜 세계를 선물해 준 그에게 이 글을 바친다, 한때 나의 아버지였던, 지금 어딘가에서 그의 현재를 살아가고 있을 그에게.

| 주석 |

1) 실제로 필립이 죽은 후 그의 일대기를 조명한 넷플릭스의 특집 4부작 다큐멘터리(제목: 필립이 남기고 간 것들)에서 그를 한국의 저명한 activist(활동가) 내지는 adventurer(모험가)로 소개하기도 했었다.

2) 2029년~2031년까지 한시적으로 운영되었으나, X의 주요 운영 정책 중 하나인 탈중앙 원칙에 위배된다는 문제가 꾸준히 제기된 후 2032년 공식적으로 폐기됨

3) 일론 머스크 자서전 'X의 시작' 개정판 서문 2032년 11월

4) 2026년 99명의 사람을 태운 스타십이 화성에 도착하지만, 이주 6개월 만에 7명이 사망하고 92명이 지구로 귀환하며 무산된 프로젝트

5) 2021년 8월 완전자율주행을 위해 도입된 AI 슈퍼컴퓨터로 2023년 당시 이미 초당 100경 번 연산이 가능했던 초고성능 스펙의 데이터 처리 장치

6) 2026년 상용화된 테슬라의 인공지능 로봇

7) 미국 금융위원회에서는 2029년과 2031년 각각 X코인에 대한 선물시장 거래와 X코인 ETF 출시를 승인한다.

8) 1,096명의 참가자들을 한 달간 병원에 수용하여 진행한 실험으로, 한 달간 지원자들의 숙면에는 깨는 순간 실제 세계와 그것을 동일하게 만들어낸 X를 무작위로 경험하게 한 뒤, 어떤 것이 실제 세계와 X인지를 구분하게 한 실험.

9) 데이 컬렉터(Day Collector)로, 하루 단위로 지구와 X를 넘나들며 데이터를 파는 컬렉터를 낮잡아 이르는 말로 하루살이를 의미하는 속어

10) 넷플릭스의 특집 4부작 다큐멘터리(제목: 필립이 남기고 간 것들)

에 등장한 필립 아내 증언 중 일부

11) 훗날 X의 폭로 자서전을 출간하여, 베일에 가려졌던 X의 탈중앙 정책의 허구성이 세상에 드러나게 된다.

12) 필립이 X에 남기로 결정한 뒤 6개월 후 X는 돌연 필립에 대한 민사소송을 취하하게 된다. 사람들은 제프리가 필립을 만난 후 민사소송 취하를 조건으로 X와 필립 사이에 모종의 거래가 있었을 것으로 추측했다.

13) 젊음을 유지하는 안티에이징 프로그래밍을 제외하고는 어떠한 경우에도 X의 시스템 관리자가 인위적으로 X 내의 환경을 조작하고 개입하지 않겠다는 정책이자 기조

|작가의 말|

새벽에 아이를 안고 울고 있는 아내를 발견했다.
출산을 하고 갓 100일을 넘겼을 때였다.
왜 울고 있냐고 물었다.
아내는 말했다.
"내 눈에 보이는 이 모든 것이 허상이고 홀로그램이라는 것을 알고 있어.
난 예전부터 그렇게 믿어왔었으니까.
내가 어려운 일을 겪을 때마다, 이 모든 것들이
내가 불러온 허구의 형상일 뿐이라고 생각하며 버텨냈어.
그런데 이제는 그렇게 생각하면 견딜 수가 없어.
그럼 이 아이도 가짜라는 말이잖아."
나는 울먹이며 나에게 했던 아내의 말을 듣고 이 소설을 쓰기로 결심했다.

**조재민**
2023-4 스토리코스모스 신인소설상 당선. 웹북 『짐』 『X에서 늙어 죽은 최초의 인간에 관한 보고서』 출간.

# 티셔츠

―

장성욱

―

소리가 들린 것은 새벽이었다. 키우던 고양이가 꿈을 꾸는 모양이라고 생각하며 다시 눈을 감았을 때 또렷한 말소리가 들려왔다.

지혜야.

작은 소리였지만 언니의 목소리가 분명했다.

언니?

응. 지혜야.

침대에서 몸을 일으켰다. 꼭 덮고 있던 이불 속에서 빠져나오자 몸이 떨려왔다.

밖이 꽤 춥지.

언니가 어디선가 지켜보는 듯한 기분이 들어 방 안을 두리번거렸다.

어디야.

내 방.

나는 언니의 방으로 향했다. 반쯤 열려있던 문을 활짝 열자 방

안에는 이불 한 채만 깨끗하게 펴져 있을 뿐, 있다던 언니의 모습은 보이지 않았다. 고양이가 내 발목을 스치며 지나갔다. 무심코 옷장 쪽으로 다가갔다. 새벽부터 숨바꼭질이라도 하잔 건가.

그쪽이 아니야.

창문 쪽에서 들려오고 있었다. 나는 화들짝 놀라 창가로 다가갔다. 언니가 설마? 창문을 열자 싸늘한 바람이 들어왔다. 완연한 가을이었다. 그런 생각을 하자 한껏 몸이 떨려왔다. 눈을 가늘게 뜨고 건너편 아파트를 주시했다.

여기야.

소리는 창틀에 걸려 있던 티셔츠에서 나고 있었다. 나는 쭈그려 앉아 티셔츠를 바라보았다. 나무랄 데 없는 베이직한 디자인의 하얀색 반소매 티였다. 호기심이 동했는지 고양이가 티셔츠를 올려다보고 있었다. 분명히 소리는 옷 안에서 나고 있었다.

잘 안 보여. 나 눈이 이상한가 봐.

아니야, 불 켜.

불을 켜자 티셔츠 안에 펜으로 그린 것 같은 여자의 모습이 있었다. 편해 보이는 파자마 차림의 여자가 티셔츠 가슴 부분에서 눈동자를 굴리고 있었다. 언니였다. 언니는 티셔츠 속에 그림이 되어 있었다.

예뻐졌네.

펜으로 날렵하게 그려진 언니의 모습은 실제보다 예뻐 보였다.

그러니?

언니의 눈이 이상적인 포물선을 그리며 방긋 웃었다. 이모티

콘 같았다.

어쩌다 거기에 들어간 거야?

잘 모르겠어. 깨어나 보니까.

이상해. 꿈인가.

거울 가져와 줄래?

거울이 어디 있나 싶어 두리번거리다가 그냥 옷걸이를 집어 들었다. 바람에 티셔츠가 펄럭여 못내 신경이 쓰였다.

어지러워?

아니야. 괜찮아.

화장대 거울 앞으로 티셔츠를 가져갔다. 티셔츠 속에서 언니의 얼굴이 점점 커지고 있었다. 촬영하는 카메라 앞에 바짝 다가선 사람을 텔레비전 화면을 통해 보는 듯한 모습이었다.

너무 창백한데.

색을 칠하지 않아서 그렇지.

예쁘니?

응.

언니는 화장을 마친 후처럼 고개를 이리저리 돌려가며 꼼꼼하게 자신의 모습을 확인했다. 나는 잠자코 그런 언니의 모습을 지켜보았다. 커다랗게 보이던 얼굴이 점점 멀어졌다. 언니는 몸을 거울에 향한 채로 천천히 뒷걸음질치다가 이쯤인가? 하는 느낌으로 멈춰 섰다. 거울 속으로 파자마를 입은 언니의 전신이 보였다.

신고해야 하나? 저희 언니가 티셔츠에 들어갔어요, 라고.

나의 물음에 언니는 생각에 잠긴 것처럼 살짝 미간을 찌푸렸다. 이마 위로 가느다란 물결무늬가 생겨났다.

장난친다고 생각할 것 같은데.

한참을 생각하던 언니가 말했다. 분명히 그럴 것이라는 생각에 나 역시 고개를 끄덕였다. 문득 호기심이 일었다.

그 안은 어때?

언니가 티셔츠 속에서 주변을 천천히 한 바퀴 돌았다.

하얘.

하얘?

응. 온통 하얘.

티셔츠가 하야니까 그런가. 어떻게 해.

꿈일지도 모르니까 일단 자자. 아침에 얘기해. 너 피곤해 보여.

꿈이라고 하면 도대체 누구의 꿈일까. 언니의? 나의? 여러 가지 의문이 들었지만 일단은 말을 듣기로 하고 거울 앞에서 티셔츠를 치웠다.

아까 거기에 걸어줘.

어찌할 바를 모르는 것을 느꼈는지 언니가 말했다. 나는 티셔츠를 창틀에 도로 걸어두었다.

이 방에서 자도 돼?

응, 자.

불을 끄고 자리에 누웠다. 간밤에 일찍 티셔츠 속으로 들어갔는지, 언니의 이불 속에서는 온기가 느껴지지 않았다. 이불을 꼭 끌어안았다.

언니 방에서 오랜만에 잔다.

잘 자.

머리맡에서 새근새근한 목소리가 들려 왔다. 나는 눈을 감았다.

고양이가 발가락을 깨물어 잠에서 깨어났다. 고양이에게는 이불 밖으로 삐져나온 것들을 깨무는 취미가 있었다.

따가워.

잘 잤니.

머리맡에서 목소리가 들려왔다. 깨어난 장소는 언니의 방이었다. 누운 채로 두 팔을 뻗어 기지개를 켠 후에 자리에서 일어났다. 언니는 여전히 티셔츠 속에 있었다. 나는 그 앞으로 다가갔다.

너 잘 때 코 골더라.

방바닥에서 자는 건 오랜만이라. 미안. 못 잤어?

아니, 안 잤어. 여긴 안 졸려.

어제는 꿈이 아니었나 봐.

그러게.

나는 팔짱을 낀 채로 티셔츠 앞에 양반다리를 하고 앉았다.

저 끝까지 가봤는데 아무것도 없어. 온통 하얘.

언니가 한 손을 들어 자신의 오른편을 가리켰다.

배는 안 고파?

응. 하나도 안 고파.

오늘은 일요일이니까 괜찮지만 내일까지 못 나오면 어떻게 해. 회사는.

티셔츠 속 언니가 입술을 비죽이 내밀었다.

사실은 회사 그만두려고 했거든.

미안.

뭐가.

별일 아니라는 듯 심상한 대꾸가 돌아왔다. 그동안 언니가 많이 고단했겠다는 생각이 들었다. 나 때문에.

그 안은 편해?

응.

다행이다.

야옹.

그때 고양이가 옆으로 다가와 울었다. 손을 뻗어 턱을 문지르자 고양이는 고개를 치켜들며 눈을 감았다. 언니가 티셔츠 속에서 고개를 숙여 고양이를 보며 말했다.

배고픈가 보다. 사료 다 떨어졌는데.

캔도 없어? 간식이나.

응. 어제 낮에 준 게 마지막이었어. 오늘 일요일이니까 나가서 사 오려고 했지. 이 동네 동물병원 일요일에도 하거든.

이 년 전, 내가 고등학생 때 부모님이 돌아가신 후에 키우기 시작한 회색 줄무늬 고양이였다. 나는 고양이를 만지던 손을 거두고는 머리를 긁었다.

너 머리 많이 길었다.

그런가?

머리칼은 가슴께까지 자라 있었다. 일 년 동안 한 번도 미용실에 간 적이 없었다. 나는 손가락을 갈퀴처럼 만들어 대충 머리를 빗었다.

지혜야.

언니가 나를 불렀다. 일부러 못 들은 체하며 머리를 마저 빗었다.

지혜야. 나가서 사료 사 오자.

감전된 것처럼 몸이 한차례 떨려왔다. 언니의 시선을 피해 고개를 숙인 채 계속해서 머리를 매만졌다. 머릿결이 오히려 푸석해지는 기분이었다.

우리는 굶어도, 고양이는 굶으면 안 되잖아.

그 말에 대답하는 것처럼 고양이가 나직하게 야옹, 하고 울었다. 자리에서 일어났다. 그러고는 방 밖으로 빠져나가기 위해 티셔츠로부터 등을 돌렸다. 막 문고리를 잡고 나가려는데 다시 목소리가 들려왔다.

들었잖아. 지혜야.

인터넷으로 주문하면 되잖아.

문고리를 잡은 채로 말했다.

일요일이잖아. 사흘이나 걸린단 말이야. 그때까지 어떻게 기다려.

그러게 미리미리 좀 사놓지.

나도 모르게 목소리가 커졌다.

이렇게 될 줄은 몰랐잖아. 미안해.

언니가 사과했다. 기어들어 가는 목소리였다. 기죽은 목소리를 듣자 은근히 더 부아가 일었다. 그대로 문을 닫고 언니 방을 빠져나왔다. 문이 닫히는 소리를 듣자, 그제야 언니가 티셔츠 안에 있다는 것이 어떤 의미인지 다가왔다. 이대로라면 나는 집 밖으로 나가야만 한다. 방 안쪽에 귀를 기울였지만 아무런 소리도 들려오지 않았다. 안에 남겨진 고양이가 걱정되었지만 다시 문을 열 엄두는 나지 않았다. 그대로 욕실로 향했다.

차가운 물이 얼굴에 닿자 그제야 정신이 조금 돌아오는 것 같았다. 물 묻은 손바닥이 입술을 스칠 때마다 거푸 소리를 내며 얼굴을 씻었다. 고개를 들자 거울 속에 내 모습이 보였다. 나는 입을 벌려 소리를 내보았다.

아아아.

욕실 안에 내 목소리가 울렸다. 생각해 보면 그날 이후 처음으로 받는 부탁이었다. 고양이를 굶긴다면 언니는 매우 실망할 것이다. 그렇다고 언니가 티셔츠에서 나오기를 마냥 기다릴 수도 없는 일이었다.

한숨이 나왔다. 거울 속의 내 모습이 조금 줄어든 것처럼 보였다. 언니는 이렇게 조금씩 줄어들다가 티셔츠 속으로 들어간 것일까. 그런 생각을 하자 조금 슬퍼졌다.

얼른 불을 끄고는 욕실 밖으로 나왔다. 걱정했던 대로 고양이가 방문을 긁는 소리가 들려왔다. 문을 열자, 고양이는 재빨리 방 밖으로 빠져나와 베란다를 향해 뛰어갔다. 화장실이 급한 모양이었다.

언니는 티셔츠 속에서 별다른 표정 없이 내 쪽을 바라보고 있었다. 화가 난 것처럼 보이지는 않았다. 나는 다시 언니의 앞에 앉았다.

배 안 고파?

언니가 고개를 내저었다.

여기 있으니까 식욕이 사라진 것 같아.

편하겠다.

언니와 나는 서로를 바라보았다. 처음 있는 일처럼 낯선 시간이었다. 얼마의 시간이 흘렀을까.

다녀올게. 사료. 사 올게.

괜찮겠어?

그냥 사 오면 되는 일이잖아.

너 울어.

뺨을 더듬어보니 정말로 눈물이 흐르고 있었다. 눈물은 언제 난 걸까. 나는 손에 묻은 물기를 트레이닝복 바지에 비벼 닦았다. 결심을 다잡기 위해 자리에서 일어났다.

지혜야.

왜.

나도 같이 가.

내가 애야?

어딘지도 모르잖아.

어떻게 같이 가.

날 입어.

나는 밑을 내려다보았다. 티셔츠가 흔들리고 있었다. 그런 말을 들으니 티셔츠를 집어 드는 것이 불경스럽게 느껴졌다. 언니가 무언가를 결심한 사람처럼 내 눈을 똑바로 쳐다보며 고개를 끄덕였다. 나는 옷걸이를 집어 들었다. 화장대 위에 티셔츠를 걸쳐놓고는 입고 있던 윗옷을 벗었다.

기분이 묘해.

막 티셔츠를 집으려는데 언니가 말했다. 내가 하고 싶은 말이었다. 나는 티셔츠의 아래부터 목까지 그러잡은 후에 한 번에 입었다. 언니는 내 가슴 부분 위에 그려져 있었다. 거울을 보며 티셔츠에 붙은 먼지를 꼼꼼하게 털어냈다.

괜찮아?

좋아.

언니가 만족스럽다는 듯이 대답했다 음성 때문에 기슴께가 소금씩 진동하는 것이 느껴졌다. 따뜻했다. 나는 거울을 보며 천천히 고개를 끄덕여 보였다. 스스로 차분한 사람이 된 기분이 들었다. 거울 속에서 눈이 마주쳤다. 막 돌아서려는데 언니가 말했다.

가을이니까 내 옷장 열어서 잠바 입어. 밖에 쌀쌀해.

응.

지혜야.

응.

너 세수하고 나가야겠다.

신발장에 들어 있던 스니커즈를 꺼냈다. 검은색 스니커즈는 먼지가 묻어 회색으로 바래어 있었다. 입으로 바람을 불어 먼지를 대충 털어내고는 현관에 엉덩이를 깔고 앉았다. 운동화 속에 발을 넣는데 자꾸만 무릎이 떨려왔다.

괜찮아, 괜찮아.

언니가 잠꼬대처럼 말했다. 그 목소리를 들으며 운동화 뒤축에 손가락을 집어넣었다. 발은 쉽게 들어갔다. 앉은 채로 신발이 신겨있는 두 발을 한참 들여다보았다. 눈물은 나지 않았다. 반쯤 열려있는 잠바의 지퍼 사이로 언니의 커다란 두 눈이 보였다. 자리에서 일어나 현관문을 열고 밖으로 나왔다.

아파트 복도는 어두웠다. 반사적으로 몸을 오른쪽으로 돌려 엘리베이터 앞으로 다가갔다. 역삼각형 모양의 버튼을 누르자, 버튼의 안쪽이 붉게 빛났다. 철문 위에 붙은 붉은색 숫자가 한 층씩 높아지고 있었다. 십 층에서 소리가 나며 엘리베이터가 멈춰 섰다. 막 걸음을 옮기려는데 언니가 말했다.

우리 집 팔 층이야.

언니의 목소리가 복도 안에서 조용히 울렸다. 엘리베이터가 다시 내려오고 있었다. 안에 누가 있을까 봐 두려웠다. 이윽고 문이 열리며 형광등 불빛이 안쪽에서부터 쏟아져 나왔다. 다행히 아무도 없었다. 안쪽으로 한 걸음 내디뎠다. 엘리베이터가 불안하게 출렁거렸다. 두근거렸다. 심호흡을 하고 닫힘 버튼을 눌렀다. 로비로 통하는 버튼을 누르려는데 언니가 말했다.

일 층 말고 엘 버튼 눌러. 로비.

나도 알아. 기억났어.

벌써 일 년째 집 밖으로 나가본 적이 없었다. 특별한 이유가 있던 것은 아니었다. 그냥 문득 학교를 휴학했고, 그 뒤에 집으로 돌아와서 침대에 누웠고, 다음 날부터 집 밖에 나가지 않게 되었다. 너 뭐야? 눈을 감을 때마다 누군가 나에게 물었다. 그 목소리를 들을 때마다 점점 아무 일도 없던 것처럼 행복해하는 나 자신을 견디기 힘들어졌다. 언니는 학교에 가지 않는 나에게 아무런 말도 하지 않았다.

엘리베이터를 타고 내려가는데 언니가 물었다.

혹시 부모님 때문이니.

어떻게 보면 그러지 않았을까.

네가 휴학했다고 말했을 때 가슴이 철렁했어.

언니만 고생시켰지.

쿨한 척하지 마.

미안해.

엘리베이터의 문이 열렸다. 공동현관으로 통하는 어두운 복도 끝은 밖이었다. 조그마한 아이 하나가 문 앞을 빠른 속도로 지나쳐갔다. 쨍한 가을 햇살 때문에 지나치게 생생한 풍경이었다. 어금니 안쪽 근육이 단단하게 뭉쳐졌다. 아주 실 것 같은 레몬을 보는 기분이었다. 나는 자리에 멈춰 섰다. 종아리에 저절로 힘이 들어갔다.

나 무서워.

눈 감아.

뭐라고?

눈 감으라고.

평소와는 다르게 단호한 어투였다. 나는 눈을 감았다. 눈앞이 온통 까매졌다.

자, 이제 한 걸음 앞으로 내디뎌봐.

조심스레 한 발짝 앞으로 뻗었다.

잘했어. 다시 한 걸음.

다시 한 발짝 앞으로 뻗었다.

그대로 쭉 가.

눈을 감은 채로 어둠 속에서 아주 천천히 걸음을 옮겼다. 언니가 웃음을 터뜨렸다.

너 걸음이 왼쪽으로 기울어. 취한 사람 같아. 웃기다. 멈춰서 조금 오른쪽으로 틀어봐.

오른쪽으로 조금 몸을 틀었다.

너무 틀었어.

다시 왼쪽으로 몸을 살짝 틀었다.

좋아, 가.

다시 걸음을 옮기기 시작했다. 아무런 소리도 들려오지 않았다. 조금씩 불안해졌다. 눈을 뜨고 싶었지만 무서웠다. 전방을 향해 손을 내저어보았다. 아무것도 잡히지 않았다.

지혜야 멈춰.

막 멈춰 서려는데 언니의 목소리가 들려왔다. 나는 걸음을 멈췄다.

눈 떠봐.

눈에 들어온 곳은 아파트 단지였다. 나는 공동현관에서 건물 밖으로 내려가는 계단 앞에 서 있었다. 하늘은 온통 파랬고, 멀리서 꼬마아이의 고함소리가 들려왔다. 참 가을 같았다.

어때.

나는 계단을 한 발짝 내려섰다. 생각보다는 쉬운 일이라는 생각이 들었다. 귀엽게 생긴 빨간색 소형차가 속도를 줄이며 내 앞을 천천히 지나쳐갔다. 처음 보는 차종이었다.

이제 어디로 가?

왼쪽.

나는 우리가 사는 아파트를 기준으로 왼쪽을 향해 걷기 시작했다. 조금씩 신발을 통해 닿는 땅의 감촉에 익숙해지고 있었다. 어지럽지는 않았다. 언니가 조그맣게 콧노래를 부르는 소리가 들려왔다.

나는 어제 방에서 언니가 죽은 줄 알았어.

콧노래 소리가 멈췄다.

왜.

왜 그렇게 생각했는지는 알고 있었지만, 어떻게 말로 표현해야 하는지 난감했다.

고마워.

콧노래 소리가 다시 들려왔다. 고맙다는 말을 들었는지 궁금했지만 굳이 되묻지 않았다. 리듬에 맞춰 걸음이 빨라지거나 느려졌다.

동물병원은 아파트 상가 일 층에 있었다. 가까운 곳이라 다행인 것 같기도 하고, 아쉽기도 했다.

들어가서 언니가 보내서 왔다고 하면 돼.

응.

약간의 심호흡을 한 후에 유리문을 밀었다. 문 위에 달린 방울이 나직한 소리를 냈다. 들어서자 접수대에 앉아 있던 하얀 가운 차림의 남자가 자리에서 일어났다.

어서 오세요.

남자는 검은색 사각 뿔테 안경을 끼고 있었다. 잡티 없이 말간 피부 때문인지 의사가 아니면 다른 무엇을 할 것이라고 상상하기 힘든 얼굴이었다. 나는 접수대 앞으로 다가갔다.

어떻게 오셨어요.

남자가 무엇인가를 살피는 듯 나의 오른손 언저리를 바라보았다.

저기, 아.

살짝 어지러웠다. 언니 이외의 사람과 대면하는 것은 오랜만이었다. 택배가 와도 항상 집에 없는 척을 하곤 했기 때문이었다. 의사의 입매가 실룩였다.

그러니까 박지영 씨가 보내서 왔는데요.

아 싱거운 지영 씨?

의사는 이미 언니를 알고 있다는 듯이 두 손을 들어 짝, 박수를 쳤다. 왜 언니를 싱거운 사람이라고 부르는지 호기심이 일었지만 구태여 묻지 않았다. 의사는 내가 무엇인가를 물어보기를 기다린다는 듯 잠깐 서 있다가 이내 걸음을 옮겨 접수대를 빠져나왔다.

동생분이신가 봐요.

고개를 돌리자 의사는 나에게서 등을 돌린 채였다. 이미 나에 대해 알고 있는 눈치였다. 한쪽 벽면에 쌓여 있던 사료들 사이에서, 의사가 초록색의 거대한 사료 포대를 꺼냈다. 고양이가 평소에 먹는 종류가 맞았다. 그는 두 손으로 포대를 들어 접수대 위에 올려놓았다.

언니하고 별로 안 닮았네. 들고 갈 수 있으려나.

묘하게 반말기가 느껴지는 말투였다.

네.

나는 포대 위에 손을 올리며 대답했다.

잠깐, 아마 구충제 먹여야 할 거예요. 잠시만.

의사는 그렇게 말하고는 조제실이라고 쓰인 접수내 뒤쪽 공간으로 총총히 사라졌다. 불투명한 유리 위로 머리칼만 간신히 보였다. 언니가 조용히 속삭였다.

어떠니.

나는 언니를 내려다보았다.

뭐가.

고양이 맞죠?

그때, 조제실 너머에서 의사의 목소리가 들려왔다. 이미 고양이 사료를 내놓은 사람이 하기에는 이상한 질문이었다.

맞아요.

이윽고 하얀색 약봉지를 들고 조제실을 빠져나온 그가 왼손 검지를 들어 나를 가리켰다.

캔이나 간식에 적당히 잘 섞어서 주면 될 거예요. 이름이?

지혜요.

맞다. 박지혜 씨.

의사는 재차 확인하듯이 그렇게 덧붙이고는 약봉지 위에 '박지혜'라는 이름을 적었다. 밑에 반려동물의 이름에는 '고양이'라고 적혀 있었다.

세상에 고양이 이름을 고양이라고 짓는 사람들이 어딨어. 반대 안 했어요?

그런 질문은 듣는 것은 처음이었지만 무심코 고개가 끄덕여졌다. 듣고 보니 이상하기도 했다.

언니를 닮아 지혜 씨도 참 싱거우시네. 전부 해서 사만 팔천 원입니다.

돈의 액수를 듣자 그제야 지갑을 가져오지 않았다는 것을 알 수 있었다. 아니 나에게는 돈이 없다는 사실에 생각이 미쳤다.

주머니.

품 안쪽에서 소리가 들려왔다. 의사의 눈이 동그래졌다. 당황스러웠다.

카톡 소리예요.

주머니에 손을 집어넣었다. 언니의 지갑이 만져졌다. 지갑에서 오만 원짜리 지폐 한 장을 꺼내 그에게 내밀었다.

고맙습니다.

그는 그렇게 말하며 거스름돈 이천 원을 나에게 내밀고는 검은색 봉지 안에 사료 포대를 집어넣었다. 나는 약봉지를 주머니에 넣었다.

언니하고 두 분이 한번 놀러 오세요. 인생 상담도 겸하고 있으니까.

농담치고는 재미가 없는 농담이었다. 어쩌면 언니가 나에 대해서 상담을 했지도 모르겠다는 생각이 들었다. 가볍게 목례를 하고는 밖으로 나왔다.

누구한테나 그러는구나.

밖으로 나오자마자 언니가 말했다.

뭐가.

걸음을 옮기며 내가 물었다.

저 수의사. 나한테만 친절한 줄 알았는데. 쉬운 남자네.

관심 있었어?

없어졌어. 지 인생이나 잘하지.

나는 웃었다. 언니의 농담은 오랜만에 듣는 것 같았다. 올 때와는 다르게 언니는 콧노래를 부르지 않았다.

나는 기분이 좋았어.

한동안 화가 난 것처럼 말을 하지 않던 언니가 말했다.

뭐가.

그냥.

또 한동안 말이 없었다. 나는 코로 한껏 숨을 들이마셨다.

네가 그랬잖아. 인터넷으로 시키라고.

응.

오늘 너처럼 고양이 사료를 직접 사 들고 집에 돌아올 때 그 기분. 그게 좋아.

무겁잖아.

그러니까 내가 이렇게 무거운 걸 들고 가면 고양이가 한동안 걱정 없이 먹을 수 있는 거잖아.

꼭 엄마 같네.

무심결에 나온 말이었다. 엄마라는 단어 때문인지 언니는 다시 말을 하지 않았다. 나는 언니를 입은 채 조용히 길을 걸었다. 포대의 무게 때문인지 어느샌가 등에 땀이 배어 나왔다. 오후의 아파트 단지는 한가로웠다. 걸음을 뗄 때마다 사료가 든 봉지가 무릎 옆을 스치며 바스락거렸다. 쌀쌀한 바람이 옷 사이로 들어오며 땀을 식혀주었다. 언니가 바로 이런 기분을 느끼며 걸었을 것이라고 생각하며, 나는 집으로 돌아왔다.

스테인리스로 된 밥그릇에 사료를 부었다. 달그락거리는 소리가 났다. 소리를 듣고 고양이가 어디선가 재빠른 몸짓으로 나타났다.

야옹, 야옹.

고양이는 사료를 늦게 주면 꼭 타박을 하는 것처럼 두 번을 울었다. 오도독, 오도독. 고양이가 사료를 씹는 소리가 들려왔다. 자리에 선 채로 그 모습을 한참이나 지켜보았다.

잘 먹네.

언니의 말에 그제야 여전히 티셔츠를 입고 있다는 사실을 깨달았다.

티셔츠 벗을까.

아니 잠깐 이대로 있자.

듣기 좋은 말이었다. 잠바를 벗어두기 위해 언니의 방으로 들어갔다. 옷장의 문을 여는데, 배에서 소리가 들려왔다.

너 배고프구나.

오랜만이네.

그동안 잘 먹었잖아.

딱히 배고파서 먹은 건 아닌데.

잠바를 옷걸이에 걸어 옷장 안에 넣고 문을 닫았다.

살찌겠다. 너.

언니.

밥을 먹기 위해 부엌으로 나왔다.

굴 사뒀어.

언니의 말대로 냉장고에는 봉지에 든 굴이 있었다. 나는 언니의 설명에 따라서, 굴을 꺼내 흐르는 물에 깨끗하게 씻은 후에 밀가루와 계란을 묻혀 프라이팬에 부쳤다. 그리고 밥솥에서 밥을 폈다. 냉장고 안에는 인터넷으로 주문해 두었던 매운 고추장아찌와 낙지 젓갈이 있었다. 고추장아찌는 언니가 좋아하는 음식이었다. 오랜만에 밥을 먹는 것 같은 기분이 들었다.

굴전 오랜만에 먹는 것 같아.

너 어제도 먹었어. 두 개 정도.

굴전은 씹을 때마다 물 같은 것이 터져 나와 입안에서 특유의 향이 맴돌았다. 느끼하다 싶을 때면 고추장아찌를 한입 베어 물었고, 입안이 심심해지면 낙지 젓갈을 조금 집어 먹었다.
밖에 나갔다 오니까 어땠어.
의사가 했던 말이 생각났다.
싱거웠어.
의외로 그렇지?
응.

밤이 되었다. 나는 소파에 앉아 언니와 텔레비전을 보았다. 화면 안에서는 고아들이 사실은 고아가 아니었다는 출생의 비밀을 밝히고 있었다. 고양이는 어느새 우리 옆으로 와 잠들어 있었다. 마치 사람처럼 배를 하늘로 향한 채 반듯하게 누운, 언젠가 언니가 자신의 SNS에 올리자 답글이 백 개가 넘게 달렸던 바로 그 모습이었다.
내일은 밖으로 나올 수 있을까.
꺼내놓고 보니 아차 싶었다. 무심코 흐른 말이었다.
부탁이 있어.
부탁.
텔레비전 좀 꺼줄래.
나는 의사의 말대로 언니가 싱거운 사람일지도 모른다고 생각하며 리모컨의 전원 버튼을 눌렀다. 텔레비전이 기계음을 내며 꺼졌다. 고양이가 그 소리에 놀랐는지 벌떡 일어났다. 손을 뻗어 고양이의 몸을 쓰다듬어주었다. 고양이는 길게 하품을 했다.
내 폰 있지?

텔레비전을 꺼달라는 부탁이 아닌 듯했다. 언니의 방으로 들어갔다. 휴대폰은 화장대 위에 놓여 있었다.

거기 돋보기 표시 눌러서 찾아보면 김 부장이라고 있을 거야.

나는 언니의 말대로 김 부장의 전화번호를 찾았다.

찾았어.

전화를 걸어서 말 좀 전해줘.

내가? 열 신데.

괜찮아. 나는 못 할 것 같단 말이야.

뭐라고 해.

언니는 이제 회사 안 나간대. 개새끼야.

확실히 그런 내용이라면 밤 열 시에 말해도 괜찮을성싶었다.

진짜?

이대로 티셔츠 밖으로 나오면 다시 회사에 갈 것 같아서 그래.

언니는 이제 회사 안 나간대. 개새끼야?

응, 언니는 이제 회사 안 나간대. 개새끼야.

꼭 개새끼여야 해?

응 저스트 개새끼니까.

언니의 목소리가 사무적으로 들렸다. 통화버튼을 눌렀다. 신호가 가는 소리가 들려왔다. 한참을 받지 않아 막 끊으려는 찰나에 어떤 남자가 전화를 받았다.

내가 집에 있을 때는 전화하지 말랬잖아.

김 부장의 첫마디였다. 낮게 속삭이는 목소리였다.

저기.

와이프랑 애도 다 있는데. 무슨 일이야.

나는 티셔츠를 내려다보았다. 언니가 고개를 숙인 채로 서 있었다.

저는 박지영 씨가 아니고요.

뭐야. 너 누구야.

김 부장의 말투가 호전적으로 바뀌었다.

대리인입니다.

얼결에 나온 말이었지만 맞는 말 같았다.

뭐라고.

언니는 이제 회사 안 나간대요. 이 개새끼야.

뭐라?

그럼 끊는다.

재빨리 종료 버튼을 눌러 통화를 끝냈다. 손이 떨렸다.

나간대요, 말고 나간대, 라고 하라니까.

미안, 경황이 없어서. 조금 무서웠거든.

괜찮아, 고마워.

이제 자자.

나는 불을 껐다. 티셔츠는 여전히 입은 채였다.

남자야?

아니야.

어둠 속에서 언니의 목소리가 들려왔다. 그때 휴대폰이 울리기 시작했다. 나는 애써 무시하며 돌아누웠다. 티셔츠가 구겨지며 팔뚝에 배기는 것이 느껴졌다. 벨 소리가 멈췄다. 휴대폰을 매너모드로 바꿨다. 어두운 방 안에서 휴대폰의 진동 소리만 들려왔다. 언니는 내내 말이 없었다. 재차 전화가 걸려 왔다. 김 부장은 집요한 녀석이었다.

계속 전화 오는데.

꺼버려.

나는 휴대폰을 끄고 눈을 감았다.


지혜야.

말소리에 잠에서 깨어났다. 몸을 일으키자 새벽의 차가운 공기가 느껴졌다. 불을 켰다. 갑자기 밝아져 눈이 가늘게 떠졌다.

아직도 티셔츠 안이네.

당분간 여기서 못 나갈 것 같아.

어떻게 알아?

느낌이 그래.

그럼 어떻게 하지?

괜찮아. 편해. 졸리지도 않고.

그건 다행이지만.

너, 나 없어도 잘할 수 있지.

무슨 소리야.

한 번 저 끝까지 걸어가고 싶어졌어.

언니가 손가락으로 자신의 뒤쪽을 가리켰다.

돈은 언니 지갑에 체크카드 있어. 보험금도 그대로 있고.

지금 그게 중요해?

중요해. 어쩌면 제일 중요해.

왜 그러는데.

이유 같은 거 없어. 그냥 어디든 갔다 와도 될 것 같아서.

나만 두고?

그때부터 항상 너랑 고양이만 두고 다녔는데. 돌아올게.

나는 티셔츠를 바라보았다. 언니가 눈을 깜빡이고 있었다. 편해 보이는 모습이었다. 어차피 잡을 수 없다는 사실을 직감적으로 알 수 있었다. 티셔츠를 벗어 처음 언니를 발견했을 때처럼 창틀에 걸어두었다. 옷걸이가 좌우로 조금씩 움직이고 있었다.

여기가 어딘지 알고 다시 돌아와.

집이잖아.

이번에는 눈물이 날 것 같다는 것을 의식할 수 있었다. 아랫입술을 깨물었다. 언니가 손을 들어 흔들었다. 나는 가만히 있었다. 언니가 천천히 뒤를 돌아 한 발짝씩 걸어갔다. 발자국도 생기지 않는 그런 길이었다. 아니, 길조차 보이지 않는 하얀 티셔츠 속에서 언니는 하나의 점이 되어 점점 사라지고 있었다. 언니의 걸음걸이가 조금씩 왼쪽으로 치우치고 있었다. 나는 언니가 완전히 사라질 때까지 지켜보았다. 티셔츠 안에서 누구라도 만났으면 좋겠다는 생각이 들었다.

아침이었다. 시장에서 언니가 좋아하는 매운 고추장아찌를 사와야겠다고 마음먹었다. 거실에서 고양이가 사료를 먹는 소리가 들려왔다.

오도독, 오도독.

| 작가의 말 |

 '티셔츠'는 나의 소설 중에 '티셔츠'라는 제목의 이야기가 있으면 좋겠다는 매우 단순한 이유에서 시작했다. 아니, 이유라기보다는 욕구라는 표현이 더 어울리겠다. 나는 보통 이런 식으로 쓰지 않는다. 애초에 시작점이 달랐으므로 결과물 역시 그동안의 내 소설들과는 많은 부분에서 차이가 있었다. 결국 아쉽게도 나의 첫 소설집에 함께하지 못했다. 그 점이 언제나 미안했는데 이 소설은 저 혼자 영어로 번역이 되기도 했고, 지금은 이렇게 재차 발표의 기회까지 얻게 되었다. 그런 꿋꿋한 모습이 소설 속 두 자매와도 닮아있어 내심 대견하기도 했다.

 결국 소설은 내 손을 떠나는 순간부터 완전히 별개의 운명체로 살아간다. 그렇다면 내가 할 수 있는 일은 그들이 나의 손에 있을 때 최대한 세심하게 보살피는 일일 것이다. 그래야만 다시 만났을 때도 미안하지 않을 테니까.

 고마워. 잘 가, 또 보자.

**장성욱**
2015년 조선일보 신춘문예 당선. 소설집 『화해의 몸짓』, 웹북 『티셔츠』, 『야마다 유우코의 마지막 어덜트 비디오』, 『피망록』 출간.

공동

-

임재훈

-

내가 공동(空洞)의 존재를 알게 된 것은 입사한 지 딱 삼 년을 채웠을 때였다. 서른여섯 번째 급여가 이체된 그날 아침, 타입디자인2팀 고세미 팀장은 사내 그룹웨어 메신저로 내게 쪽지를 보냈다.

―'월급 잘 받았어요? 내일부터는 사 년 차네요? 축하합니다. 오 분 뒤에 담타 콜?'

회식 자리 말고는 따로 술 약속을 잡거나 밥 한 끼 같이 먹은 적 없는 다른 팀 상사가 담배 타임을 갖자는 게 뜻밖이었다. 의외성의 각인 효과인지 타입디자인2팀 팀장이자 최장기 근속자(그래 봤자 십 년 차다)로 불리게 된 지금도 그날 아침의 쪽지 속 텍스트를 머릿속에서 생생히 복원할 수 있다.

지금이야 하루에 두 갑씩 피우지만 사원이었던 칠 년 전만 해도 나는 비흡연자였다. 교인이라 금주한다는 직원들이 술잔에 사이다라도 채워 대표의 종무식 건배 제안에 순종하듯, 그때의 나는 급한 대로 탕비실 냉장고의 매실 캔 음료 하나를 집어 들고 사옥 밖으로 나갔다.

지금 생각해 보면 전부 막내 사원 특유의 부자연한 자발성에 기인한 행실이었다. 회사의 그 누구도 내게 그런 어줍은 깍듯함을 요구한 적은 없었다. 어디서 보고 들었는지 출처도 불분명하지만, 무릇 조직 생활의 초행자는 스스로를 알아서 다운그레이드 해야 한다고 믿었던 것 같다. 모든 챔피언을 다 다룰 줄 알면서도 일부러 말파이트를 선택해 바텀 서포터를 자처하는 심리라고 할까. 물론 회사 사람들과 '롤'을 해본 적은 없지만.

"1팀 팀장이 사람 잘 들어왔다고 그렇게 칭찬하더만, 듣던 대로 싹싹하네요."

내가 직접 마개를 따서 건넨 캔을 받으면서 2팀장은 싱긋빙긋 했다. 어깨선이 위팔 앞 부위까지 내려오는 상아색 반소매 박스 티에 검정 레깅스, 맨발에 플립플롭 차림으로 양손에 각각 얇은 권련초와 매실 음료를 쥔 팀장은 직장인 하면 떠올릴 법한 보편적 이미지와는 거리가 한참 멀었다.

사실 팀장 정도 의상이면 과한 것도 아니었다. 키는 작아도 상하체 근육이 제법 발달한 대표는 체인 팔찌와 밀리터리풍 칠부바지를 즐겨 입었다. 대학교 졸업하자마자 취업한 여직원들 몇몇은 배꼽 피어싱을 하고 다니기도 했다. 즉 상의가 크롭티였다는 의미다. 회사 임직원들의 출퇴근 사진을 인터넷 커뮤니티 게시판에 올린다면 '힙한 자만 살아남는다는 홍대 앞 직딩들 패션 근황' 같은 제목을 달아도 무방할 것이다.

서교동 솔내길의 회사 권역에는 흡연 구역이 따로 없어 우리는 근처 네일숍 건물의 부설 주차장 안쪽으로 들어가 있었다. 영업시간이 오후 한 시부터라 네일숍 주차장은 우리 회사를 비롯한 인근 디자인 스튜디오들, 이러저러한 소기업 사람들의 아침나절 전용 흡연실로 애용되었다. 역시나 그날도 한 대 피우러 온 사람들이 끊임없이 들어왔다 나갔다 했다. 대부분 남자였다. 혼자인 사람은 바닥에 꽁초를 버릴 때까지 휴대전화 화면만 들여다보다가 돌아갔고, 둘 이상씩 온 무리는 저들끼리 대화를 하는 중간중간 우리 쪽을 흘끔거렸다. 같은 남자인 내 눈에 그들의 시선은 백 퍼센트 '예쁜 여자를 볼 때'의 그것이었다.

"여준 씨? 려준 씨? 뭐가 맞아요?"

"려준입니다. 목려준. 고울 려 씁니다. 사슴 록 부수고요. 여수 지명에 들어가는 '여' 자랑 같은 한자예요."

"너무 예쁘다. 딱 서체 디자이너스러운 이름이에요. 나중에 연차 좀 쌓이면 본인 이름 딴 글자 꼭 만들어 봐요. 려준바탕, 려준돋움. 근데 아버님이 구 씨 아니신 게 얼마나 다행이야."

"그랬으면 아마 구여준이었겠죠? 하하. 목 씨랑 붙었을 때 '여'보다 '려'가 발음하기 어려워서 부모님이 이렇게 지으셨대요."

"응? 무슨 깊은 의미가 있는 거?"

필터 부분에 분홍빛 립스틱이 묻은 꽁초를 캔 안에 밀어 넣으며 팀장이 물었다. 칙, 하는 작은 소리가 났다. 팀장은 캔을 바닥에 내려놓고 상의 왼쪽 가슴의 윗주머니에서 담뱃갑과 노란색 미니 라이터를 꺼냈다. 일부러 보려고 한 것은 아니었지만 속이 얇게 비치는 니트 재질의 티였다. 속옷의 윤곽선이 인지되자마자 나는 눈을 다른 데로 돌렸다.

"남들한테 쉬운 사람 되지 말라고. 그거였대요."

장초에 막 불을 붙이려던 팀장은 입에 문 담배를 검지와 중지 사이에 끼워 들고 깔깔깔 소리 내 웃었다. 파안대소를 마치고 나서야 담배도 담뱃갑과 라이터도 제자리로 들어갔다. 그녀는 웃음기가 가셔지지 않은 얼굴로 나를 일이 초쯤 보다가 킥킥했다. 팀장과 눈을 맞춘 그 순간의 내 시선도 아마, 우리 쪽을(정확히는 웬 어린 남자 녀석 옆의 '예쁜 여자'를) 힐금힐금하던 남자들의 것과 똑같았을 듯하다. 나는 또 눈을 딴 곳으로 돌렸다.

"려준 씨가 우리 팀이었으면 정말 재밌었겠다. 아쉽네. 혹시 그 거 알아요? 우리 회사에 십 년 차 이상 장기근속자가 딱 한 분뿐인 거?"

"아, 그런가요?"

"려준 씨 동기들부터도 다 그만뒀잖아요. 혼자만 삼 년 버틴 거고. 려준 씨도 이쪽 업계 잘 알겠지만 이직률이 높잖아요. 독립률이 높다고 해야 하나? 회사에서 글자 만드는 거 다 가르쳐놓으면 냅다 독립해서 사업자등록 내고. 흔하잖아요."

"말씀 듣고 보니 그런 것 같기도 하네요. 하하."

담배가 중간 길이쯤 타들어 가고 있을 때 '딱' 하는 필터 캡슐 터지는 소리가 났다. 팀장은 깊게 연기를 들이마시고는 슬며시 눈을 감았다. '하루 두 갑씩 흡연할 경우 닷새 치 예산은?' 같은 단순 연산식 암산에 필요한 만큼의 촌각이 흐르고서야 팀장의 눈과 입이 열리며 긴 연기가 내뿜어져 나왔다. 나는 잠자코 그 모습을 바라보았다. 나름의 흡연 습관인가 보다, 하고 그때는 가볍게 넘겼는데 지금 와서 보니 내가 칠 년 전의 그녀처럼 담배를 피우고 있다.

서체 디자이너들의 커리어 시장이라는 게 다 펼쳐 봐야 부처님 손바닥 두 개쯤인 규모다. 여타의 중소기업처럼 삼사 년 단위로 '점프'해 연봉을 올릴 만큼 사업장들이 넉넉하지도 않다. 이렇다 보니 아무리 현 직장을 벗어난다 한들 결국은 어떤 형태로든 대면하여 협업 또는 직접적 경쟁 관계로 엮일 수밖에 없는 구조다. 이걸 잘 알기에 퇴사율, 아니 독립률이 높은 것이다. 개인사업자로서 클라이언트와 직통 라인으로 소통하고 건건이 작업료를 받는 편이 인하우스 디자이너 생활보다 좀 더 미래가 보장된 삶이라는 걸 누구나 다 안다. 경력 관리, 경제 활동, 삶의 질, 모든 면에서 훨씬 기회적이다.

삼 년을 근속한 나도 실은 그만둘 계획을 짜던 중이었다. 프리랜서로 데뷔하려는 욕구 때문은 아니었다. 그냥 회사를 나오고 싶었다. 이유가 실없는데, 바로 직원들의 옷차림이었다. 입사 첫날부터 직감했다. 삼 년 이상 다니기는 어렵겠다는 것을. 그런 게 정말로 있다는 가정하에 말해본다면, 물 공포증을 지닌 사람이 업무상 풀 파티 진행 요원 역할을 수행할 때의 불안 장애 같은 것을 회사 생활 내내 느꼈다.

레이어드 체인 팔찌를 타드랑거리며 서체 디자인 시안 검수 의견을 하달하는 근육질 대표(크리에이티브 디렉터를 굳이 겸했다), 데님 쇼트 팬츠 차림으로 다리를 꼬고 앉은 여직원들, 디자인학과 재학 시절 학내 프로그레시브 록 밴드 보컬로 활동했다는 장발의 미남 직원, 점프슈트를 입고 반삭에 귀찌를 한 남자 인턴사원, 길거리 남성 흡연자들의 시선을 한 몸에 받는 시스루 룩의 팀장……

이런 사람들과 공간을 공유하고 마주 앉아 두 시간 넘게 회의를 하고, 야근 또는 철야 때 단둘이 남고, 같이 밥을 먹고, 회식을 하는 일이 내게는 불안감을 야기하는 기제로 여겨졌다. 그들을 탓하는 것은 전혀 아니다. 오히려 잘못은 내 쪽에 있다, 라고 사원 시절의 나는 믿었다. 드레스 코드 안 맞는 인간 하나만 빠지면 되는 일이었다. 본래 그런 이들이 모여야 할 회사였다. 아무튼 나는 딴생각 품은 내색을 들키지 않고자 팀장과의 눈 맞춤을 피하려 애쓰고 있었다.

"려준 씨 공동이라고 들어봤어요?"

"공동 제작, 공동체 생활할 때의 공동요?"

"아니, 빌 공에 골짜기 동. 영어로는 보이드. 브이 오 아이 디. 우리 회사 건물이 원래 이름이 따로 있어요. 팔십 년대 말에 지어졌다는 건 알죠? 완공식 기념사에서 건축가가 여기를 이렇게 명명했다고 해요. 보이드 오브 보텍스. 소용돌이의 공동."

나는 부러 왼팔을 들어 손목시계를 봤다. 사무실 자리를 너무 오래 비워둔 것 같아서였다. 네일숍 주차장에 있은 지 십 분을 족히 넘긴 시각이었다. 타 팀 사원의 초조함을 눈치채주기를 바랐으나 팀장은 다 피운 도막을 땅바닥의 매실 음료 캔에 저금하듯 세심히 넣고는 세 개비째 불을 댕겼다. 저런 체인 스모커임에도 평소 팀 단위 미팅에서든 사옥 엘리베이터에서든 담배 쩐내나 구취 대신 늘 특유의 향취를 동반하는 소취(消臭)의 처세에 나는 새삼 탄복했다.

"보텍스 현상이라는 용어 안 들어봤죠? 신비론적인 얘기인데, 쉽게 말하면 암흑 에너지가 고여서 소용돌이치는 걸 가리켜요. 우주의 구성 성분은 원자 오 프로, 암흑 물질 이십오 프로, 암흑 에너지 칠십 프로라고 해요. 이천일년 나사가 발사한 더블유맵이라는 위성이 밝혀낸 과학적 사실이죠. 암흑 물질은 단어 그대로 빛을 내지 않는, 즉 사람 눈에 보이지 않는 물질을 뜻하는 거고, 암흑 에너지는 물질도 빛에너지도 아닌 정체불명의 에너지라는 의미예요. 신비론자들은 우리 지구 곳곳에 암흑 에너지의 응집점이 있다고 믿어요. 대서양의 버뮤다 삼각지대, 영국 스톤헨지, 일본 아오키가하라 숲 같은 미스터리 장소들이 바로 그런 곳들이라는 거죠. 소용돌이의 공동. 보이드 오브 보텍스. 이 사람은 대체 아침 댓바람부터 뭔 소리를 하는 건가 싶죠? 요컨대 우리 회사 건물도 암흑 에너지가 와동하는 스폿이라는 말씀. 건물 이름대로 사옥 안에 소용돌이의 공동이 있다는 말이에요. 작년에 기자의 대피라미드에서 발견된 비밀의 방만큼 거대하지는 않지만 분명히 존재해요. 내가 들어가 봤거든요."

나는 빨리 사무실로 들어가고 싶었다. 직원용 메신저에 부재중 표시도 안 누르고 나온 상황이었다. 팀 회의가 소집되었을지도 모른다. 퇴사할 때 하더라도 불성실한 직원으로 오인되는 것은 싫었다. '려준 씨 지금 어디? 팀장님이 찾으세요. 빨리 뛰어와요.' 같은 팀 선배의 재촉 전화라도 오기를 바랐다. 그래야만 이 어질어질한 대화(라기보다는 일방적 청취)에서 탈출할 테니.

"우리 회사의 유일한 십 년 차 장기근속자, 경리부 곽영순 부장님도 공동에 들어갔었어요. 이제 목려준 씨 차례입니다."

소용돌이의 공동이라 명명된 사옥, 암흑 에너지의 응집점, 미스터리 스폿, 이집트 대피라미드, 곽 부장님, '이제 당신 차례'…… 뭐 하나 제대로 따라잡기 난감한 토픽들이었다. 내 머릿속에서 이것들은 점점이 이어진 스토리라인이 되지 못했다. 점 위에 점이, 또 그 위에 다른 점이 이겨진, 각 점들의 개별성이 뭉개져 뭉뚱그려져 버린 한 뭉텅이였을 뿐이었다. 빚기에 실패한 찰흙 반죽이 다 그렇듯, 팀장의 난해한 이야기 도막들은 그날 아침 나에게는 시간과 공간의 낭비였다. 그때는 정말로 그렇게밖에는 여겨지지 않았다.

"려준 씨, 내 말을 잘 기억해요. 우선 영순 부장님을 만나요. 2팀 고세미 팀장한테 공동에 관해 들었습니다, 라고 말하면 다 알아들으실 거예요. 부장님이 뭔가를 알려줄 텐데 딱 그대로 실행해야 해요. 그걸 알게 된 시점으로부터 정확히 이십사 시간 안에 해야지 안 그러면 소용이 없어요."

나는 일단 알았다고 했다. 그리고 나서야 네일숍 주차장을 벗어날 수 있었다. 꽁초 세 개가 든 음료 캔은 역시나 내가 자진해서 챙겨 사옥 안 쓰레기통에 버렸다. 왜 그렇게까지 착했던가 나는, 하고 후회도 하지만 또 사원 시절로 돌아간다면 아마 똑같이 행동할 것 같다. 그 시절 나라는 인간의 운영 체제가 그냥 그런 식이었던 게 아닐까 짐작할 따름이다. 직장 상사한테 쫄고, 예쁜 직장 상사한테는 더 쫄고, 크롭티 입은 이십 대 여직원들 앞에서 주눅 들고, 키 크고 잘생긴 데다 옷까지 잘 입는 남자 직원이 영 어렵고, 근육질 대표의 체인 팔찌 소리에 움찔하고. 이 모든 요인이 나로 하여금 매사 부자연한 자발성을 발현하도록 자극했던 것이다. 특정 상황에서 본래 사양보다 성능을 낮춰 기기 지속성을 확보하는 스마트폰 칩셋 같은 무언가가 분명 내 안에 박혀 있었다.

\*

이집트 대피라미드에 '비밀의 방' 있었다 … 200년 만 발견에 고고학계 들썩

 지난 2일(현지 시각) 영국 과학 학술지 『네이처』는 이집트 유적보존연구소 메호디 타유비(Mehdi Tayoubi) 소장의 '스캔 피라미드 프로젝트' 소속 다국적 연구진이 기자 고원의 쿠푸 왕 대피라미드에서 정체불명의 거대 공동을 찾았다고 밝혔다. 세계 고고학계는 이번 발견을 1800년대 후반 본격적인 피라미드 발굴 및 연구가 시작된 이래 가장 놀라운 성과로 인정하는 분위기다.

메흐디 타유비 소장은 '뮤오그라피(Muography)'라는 스캔 기술을 이용해 쿠푸 왕 대피라미드 내부의 뮤온 입자를 검출·분석했고 그 결과 거대 공동의 존재 사실을 밝혀냈다. 뮤온은 우주 공간에서 지구로 쏟아지는 우주선(宇宙線)들이 대기권과 충돌해 발생시키는 소립자다. 투과력이 높아 콘크리트, 암석 등을 쉽게 통과하지만 고밀도 물체와 접촉 시 흡수 또는 굴절돼 입자 수가 감소한다. 뮤오그라피는 이 차이를 통해 스캔 대상의 구조를 스케치하는 기술이다. 즉 피라미드 안을 들어가지 않고도 내부를 파악할 수 있다.

　이번 발견을 바탕으로 메흐디 타유비 소장 연구진은 거대 공동의 조성 의도, 유물 보존 가능성 등을 면밀히 조사한다는 계획이다.

　한편 신비론자로 알려진 할리우드의 영화감독 젠 존스(Zen Jones)는 자신의 트위터를 통해 "지금이야말로 세계 고고학계가 피라미드 안에 영생 에너지의 응집점이 존재한다는 보텍스 가설(Vortex Theory)을 보다 학제적으로 받아들여야 할 때"라는 메시지를 남기기도 했다.

『케이사이언스 온라인』, 2017. 11. 3. / ⓒ 케이사이언스미디어그룹, 무단 전재 및 재배포 금지

사옥 일 층에서 엘리베이터를 기다리는 동안 스마트폰 인터넷

브라우저 검색창에 '피라미드 공동'을 입력해 검색 결과 중 맨 상단의 기사를 속독했다. 나와는 결코 결합할 수 없는 형질의 텍스트였다. 고고학이니 우주 공간이니 하는 키워드들은 단언컨대 목려준이라는 운영 체제가 처리할 수 없는 명령어들이었다. 아무리 인풋을 반복해 봤자 아웃풋은 'device not ready'나 'file not found' 같은 에러 메시지뿐일 것이다.

한 가지만큼은 인지할 수 있었다. 고세미 팀장이 언급한 '피라미드의 공동'은 실화였다는 점. 낯선 과학 기사에서 내가 유일하게 수용한 그 팩트는 그날 아침 팀장에게 들었던 모든 얘기를 믿을 만한 정보로 재고해 보게끔 만들었다. 그러고 나자 기사 전문도 처음과는 다르게 읽혔다. 물론 두세 차례 재독을 거듭해도 텍스트가 온전히 받아들여지지는 않았다. 다만 에러 메시지가 'retry please' 정도로 순화된 느낌이었다고 할까.

임직원 삼십 명 규모인 폰트 기업 건물 안에 비밀의 방, 소용돌이의 공동, 영생 에너지의 응집점이 존재한다? 어쩌면 이 보이드 오브 보텍스 덕에 우리 회사가 삼십 년 넘게 국내 폰트 시장 점유율 선두를 유지했던 것인가? 앞으로도 이 회사는 계속 탑 오브 탑으로 영생하는 것인가?……

이런 식으로까지 생각이 전개되자 다시 내 머릿속은 본래의 처리 불능 상태로 복구되었다. 비밀의 방은 일일연속극 제목 같았고, 소용돌이의 공동은 오십 년대 나왔을 법한 공상과학 영화 제목, 영생 에너지의 응집점은 사이비 종교의 교리처럼 여겨지기 시작했다. 이러고 나자, 나는 언젠가 인터넷 커뮤니티 게시판에서 본 움짤 속 문구처럼 퇴사가 몹시 마려워졌다.

아침이어서인지 사옥 엘리베이터는 계속 오르락내리락했다. 오 층짜리 건물에 화장실은 사 층과 지하 두 개 층에만 있었다. 사무 공간인 지상층의 직원들은 회사 자료 보관실(이라고는 하나 사실상 창고)로 쓰이는 지하층 화장실 두 곳을 선호했다. 사람들이 드나들지 않으므로 한결 편안한 상태로 볼일에 집중할 수 있기 때문이었다.

하루 중 용변 인파가 몰리는 때는 역시 오전과 점심 직후인 오후 한 시부터 두 시까지였다. 이 두 시간대에는 가급적 엘리베이터보다 계단을 이용하는 것이 상책이었다. 그러나 고세미 팀장에게 붙잡혔다 풀려난 그날 아침, 나는 엘리베이터를 하염없이 기다렸다.

보이드 오브 보텍스니 피라미드니 영생이니 이런 비일상적 요소들의 소용돌이가 지나고 나니 결국 또 남은 것은 퇴사 생각이었다. 퇴사 결심을 보다 공고히 굳히는 데 고세미 팀장이라는 인물과 그녀의 괴이한 허언과 이집트 기자의 대피라미드와 보텍스 가설 따위가 재료로써 필요했던 것이려니, 하는 사후적 운명론에까지 의지하면서 나는 가까스로 그날 아침의 내적 혼란을 수습하려고 안간힘을 썼다. 어차피 이런 상태로는 일도 손에 안 잡힐 테니, 엘리베이터가 오든 말든 말끔히 제정신을 차린 뒤에 계단을 뛰어 올라가든 어쩌든 삼 층 사무실로 복귀하겠다 마음먹었던 것이다.

먼저 들어가라며 담배 네 개비째를 입에 문 팀장이 한 개비쯤 더 태운 뒤 사옥 사 층 2팀 사무실 밖 화장실에서 가글을 하고 제자리에 앉고도 남을 정도의 시간 동안 나는 엘리베이터 앞을 벗어나지 않았다. 노출 콘크리트 벽에 등을 기대고 그냥 멍하게 서 있었다. 빈 엘리베이터가 두 번 일 층에 섰다. 세 번째로 문이 열렸을 때 그 안에 십 년 차 곽영순 부장이 있었다.

"타죠."

대리의 시간, 과장의 시간, 차장의 시간 저 너머의 상사의 한마디에 나는 바로 순종했다. 우리 회사 진급 규정으로는 자사 및 타사 포함 총 이십 년 경력만큼 격원한 사이였으나, 직장 내 인간관계가 다 그렇듯 이쪽과 저쪽의 거리가 멀면 멀수록 상명하복의 속도는 증가한다. 과학은 잘 모르지만 이런 작용은 확실히 물리학 법칙에 반한다.

"세미 팀장 만났다면서요? 그러면 다 들었겠네."

내가 이미 탑승했음에도 부장은 문 열림 버튼을 누른 채였다. 이윽고 오, 사, 삼, 이, 일, 혼잣말로 초읽기를 한 뒤 버튼에서 손을 뗐다. 천천히 문이 닫혔다. '후우' 하고 작게 소리 내 숨을 쉰 부장은 나를 쳐다보았다. 백육십 센티미터가 채 못 되는 상사가 열 명 정원인 엘리베이터 공간에서 말없이 일개 사원을 빤히 올려다볼 때는 무릇 눈을 깔아야 한다, 라고 누가 가르쳐준 적 없음에도 나는 그렇게 했다. 자동 반사의 처신이었다.

"저…… 오 층 경리부 눌러드릴까요?"

부장은 대답하지 않았다. 경리부 부장과 타입디자인1팀 사원은 위아래 아무 방향으로도 움직이지 않는 엘리베이터 안에서 가만했다. 갈고리눈과 얇은 입술, 파베 초콜릿을 사람 코 모양으로 만들면 저런 형태이지 않을까 싶은 뭉툭코, 이 세 감각 기관을 정성껏 보호하는 것 같은 오버 사이즈 반투명 뿔테 안경과 숱 많은 칠흑 단발, 얼굴 아래로는 아무래도 상관없다는 듯 깡마른 빗장뼈와 야트막한 가슴골을 위태롭게 노출시킨 코발트 색 스퀘어넥 롱원피스.

나는 두 손바닥과 등을 승강기 내벽에 바짝 붙이고 서 있었다. 누가 보든 괴상하게 여길 장면이었다. 나는 문이 열리지 않기를 바랐다.

"역시, 아무리 봐도 평범해. 본 투 비 노멀."

부장이 내 맞은편 내벽 쪽으로 등을 붙이며 말했다. 악산은 멀어진 거리에 나는 조금 안도했다.

"고세미 팀장 말이 맞았어요. 목려준 사원은 'PUSH' 팻말이 붙은 문을 절대로 'PULL' 하지 않는 유형이라고. 문학 전공이었으면 창작보다는 평론이 더 맞았을 거라고. 캘리그래피보다는 정통 서예, 팬시 폰트보다는 전통적인 명조나 고딕이 어울리는 디자이너라고. 그래서 장기근속 역량이 충분하다고 말이에요. 려준 씨네 1팀 팀장 곧 퇴사하는 거 몰랐죠? 그 친구 나름 은수저 정도는 돼서 이미 우리 회사 근방에 자기 스튜디오 공간도 얻었어요. 마음이 딴 데 가 있으니 자기 팀 사원을 제대로 관찰이나 했겠어요? 그러니 만날 손글씨 서체나 가변(可變, variable) 서체 작업을 시켰겠지. 려준 씨가 세미 팀장네 2팀으로 갔어야 하는데."

나는 뭐라 응대해야 할지 몰라 잠자코 부장의 다음 말을 기다렸다. 뜬금없이 좁은 승강기 안에서 경리부장에게 내 세평을 듣게 된 일이 당황스러웠다. 그리고 내 성향을 파악한 고세미 팀장의 눈썰미에 내심 탄복했다. 대학 졸업작품으로 만든 이천삼백오십 자짜리 한글 서체는 고딕이었다. 그래픽 디자인보다는 서체 디자인 쪽 진로를 선망했던 나는 손글씨체나 배리어블 폰트의 역동성보다는 고딕의 준수함을 더 좋아했다. 스위스 모던 디자인의 상징이라 할 수 있는 헬베티카(Helvetica)체를 숭앙했다. 에릭 슈피커만이라는 독일의 유명 타이포그래퍼는 '철모를 쓴 무표정한 군인들' 같다고 혹평했지만, 나는 똑같은 맥락에서 헬베티카를 애정했다. 꺾이거나 둥글려지지 않은 무표정·무개성의 직선 획들이 발산하는 안정감과 점잖을 닮고 싶었다. 회사를 그만두면 그간 저축한 돈으로 미국에 갈 작정이었다. 헬베티카가 쓰인 뉴욕 지하철 사이니지 시스템 사진을 잔뜩 찍을 계획이었다.

"세미 팀장이 려준 씨를 콕 집은 데에는 분명 그만한 이유가 있어요. 어때요. 2팀으로 갈래요? 3팀, 4팀도 아닌 2팀으로 배속된다는 것은 말이죠, 려준 씨의 장기근속이 보장된다는 의미예요. 디자이너이기 전에 려준 씨는 회사원이잖아요. 회사원에게 장기근속 보장은 영생과 똑같아요."

고세미 팀장 밑으로 들어가는 일이 어떻게 영생에 버금가는 장기근속을 보장한다는 것인지 나는 도통 이해할 수 없었다. 게다가 디자인 실무 관련 제안을 경리부장에게 받아도 괜찮은 것인지도 확신이 안 섰다. 하지만 역시나, 장기근속 보장이라는 여섯 글자는 피라미드의 거대 공동 얘기만큼이나 허무맹랑하면서도 신비로웠다.

"려준 씨는 지난 삼 년간 충분히 평범했고 앞으로도 그럴 수 있는 자질이 충분하다, 이렇게 우리는 판단했어요. 장기근속의 영생 에너지를 흡수할 만한 정신의 소유자. 보이드 오브 보텍스의 선택을 받은 자. 더 초즌 원(The Chosen One)."

그때 나는 몇 번 가볍게 고개를 끄덕였던 것 같다. '그렇군요, 저 자신이 그런 존재임을 받아들이겠습니다, 소용돌이의 공동을 믿습니다'라는 호응도, '알겠고요, 하하, 저는 자리로 가야 할 것 같습니다, 저희 팀장님한테 혼나요, 수고하세요 부장님'이라는 끝인사도 아니었다.

내 고갯짓은 상사나 손윗사람이 말할 때 나오는 습관이었다. 화자로 하여금 상대가 경청하고 있다는 신뢰감과 호감을 주는 몸짓 언어의 일종이기는 하나, 내 경우는 직장 내 처세술을 의도한 사회적 제스처라기보다 정말로 아무 생각 없이 하는 짓이었다. 갤러리의 미술 작품 앞에 서면 자연스럽게 턱에 손이 올라간다거나 팔짱을 끼게 되는 행위처럼, 그냥 무조건 반사로 표출되는 신체 반응일 뿐이었다.

도무지 공감하기 어려운 논지가 발설될 때도 내 고갯짓은 작동했다. 심지어 근육질 대표의 술자리 음담패설을 듣는 와중에도 내 경추 신경은 연신 주억주억거리는 동작을 유도했다. 직장 상사와 손윗사람 앞에서 내 목은 오로지 위아래로만 움직였다. 좌향과 우향의 도리머리에 필요한 근육은 취업과 동시에 서서히 퇴화해 버린 것 같았다.

문과생인 내게 과학은 늘 비언어적인 분야로 느껴졌지만, 회사원이 된 이후로 고등학교 생물 과목에서 배웠던 다윈의 자연 선택론만큼은 확실히 이해하게 되었다. 누구 앞이든 상하좌우 자유롭게 움직이는 모가지는 쉽게 날아간다, 라는 우리 회사 근무 환경에 적합한 방향으로 나라는 종(種)이 진화를 한 것이었다.

부장은 내 끄덕거림을 곧이곧대로 받아들인 듯했다. 잘 생각했다며 빙긋 웃은 부장은 승강기 버튼 패널 쪽으로 몸을 돌렸다. 줄곧 마주 보던 구도가 마침내 풀어져 나는 한결 편해졌다. 어디까지나 상대적으로 그랬다는 거고, 지상과 지하 어느 방향으로도 오르내리지 않는 엘리베이터 안에 부장과 사원 단둘이 탑승한 상황 자체는 여전히 어려웠다.

"쎕흐맛(ᴄєпǫмот)! 퀘누메스미 아프만숩(bᴇɴoʏмᴇѳмнιɑɥмᴀɴᴄɥ)! 퀘누메스미 아프톤브(bᴇɴoʏмᴇѳмнιɑɥтωɴɥ)!"

부장은 두 팔을 공중으로 뻗고 주문을 외쳤다. '주문'이라는 표현은 당연히 사후적인 것이다. 당시에는 부장이 정신 착란이라도 일으킨 줄 알았다. 자발적 조아림과 주억거림을 진화론적으로 수용한 인종의 눈에도 부장의 모습은 광인 그 자체였다. 그럼에도 문 열림 버튼을 누르고 승강기를 탈출하는 걸 저어하게 한 기제는 뭐였을까.

고교 시절 생물 선생님의 가르침을 또 주워섬기건대, 그것은 신다윈주의의 중심 사상이라는 자연 선택의 만능 이론이 작용한 결과가 아니었을까 싶다. 그때 내가 당면한 사태, 그러니까 부장의 이상 행동을 엘리베이터 안에서 나 혼자 목격하게 된 그 특수한 환경의 최적 생존 전략을 삼 년 차 사원이라는 종은 '안 본 걸로 하기'로 설정했던 것이 아닐까. '본 눈'을 '안 본 눈'으로 변이시킴으로써 종으로서의 생존 확률을 높인 자연 선택적 행위 말이다.

부장은 똑같은 주문을 두 번 더 반복해 외쳤다. 그러고는 정확히 다음의 순서로 버튼을 눌렀다. B2 연속 두 번, B1 한 번, 1·2·3·4·5를 동시에 네 번(이 동작을 위해 부장은 다섯 손가락을 기괴하게 펼쳤다), 마지막으로 닫힘 버튼을 빠르게 연타.

"좀 전에 왼 말은 콥트어였어요. 고대 이집트 마법사들이 주술에 사용했던 신성한 언어죠. 쎕흐맛, 감사합니다! 퀘누메스미 아프만숩, 진정으로 탄신하시었습니다! 퀘누메스미 아프톤브, 진실로 부활하시었습니다! 아시겠나요? 바로 영생의 주문이에요."

이윽고 엘리베이터가 작동했다. 일순 내 몸은 문을 기준으로 왼쪽으로 쏠렸다. 운행을 멈추자 오른쪽으로 기울었다. 운동 방향이 위아래인 동력 장치가 탑승자를 좌우로 미당기는 불평형 상태를 야기한다는 것은 관성의 법칙에 반하는 현상이었다. 버스가 급정차할 때 승객들이 공중으로 붕 떠오르는 일은 일어날 수 없다. 부장은 양손을 안전봉에 얹은 채 미소를 짓고 있었다.

"고세미 팀장한테 들었겠지만 공동은 암흑 에너지의 응집점이에요. 우리 눈에 안 보이는 기운들이 소용돌이치고 있죠. 아마도 그래서일 거예요. 엘리베이터는 분명 아래로 이동했지만 려준 씨와 내 몸은 마치 자동차를 탄 것처럼 반응했잖아요. 깊이 알려고 하지 말고 그냥 받아들이세요."

승강기 버튼은 짝수 번 누르면 초기화된다. 부장은 지하 이 층부터 지상 오 층까지의 버튼 중 B1만 홀수 번, 즉 한 번 눌렀다. 그러므로 문은 지하 일 층에서 열렸다. 그곳은, 그냥 지하 일 층이었다. 지하 이 층과 마찬가지로 팔십 년대 말 회사 창립 이래 축적된 갖가지 계약서, 경쟁 입찰을 위한 제안서, 서체 디자인 시안 인쇄물, 디지털 경리 시스템 도입 이전의 임직원 인사 기록 카드와 실적표 등등이 조립식 철제 앵글 선반들의 칸칸마다 빼곡했다.

시무식 날 아침 자료 보관실 대청소는 전사 차원의 연례행사여서 직원 누구한테나 지하 두 개 층의 구석구석은 빼삭했다. 암흑 에너지의 응집점이니, 소용돌이의 공동이니 하는 미스터리의 징후를 이 공간에서 감지한 일은 없었다. 지하층은 온갖 인쇄용지들이 삭는 냄새, 전 직원 배변 스폿인 화장실 악취, 호흡 곤란을 유발하는 설진(屑塵), 까딱 잘못 건들면 무너져버리는 앵글 선반들의 집합소였다.

이런 곳에 장기근속을 보장하는 신비의 에너지가 고여 있을 리 없었다. 그럼에도 나는 고세미 팀장과 곽영순 부장의 공동 '설'을 백 프로 허언으로 치부하지 못했다. 뉴턴의 물리학 제일 법칙과 어긋나는 기이한 운동 에너지를 엘리베이터 안에서 체감했기 때문이다. 또한 보이드 오브 보텍스의 실재 여부를 떠나, 직장 상사와 업무 외적인 요인으로 유대하는 일은 이로우면 이로웠지 딱히 해가 될 것 같지는 않았다. 그리고 만분의 일 확률로 장기근속 보장의 암흑 에너지라는 게 정말로 존재할 가능성도 염두에 두었다.

"공동에 온 걸 환영해요. 이제 려준 씨는 공동체, 보이드 오브 보텍스 소사이어티의 일원입니다."

\*

그날 이후 지난 칠 년간 적어도 오십 차례 이상 조직 개편이 이루어졌다. 사내 그룹웨어의 현 조직도상 고세미 팀장 직책은 'TDC(Type Design Center) 센터장'이다. 서체 디자인 담당 다섯 팀의 총괄 책임자다. 경리부와 인사부가 통합되면서 곽영순 부장은 인사경리과 전무로 승진했다. 공공기관처럼 부서명에 '과'가 붙은 점을 두고 직원들은 경리 및 인사 실무자들에게 공무원에 순하는 고용 안정성을 대표가 친히 부여한 것이라며 부러워했다.

나는 고세미 센터장 후임으로 2팀 팀장을 맡고 있다. 직급은 과장인데 직위가 디렉터급이라 팀 내 차장들의 불만이 있기는 했다. 내부 반발을 뚫고 하극상 진급이 성사된 데에는 '십 년 근속'이라는 내 이력이 결정적이었다. 우리 세 사람, 즉 보이드 오브 보텍스 소사이어티 일원을 제외하면 지금 회사에 사 년 이상 근속자는 단 한 명도 없다. 사칙에 명문화되지는 않았으나 대표는 확실히 장기근속자를 우대했다.

칠 년째 '공동체'는 세 명으로 유지되고 있다. 앞으로도 이 상태일 듯하다. 이제 국내 폰트 시장은 기업 간 경쟁이 가능할 만큼의 격전지가 되지 못한다. 서로 싸울 전장이 줄었다. 이른바 독립

디자이너라 불리는 프리랜서와 개인사업자들이 디자인학과 학생들의 우상이 되었다. 라이선스 프리 폰트로 불리는 무료 폰트들의 양도 품질도 증가했다. 오로지 무상 배포된 글꼴들만으로 북 디자인과 편집 디자인을 해결하는 독립 출판사들도 늘었다.

기성 폰트 회사들의 디지털 서체 파일을 정식 구매해 사용했음에도 법률사무소로부터 저작권 침해 내용증명을 받은 소비자들은 점차 무료 폰트를 선호하기 시작했다. 저작권법상 컴퓨터프로그램 저작물로 분류되는 폰트 파일의 단계별 라이선스 범위 고지는 일반 사용자들이 직관적으로 숙지하기에는 너무 번잡했다.

무료라는 두 글자가 법을 압도했다. 순위는 다자 간 경쟁으로 매겨지고, 현상 유지는 오롯이 혼자만의 버티기 싸움이다. 우리 회사를 비롯해 몇 안 남은 폰트 기업들에게 관건은 경쟁력이 아니라 저항 능력, 즉 어떤 힘이나 조건에 굽히지 아니하고 거역하거나 버티는 능력이다.

사원 시절 소용돌이의 공동을 받아들인 나는 칠 년이 흐른 지금에서야 암흑 에너지의 실체를 이해한다. 고세미 센터장도 곽영순 전무도 그리고 나도, 저항 능력이 필요했던 것이다. 나날의 일상 속 어디서도 발견 못 한 그 힘의 원천을 센터장과 전무는 불가사의로부터 발굴해 냈다.

단지 버티기 위하여 두 직장인은 이집트 콥트어와 기자의 대피라미드와 암흑 에너지의 응집점과 보텍스 현상을 믿어야만 했다. 항다반의 물리 법칙을 거스르는 특수한 교리를 맹신함으로써 회사 건물 지하 창고에는 소용돌이의 공동이 생성되었다.

위아래로만 오르내리는 엘리베이터 안에서 좌우로의 관성력을 경험한 나는, 그 뒤로 보다 확신에 찬 고갯짓을 하게 되었다. 예, 그렇습니다, 맞습니다, 가능합니다, 일리 있는 말씀이십니다, 시행하겠습니다, 내일 중에 시안 보여드리겠습니다, 금주 내로 기획안 전달하겠습니다…… 고개를 끄덕일수록 내게 잠재된 도리질의 에너지를 분명히 감각했다. 그것은 지하의 보이드 오브 보텍스처럼 지상의 일상들로 층층이 가려지고 고어(古語)로 봉인되어야만 작용하는 암중의 힘이었다.

나는 공동을 믿는다. 나는 공동체의 일원이다. 나는 장기근속할 것이다.

|작가의 말|

「공동(空洞)」은 소설, 즉 지어낸 이야기다. 본문에 등장하는 기업도 인물들도 다 허구다. 특정 회사와 회사원들을 비하 또는 희화화할 의도는 없었다. 장기근속의 가치를 폄하할 작정도 아니었다. 됐고, 「공동」은 걍 소설이다.

언어가 생물이라면 '고용 안정성'이라는 말은 멸종 위기종이다. 오래지 않아 사어(死語)로 남을지도 모르겠다. 중소기업에서 십여 년 근무하면서 자주 했던 생각이다. 「공동」은 이 생각을 단편소설 분량으로 늘인 이야기다. 요컨대 걍 소설이다.

됐고, 걍 소설이야.

**임재훈**
2023-4 스토리코스모스 신인소설상 당선. 2024 종이책『소설가는 어떻게 만들어지는가』(공저), 웹북『공동』『주변인으로서의 작가』『지진광』『두릅아줌마 이야기』『초요의 숲』『청월마을에서의 결투』출간.

인디고블루 청바지로부터

-

이아타

-

청바지는 우리를 필요로 하고, 우리는 필요하지 않은 청바지를 너무 많이 가지고 있다. 사랑은 우리를 필요로 하고, 우리는 필요하지도 않은 사랑을 너무 많이 너무 자주 한다. 집마다 방마다 수많은 사랑이 쌓여 있고 걸려 있다. 이제 허무맹랑한 청바지에 대해 말하려 한다.

흔하디흔한 사랑같이 허무맹랑한 나는 청바지 같은 짓을 하러 가는 중이었다. 하늘은 멍든 듯 푸르뎅뎅하고, 어퍼컷을 맞은 듯 턱이 시큼한 늦가을 새벽이었다. 특징 없는 번화가 뒷골목엔 편의점 불빛이 배신의 환한 빛을 조용히 밝히고 있었다. 멈춰서서 편의점 안을 쳐다보았다. 형광등 불빛 아래 등을 돌린 에드워드 호퍼 들이 음식을 먹고 있었다. 새벽의 음식은 창자를 외롭게 한다.

그놈의 집은 걸어서 십 분 남짓이고, 두 연놈을 대면하면 뭐라 말하고 욕할지를 선택하기에 적당한 거리였다. 촬영이 끝난 저녁부터 여러 번 전화했으나 그는 받지 않았다. 둘 중 하나였다. 눈치 빠른 그놈이 감을 잡았거나, 아무것도 모른 채 그년과 시시덕거리고 있을 게 뻔했다. 이 순간이 있으려고 그놈 동네에 내가 살고 있다는 뜬금없는 생각을 했다. 방향을 가늠할 수 없는 골목 어디선가 컹컹 짖어대는 개소리가 들렸다. 모든 게 사주팔자다 싶고 온몸의 기운이 새벽바람을 따라 흩어졌다.

촬영이 시작된 한 달 전부터 소문은 담배 연기를 따라 내 귀에 들어왔다. 둘이 좀 분위기가 묘하다고 했다. 그러다가 그놈이 여자애 아파트에서 재활용 쓰레기가 담긴 봉투를 들고나오는 걸 목격했다. 연출부 막내가 감독 지시로 여자애에게 수정 대본을 전하려고 가던 길이었다. 그놈의 모자와 옷차림은 익히 내가 아는 것이었고 리얼리티가 생생했다. 재활용 쓰레기를 들고나왔다는 건 단순히 한 번 잔 사이가 아니라는 말이었다.

친구1이 조용히 전해주는 말을 들으면서 쓰레기가 산처럼 쌓이는 모습을 상상했다. 캔, 병, 종이, 금속, 그릇, 온갖 일회용 용기들. 동네마다 정크 아트 예술가가 상주해야 한다는 생각이 들었다. 우리에겐 쓰레기가 너무 많았다.

스물넷인가 다섯이라는 여자애는 연극판에서 영화판으로 판을 갈아탄 햇배우였다. 신인배우라 하지 않고 햇배우라고, 다소 우스꽝스러운 표현을 쓰는 이유는, 그 구역 남자들이 여자애를 흡사 올가을 처음 수확한 햇사과를 대하듯 행동했기 때문이었다. 간단히 말하면 이놈 저놈 군침을 흘렸다는 것이다. 영리한 여자애는 풋풋한 척하는 몸짓을 하면서 재밌어했다. 젊고 예쁜 여자는 선사시대 때부터 무기였다. 그것은 주먹칼이었고, 화살이었고, 청동검이었다.

영화 현장에 연출부로 있는 친구1이 업데이트해 준 얘기를 요약하면 그랬다. 촬영 중인 영화의 조감독이 그놈이었다. 말이 조감독이지 나이 많은 감독의 집사나 다름없어서 하라는 일만 겨우 하는 수준이었으나 그놈은 불만이 없었다. 현장의 배우, 촬영감독, 미술, 조명 등등 모든 사람이 머지않아 만들어질 자기 영화의 인맥이라 여겼다. 긍정적인 인간이었다. 지나치게 긍정적인 사람을 조심하라. 이들은 아침에 해가 뜨는 것도 자신들의 활기찬 하루를 위해서라고 믿는다. 태양은 사심이 없다.

그의 오피스텔 차임벨을 눌렀다. 응답을 기다린 건 아니었다. 벨의 여운이 가시기도 전에 곧장 비밀번호를 누르고 들어갔다. 익숙한 섬유유연제와 그의 살비듬 냄새 속에 배달 음식 냄새가 뒤섞인 뒤숭숭한 냄새가 어둠 속에서 나를 맞았다. 오래전부터 고장 나 있던 현관 센서등이 작동하지 않아서 깜깜했다.

벽을 돌아가야 하는데 다리가 후들거렸다. 인기척이 없었으나 머릿속에서 연놈이 뒤엉킨 영상이 나를 지배했다. 허연 다리 네 개를 발견하면 콜라를 퍼부으려고 가방 속에 넣어두었다. 침대엔 그놈이 벗어놓은 허물만 구슬프게 놓여 있고, 몸은 미끈하게 빠져나가고 없었다. 매끈한 몸과 마음은 어린 여자에게 가 있었다.

커다란 텔레비전 앞에 놓인 조그맣고 말라비틀어진 탁자에 일회용 그릇들이 보였다. 혼자 먹은 것인지 둘이 먹은 것인지 모호한 탕수육과 짜장 하나씩이었다. 기름기가 말라붙어 있는 것만으로는 오늘 먹은 것인지 사흘 전에 먹은 것인지 분간되지 않았다. 나는 컹컹 짖는 개처럼 그릇에 얼굴을 박고 킁킁거리며 냄새를 맡았다. 사흘쯤 방치된 짜장 그릇은 의부증에 빠진 여자의 머리카락 냄새를 풍겼다.

한동안 커다란 슬리퍼를 끌며 방을 오락가락했다. 이제부터 명쾌한 발걸음이 가야 할 곳은 하나였다. 곧장 햇배우의 집으로 쳐들어가야 했지만 나는 주저했다. 거기서 무얼 보고 겪든 나는 복도에 내놓은 짜장 그릇이 되리라. 사랑을 닮은 클리셰였다.

커튼을 젖히고 밖을 내다보았다. 고층 빌딩 너머로 시베리아 공기가 섞인 대기를 바라보며 마음을 식혔다. 지금 생각해 보면 시퍼런 새벽의 하늘이야말로 청바지 빛이었다. 시퍼렇게 까만, 공기 중에 청산가리 몇 방울 탄 농도. 산다는 건 살거나 혹은 죽는 것이었다. 다른 것은 없었다.

며칠 후 그놈이 내 집 앞에 와서 사실을 말했다. 어쩌다 보니 그렇게 됐다고 했다. 그놈은 잘못을 인정하지도, 용서를 구하지도 않았다. 원래 그런 놈인 걸 내가 알고 있었다는 게 한심했다. 나는 낮은 목소리로 너란 인간은 한번 쓰고 버리는 쓰레기이며, 영화판에서도 일회용이 될 거라고 저주를 퍼부었다.

그놈이 내게 마지막으로 한 말은 이랬다.

넌, 청바지 같아. 열에 아홉은 입고 다니는 좆나 지겨운 인디고블루 청바지.

그 후로 지하철에서 길거리에서 성도착자처럼 사람들의 아랫도리를 쳐다보았다. 놀랍게도 수많은 사람이 인디고블루 청바지를 입고 있었다.

*

 가을과 겨울 사이의 스산한 저녁에 똑똑하지도 그렇다고 멍청하지도 않은 친구들이 찾아왔다. 그녀들은 술과 안주 봉투를 잔뜩 안고서 벨이 아닌 원룸 출입문을 쾅쾅 두드려댔다. 보아하니 자기들끼리 벌써 거나하게 마신 얼굴들이었다. 그녀들과는 오래전 천만 관객 동원에 성공한, 웃기면서 슬픈 상업 영화의 연출부로 함께 일하면서 친해졌다. 지금은 환경이 나아졌으나 그때만 해도 하루 16시간 현장에서 일하곤 했다.
 그 시절 우리는 벌건 눈으로 얄궂은 배우와 재수 없는 감독과 안하무인 제작사 대표를 씹으며 소주병을 셌다. 세월이 흘러서 나는 안하무인 대표의 제작사에서 허드렛일을 하고 있었고, 친구1은 자기 시나리오를 쓰면서 연출부 일을 계속했다. 친구2는 홍보 대행사에서 계약직으로 일했고 친구3은 드라마를 쓰려고 보조 작가 생활을 하고 있었다. 우리 넷의 또 다른 공통점은 최저임금 이쪽저쪽의 벌이라는 거였다. 그래서 넷은 여전히 친구일 수 있었다.
 그들이 일찌감치 껴입은 오리털 점퍼를 벗고 가방을 구석에 몰아넣고 퍼질러 앉자 집이 꽉 찼다. 셋은 처음엔 내 눈치를 살피더니 취하고부터는 아무 말이나 지껄이기 시작했다. 친구2가 취해서 오리처럼 꽥꽥거렸다.

"고년, 몇 살이라고?"

"스물다섯."

"하, 좋은 나이네."

엉뚱한 말을 잘하는 친구3이 물타기를 했다.

"난 스물다섯에 뭐 했을까? 기억이 없어, 알바한 거 외엔."

친구1이 꼰대처럼 말했다.

"난 요새 대학생들 보면 완전 어린애들 같아."

친구2가 거들었다.

"군복 입은 애들 너무 여리여리하게 보이지 않냐?"

"그렇더라. 그게 늙어가는 징조야."

"스물다섯이 아주 오래전 일 같아. 겨우 구 년 전인데."

"그러네, 정말."

그러다가 자연스럽게 늙음에 관한 토론을 시작했다. 나로서는 그놈 얘기만 아니라면 상대성 이론에 관해 이야기해도 괜찮았다.

"털 빠진 고양이를 옆구리에 끼고 앉아 티비 보는 거."

미래의 늙은 모습을 한 장면으로 말하라고 해서 내가 말하자 친구들이 동시에 비웃었다.

"년, 아직 멜랑콜리의 껍데기가 남아 있어."

친구2가 말했다.

"식탁 위에 늘어선 약상자에서 약을 한 움큼 손바닥에 놓고, 개수를 천천히 세는 거지. 한꺼번에 못 삼켜서 몇 알씩 나눠 먹어야지. 그러니 물도 엄청 마셔. 결국 팬티에 오줌을 찔끔 지리는 거지."

친구3이 찬찬히 말했다.

"넌, 작가 해도 되겠다. 디테일 좋다, 애."

친구1이 칭찬했다.

"도대체 왜 백 년을 살아야 하냐고, 누가 백 년 살고 싶댔나."

"염색체 텔로미어가 갑자기 돌아버린 게 아닐까."

"미토콘드리아 때문이라던데."

"이유야 많지. 많이 먹으면 세포 노화가 빨라져서 빨리 죽을 수 있어."

"오호, 좋네. 마음껏 먹고 빨리 갈 수 있으니."

"넷플릭스 같은 플랫폼이 있는 한 늙어도 괜찮을 것 같아. 볼 게 너무 많아서 눈이 아플 거 같긴 하지만."

"녹내장 조심해야 해."

"그렇다더라. 시력을 잃는다며."

"난 말이야, 다른 건 다 견딜 수 있는데, 늙은 남자와 섹스해야 한다는 게 너무 슬퍼. 내가 팔십 살이면······"

친구2는 정말 슬픈 표정을 지었다.

"팔십에도 넌 하고 싶냐?"

친구1이 어이없다는 말투로 물었다.

"재밌는 게 그거밖에 없잖아. 그러니 해야지. 관절약 먹고 해야지."

웃으라고 한 말인데 웃음이 튀어나오지 않고 목이 컥 막혔다.

밤늦도록 그녀들은 나를 위로해 준답시고 종류별로 사 온 술과 안주를 자기들이 다 먹고 한껏 웃고 떠들었다. 그러다 서로 눈치를 보면서 육 년을 만나고도 그런 놈을 알아보지 못한 나를 책망하고, 어리고 예쁜 여자에게 남자를 뺏긴 여자를 보편적으로 동정했다. 더 할 말이 없는지 지하철 막차 시간을 확인하고는 벗어 놓은 오리털 점퍼를 주워 입고 일어섰다. 그러곤 나오지 말라며 뒤돌아 손을 상식적으로 흔들고는 돌아갔다. 그들은 이게 최선이라고 생각할 것이다.

그들이 가고 나자 깊은 밤이 오롯이 남았다. 빈 병과 캔을 정리하고 침대에 앉으니 한심한 한밤중이 나를 기다리고 있었다. 아무도 찾아오지 않는 편이 나았다. 모든 것은 내 잘못이었고 나는 바보였다. 그놈은 바람을 여러 번 피웠지만, 한 번도 증거를 남기지 않았다. 나도 골뱅이가 아니라서 몰래 휴대폰 문자나 톡 같은 걸 뒤졌지만 매번 허탕이었다. 그놈하고 육 년 동안 한 거라곤 밥 먹고, 술 먹고, 섹스한 게 전부였다. 아, 하나 더. 이따금 서로에게 욕을 퍼붓는 것. 나는 어쩌다 자존감이 반지하 방바닥이 됐을까, 한숨이 나왔다.

끝장난 지 겨우 일주일. 일상의 프레임 밖으로 그놈이 나간 것뿐인데, 내 창자는 외롭다고 호소했다. 많이 먹고 빨리 죽어야 하는 모양이었다. 호퍼처럼 허기가 졌다. 냉장고에서 식은 치킨을 꺼내 씹는데 너무 오래돼서 현실감이 들지 않는 친구로부터 전화가 걸려 왔다.

상호의 번호가 옛날 그대로 저장돼 있었다는 게 신기했다. 그의 목소리에는 15년 만에 통화하는 설렘과 어색함이 묻어났지만,

나는 좀 덤덤했다. 상호가 조만간 얼굴 보자고 해서 그러자고 대답은 했지만 그럴 마음이 없었다. 고등학교 때 친구를 지금 만나고 싶지는 않았다.

전화를 끊자 친구3과 함께 두 번 만났던 그 애가 생각났다. 나보다 여섯 살 적은 개라면 새벽이라도 술을 함께 먹어줄 것 같았다. 예전부터 개가 나를 조금 좋아한다는 걸 알았다. 개는 친구3과 막장 드라마의 보조 작가 생활을 하면서 알았고, 그녀는 서로 썸이라 생각하는 것 같았으나 내가 보기엔 모호했다. 요즘은 두루뭉술한 남자들이 너무 많다. 그들은 어디에서도 쉽게 적응하고 덤덤하게 살아서 시간이 지나면 쉽게 잊힌다.

아무튼 그 애와 나는 동네 포차에서 소주와 맥주를 섞어 마시고 근처에서 방 탈출 게임을 했다. 많이 해봤는지 방 탈출에 소질이 있었다. 편의점에서 맥주를 사서 개네 집으로 같이 갔다. 애써 원룸 흉내를 낸 다가구 주택 반지하였다. 남의 집에 첫발을 들이면, 내 집에서는 안 보이던 것들이 한눈에 들어온다. 뜨악한 형광등 불빛 아래 드러나는, 맥락 없는 누추함과 구질구질해서 아무렇게나 쑤셔 넣은 빈곤.

그가 성기를 내게 구겨 넣었을 때 그런 기분이었다. 누추하고 초라했다. 섹스를 하고 나니 그 애가 진짜 어린애 같았다. 쾌락의 순간에 울 것 같은 얼굴이어서인지도 모르겠다. 그 애의 얼굴을 어루만지곤 옷을 입고 원룸을 흉내 낸 그 집을 나왔다. 나보다 월세가 15만 원 싼 집은 이런 곳이었다. 그놈도 여배우의 아파트가 좋았겠다는 생각이 들었다. 넓고 쾌적한 공간에 있으면 사랑도

넓고 쾌적해지지 않을까.

출근하지 않는 토요일이었지만 혼자 있고 싶었다.


*


공원에는 늦가을 혹은 초겨울 플라타너스 낙엽들이 낡은 행주처럼 엎어져 있었다. 나무 의자를 뒤덮은 얼룩덜룩한 이파리를 손가락으로 집어 땅에 떨어뜨리고 앉았다. 궁둥이가 차가웠고 약속 시간까지 꽤 남아 있었다. 기억이 흐려진 친구를 싸늘한 공기에 감싸인 채 기다리자니 서글픈 느낌이 들었다. 우리는 모두 사라지고, 언젠가 잇힌다고, 차가운 내기가 들려주는 기분이었다. 나는 치매 노인 같은 눈으로 변심한 겨울나무를 오래 바라봤다.

나무들이 변심하고 있는지도 모르고 나는 한동안 소개팅 앱으로 남자들을 만났다. 낯선 남자를 만나는 사이, 애매모호한 계절의 현관에 들어온 느낌이었다. 낯선 남자들과의 시간은 가난했고, 초겨울 역시 누추했다. 내가 그다지 예쁘지도 않은데, 금방 남자들이 만나자고 했다. 섹스하는 데 얼굴은 중요하지 않을지도 몰랐다.

공교롭게도 세 번째 남자는 인디고블루 청바지를 입고 있었다. 침대에서 남자가 청바지를 벗는 것을 도와주다가 피식 웃음이 샜다. 성욕이 싹 달아났다. 나는 웃으며 가방을 집어 들고 조용히 문을 열고 나왔다. 모텔 문 안에서 남자가 쌍욕을 퍼붓는 소리가 들렸다. 그 남자의 꽉 끼는 인디고블루 청바지를 참을 수 없었다.

까르륵 웃는 소리에 뒤를 돌아보았다. 인근 유치원에서 나온 듯 앳된 교사 둘이 어린아이들 열댓 명을 이끌고 공원으로 들어섰다. 모두가 환하게 웃고 있었고 남자아이와 여자아이가 조막만 한 손을 서로 잡고 질서정연하게 산책로를 따라 걸었다. 아이들의 질서정연함은 무언가 뭉클한 구석이 있었다. 삶이 차근차근 어디론가 갈 수도 있다는 조막만 한 의지. 작은 손안에 꿈틀거리는 슬픔과 생명.

공원 입구에서 상호가 나를 쳐다보며 차근차근 걸어오고 있었다. 그는 무난한 검은색 반코트를 입고 있었고, 멀리서부터 나를 확인하고는 눈을 내리깔았다. 고등학교 때 이후로 처음 만나는 거니까 어색할 수는 있지만 내가 알던 상호가 눈을 내리깔다니 놀라운 변화였다. 치매 노인 같은 겨울이 눈앞에 있듯, 아스라한 기억의 친구가 눈앞에 다가섰다.

그에게서는 소독약 냄새와 피 냄새가 났다. 그는 2차 병원에서 병동 업무 보조로 일했다. 약품과 차트를 이동시키고, 시트를 교환하고, 거동이 불편한 환자를 방사선실로 채혈실로 물리치료실 등으로 옮겨주는 일이라고 했다. 직업과 어떤 연관이 있는지 알 수 없지만 상호는 조금 나이 들어 보였다. 표정이며 말투가 마흔 살은 훌쩍 넘어 보였다. 그리고 꽤 차분해 보였다.

15년이면 사람이 충분히 변할 수 있는 시간이지만, 장난기 많고 까불어대던 19살 상호가 숫기 없고 조용조용 말하는 남자가 됐다는 게 신기했다. 어릴 때 그는 늘 교복이 지저분했고, 내 주위를 맴돌면서 장난을 걸고 놀리고 심술궂게 굴었었다. 나는 눈을 흘기고 바락바락 소리를 지르곤 했지만 상호가 나를 좋아한다는 걸 알았고 상호도 직접 표현은 안 해도 또 숨기려 하지도 않았다. 아마도 그때 첫사랑을 해보지 못한 우리는 첫사랑을 흉내라도 내보고 싶었던 것 같다.

"남자 친구는?"

상호가 안부를 묻듯 물었다.

"불과 얼마 전까지 있었지."

상호는 난처한 표정을 지었다. 잠시 신중한 얼굴이다가 내 눈치를 보며 말했다.

"나도 4년 전에 헤어졌어. 그 후론 쭉 혼자야. 여자 친구와 헤어졌을 뿐인데 돌싱된 기분이더라. 근데 지금은 혼자가 정말 편해."

"돌싱된 기분이라는 말이 와닿네. 육 년 만났거든."

"와, 정말 오래 만났다. 그 정도면 마음이 좀……"

"허전하긴 한데, 이상하게 그놈이 보고 싶단 생각은 안 들어. 왜 그럴까."

"정이 뚝 떨어진 거 아닐까. 내 경우는 그랬어."

"호야, 네가 여자 친구 같아. 같이 수다 떠는 기분. 너, 왜 이리 다소곳해졌니?"

내가 피식 웃자, 상호는 약간 쑥스러워했다.

"좀 이상한 얘긴데, 내가 다소곳하게 말해야 상대가 소리를 안 지르더라고. 일터에서 스트레스 덜 받으려고 목소리를 낮춰서 말하니까, 몸도 덜 힘들고 환자도 간호사도 소리를 덜 지르더라고.

은근히 무시하거나 시니컬하게 말하던 의사들도 조곤조곤 말하고. 다 그런 건 아니지만."

나는 고개를 크게 끄덕였다. 나는 여태 정말 청바지였다. 그놈이 간간이 나를 무시한 걸 전혀 몰랐다. 그놈이 가끔 함부로 말했는데도 나는 그러려니 했었다. 때로는 마음이 상하기도 했지만 그놈이 좀 시니컬해서 그렇다고 여겼다. 그는 나로서는 생각지도 못한 말을 하고 행동했으며 내가 꿈꾸던 일을 하고 있었다. 그가 잘나가는 감독이 되고 어찌어찌하여 나와 결혼하는 상상도 해봤다. 세상은 '어찌어찌'가 어려운 법. 그냥 그랬다는 말이다. 어찌어찌 그놈이 감독이 되며 우리가 어찌어찌 결혼을 하겠는가.

그놈은 우선 시나리오 쓰는 재주가 없고 보는 안목도 부족했다. 나? 나 역시 쓰는 재능은 없지만 보는 눈은 있다. 시나리오 분석하는 알량한 능력을 지금의 제작사 대표가 알량한 월급에 나를 채용한 거였다.

제작사 대표는 업계에 많지 않은 여자였다. 그녀는 사십 대 후반 나이에도 단단한 어깨와 등을 소유하고 있어서 마주 보고만 있어도 주눅이 들었다. 검도 유단자 같은 저돌적인 몸짓에다 눈빛은 늘 돈이 되는 물건을 찾아 번득였다. 한 시절 흥행 불패 신화를 썼고 강남에 칠 층 짜리 빌딩을 소유했지만, 이제는 운이 다한 걸 알지 못하고 여전히 콧노래를 부르고 있었다. 친구1은 운이 다한 게 아니라 실력이 다한 거라고 말했다. 뭐가 다 됐든 시퍼런 카리스마가 청동검처럼 잔뜩 녹슬었다는 걸 눈치로 알 수 있었다. 그런 사람의 눈치를 매일 매 순간 살펴야 하는 내가 관여할 일은 아니었다. 회사 생활은 눈치로 하는 거였다. 실력 같은 건 두 번째나 세 번째였다. 눈치가 없으면 혼자 낭떠러지로 떨어진다. 직장인이면 길게 설명하지 않아도 무슨 말인지 잘 알 거다. 살아남기 위한 안전장치는 눈치 살피기, 그리고 입 다물기.

공원에 앉아 있으려니 추워서 상호와 나는 공원 바로 앞 카페로 갔다. 우리는 서로를 이성으로 대하지 않았고 만나서 너무 반가운 것도 아니었다. 나는 마침 월차였고, 상호는 밤 근무였다. 병원에서 동창을 만나 우연히 내 연락처를 알게 됐을 때 이상하게 나를 꼭 만나보고 싶었다고 했다. 스무 살 무렵 나를 몇 번 생각했지만 그 뒤론 거의 잊고 지냈다고 말했다. 천둥벌거숭이로 뛰어다니던, 아무 생각이 없지는 않아도 아무튼 아무 생각 없는 척해도 되던 시절을 확인해 줄 사람이 필요했으리라. 상호를 마주하자니 저절로 그런 게 느껴졌으나, 그는 자신의 감정이 어떤 것인지 모르는 것 같았다. 자기감정을 모르는 사람이 생각보다 많다. 감정도 근육과 같아서 많이 사용해야 더 잘 사용할 수 있다.

"호야, 옛날에 내가 이렇게 불렀지."

"기분 좋을 때나 호야지, 평소엔 호떡 아니면 호구라고 했어."

"생각나. 유치한 건 좋은 거야, 그치?"

"나, 어릴 때 무지 단순했지. 아니 지금이 더 단순한가?"

그는 말을 끊고 진지하게 생각했다. 뭔가 좀 심심했지만 나는 잠자코 기다렸다.

"암튼 고3 때 딱 두 가지만 생각했어. 성적과 키스. 너랑 키스하고 싶다고 백번쯤 생각한 거 같아."

입안에 든 커피가 밖으로 튀었다. 커피를 튕겨서 좀 민망했지만 웃음을 멈출 수 없었다. 상호는 무안함과 미안함을 동시에 지닌 얼굴로 나를 바라보다가 또 연신 휴지로 주변을 닦아댔다. 손놀림이 민첩하고 섬세했다. 날렵하게 물도 가져와 건네주었다. 어떤 일을 오래 하면 사람의 근성도 바뀌는 모양이었다.

"아, 미안해. 근데 정말 웃겼어. 호야 덕분에 몇 달 만에 웃는 거야."

호퍼와 치매 노인의 계절을 거치는 동안 처음 웃었다. 상호는 여전히 어린 여자애 같은 표정을 지었다.

"남자 친구랑 헤어진 후 처음으로 속이 후련해."

상호는 알겠다는 듯 얼굴에서 무안함과 미안함을 천천히 지웠다. 그리곤 조심스럽게 말했는데, 말투가 약간 답답할 만큼 느리고 신중하고 얌전했다.

"키스 얘길 했다고 이상하게 생각 안 했으면 좋겠어. 난 그냥 유치한 얘길 하고 싶었어."

"알아. 누가 그러더라고. 남자와 여자의 관계는 낡은 청바지라고."

그는 난관에 봉착한 표정을 지었고 나는 그의 청바지에 얼룩진 커피를 바라보았다. 청바지의 얼룩을 그는 모르는 듯했다.

\*

한동안 나는 아무것도 하지 않았다. 안 하는 게 유행이라고들 했다. 아무도 만나지 않고 연락도 하지 않고 회사와 집만 오갔다. 날이 추워져 영하 십 도가 넘는 날씨가 이어졌고 폭설도 서너 번 맞이했다. 겨울이 푹푹 깊어지는 소리가 들렸다. 주관적 감정을 절제하고 사실 그 자체에 집중하는 수사관처럼 겨울의 실상을 들여다보았다. 공기 속에 서걱거리는 얼음 알갱이가 눈과 코로 따끔따끔 느껴졌다. 유난히 춥고 바람이 많이 불면 순간순간 마음속에 눈[雪]의 결정체 같은 형상이 나타났다.

친구1이 그놈 근황을 두 번 말해주었다. 영화 촬영이 막바지인 모양이었다. 회사 대표는 짜증이 늘었고 사소한 일에 소리를 질렀다. 나는 이따금 상호가 한 말을 떠올렸다. 다소곳하게 말하면 상대가 소리를 덜 지른다는 말이 무슨 의미일지 생각하다 보면, 마음속 눈의 결정체가 반짝였다.

눈이 내릴 듯 흩날리다가 싱겁게 멈춘 어느 저녁 상호에게서 연락이 왔다. 술을 같이 먹어달라고 했다. 집 근처 썰렁한 술집에서 그를 만났다. 눅눅한 오징어 냄새 풍기는 가게 안에 어설픈 크리스마스트리 두 개가 마주 보고 있었다. 트리는 세상 어딘가에 존재하거나 존재해야 하는 트리를 흉내 내고 있었다. 과감한 클리셰를 표방한 은방울과 빨간 리본이라니, 정 매달 게 없으면 매끈한 청바지를 매달아야 했다.

상호는 삼십 분쯤 별말 없이 맥주를 마셨다. 할 말이 있어 보여서 그의 목구멍에 걸려 있는 청바지를 기다렸다. 생각이 많아지면 얼굴이 흐리멍덩해지는 사람들이 있는데, 귤색 조명 아래 상호의 얼굴이 그랬다. 이윽고 그가 입을 열었고, 나는 말이 끝날 때까지 가만히 들었다. 경기도 이천에 사는 엄마가 유방암이 재발하고 전이까지 돼서 며칠 후 수술한다고 했다. 누나가 한 명 있지만 얼마 전 아기를 낳고 꼼짝도 할 수 없어서 상호가 간호해야 했다. 간병인을 둘 생각도 했지만 간병비가 자기 월급보다 많았다. 선택의 여지가 없었다. 병원 측에 사정해서 일을 그만두려 하자 후임을 구할 때까진 안 된다고 묵살 당했다.

"수술 날짜를 미룰 수도 없고, 갚아야 할 대출금도 많이 남았는데······"

그는 자신과 상관없이 잘만 돌아가는 세상을 이제야 처음 알았다는 듯 허술한 눈으로 테이블 앞의 어수룩한 트리를 바라봤다. 내가 트리를 노려보며 물었다.

"마주 보고 있는 저 못생긴 트리 둘이 뭐라고 대화하는 줄 알아?"

그는 자기 고민에 빠져 내 말을 듣지도 못하는 듯했다.

"우리는 서로 사랑해야 합니다. 크리스마스엔 말이죠."

"너, 취했니? 갑자기 무슨 말이야?"

상호가 나직이 말했으나 짜증이 약간 담겨 있었다.

"트리가 너무 촌스럽다고. 세상이 너무 촌스럽다고!"

상호가 울고 싶은 얼굴로 입술을 다물고 고개를 끄덕였다.

"지금으로선 네 후임자를 빨리 구하는 게 최선이겠어."

"병원 홈페이지와 알바 사이트에 채용공고를 냈는데, 일하려는 사람이 없어."

나를 보는 그의 눈은 찢어진 청바지의 벌어진 틈 같았다. 가난은 불편한 게 아니고 사람을 허술하게 만들었다.

"무슨 일을 하는지는 대충 알 거 같고, 월급이 어떻게 돼?"

그의 대답을 들으니 조건이 나쁘지 않았다. 성질 엿 같고 무서운 대표 눈치 보며 받는 월급보다 15만 원이나 많았다. 게다가 3개월 수습 기간이 지나면 더 많다고 했다.

"그거, 내가 해도 될까? 안 그래도 다른 일을 하고 싶었거든."

"노동 강도가 세. 돈을 조금 더 주는 데는 다 이유가 있어."

허술한 얼굴이 노조 위원처럼 다부지게 말했다.

"나, 체력 좋아. 게다가 명절 보너스도 있고 복리후생도 좋다며."

나도 갓 노조에 가입한 새내기처럼 대납했다. 몇 달만 지나면 친구들 중에서 내 월급이 제일 많을 거라는 생각에 순간 기분이 좋아졌다. 그는 당장 피시방 가서 같이 지원서를 넣자고 했다. 상호가 인사 담당자 성향을 알 테니 그러는 게 좋을 것 같았다. 이력서에 최종 학력을 고졸로 적고 수많은 알바 경력을 자세히 기록했다. 그는 담당자에게 부탁할 테니 내일 오후에 면접 볼 준비를 하라고 덧붙였다.

다음날 깐깐해 뵈는 면접관에게 나는 경험은 없어도 열심히 하겠다고 큰 소리로 말했다. 내가 누군가에게 큰 소리로 말한 것도 참 오랜만이었다. 바로 그날 저녁 가능한 한 빨리 인수인계를 받으라고 통보가 왔다. 사흘 만에 많은 것이 달라지고 있었다.

\*

다음 날 아침 전철에서 나는 재밌는 생각을 하게 되었다. 그것은 커피에 관한 것인데, 앞에 앉은 내 또래 여자가 주변 눈치를 보며 일회용 컵에 담긴 커피를 홀짝이는 것을 보다가 떠오른 거였다. 직장 동료들과 나는 회사에서 커피를 마시다 대표가 나타나면 눈치를 살폈다. 대표가 커피 마시는 직원에게 딱히 뭐라 말하진 않았지만 우리는 그녀의 눈빛에서 못마땅함을 읽었고, 커피 마시기를 멈췄다.

출근하자마자 주간 개봉 영화의 시나리오를 핵심 정리한 보고서를 대표의 책상에 올려놓았다. 대표는 내 보고서를 훑어본 후 시나리오를 선별해서 읽었다. 매주 목요일에 하는 업무였다. 잠시 후 대표가 카멜색 캐시미어 코트를 입고 평소와 다름없이 노래를 흥얼거리며 출근했다. 여담이지만, 어깨가 탄탄한 대표에게 캐시미어 코트는 불협화음이었다. 카멜색은 더욱 아니었다.

삼십 분쯤 후 나는 대표가 손님 접대용으로 내놓는 고급 커피 원두를 갈았다. 그리곤 역시 손님 접대용 잔에 커피를 두 잔 담고는 대표의 방을 노크했다. 자기 커피만이 아니라 내 커피까지 가지고 들어온 나를 보고 대표는 약간 당황한 표정이었다. 득의양양한 대표가 당황한 얼굴은 처음 보았다. 그녀는 뭔가 기분이 나쁜데 뭐라고 대꾸해야 할지 모호하다는 얼굴이었다. 직원이 커피를 마시는 게 잘못은 아니지 않은가.

내가 살짝 미소를 띠고 커피잔 두 개를 테이블에 놓자 대표는 하는 수 없다는 듯 책상에서 일어나 억지로 무슨 할 말이 있냐며 소파에 앉았다. 어리둥절한 채 커피 한 모금을 마신 대표는 고급 커피라는 걸 알고는 조금 더 놀란 표정을 지었다.

나는 엄마가 수술을 해야 한다고 운을 뗐다. 며칠 전 상호가 내게 한 말 그대로 대표에게 말했다. 그리고 내일까지만 일하겠다고 했다. 아주 긍정적인 대표가 핏대를 세우며 소리를 질렀다. 사 년 동안 내가 얼마나 잘해줬는데 네가 이렇게 무책임할 수 있냐고 화를 냈다. 그녀가 내게 잘해준 것 같진 않았다. 사 년 동안 변덕 심한 여자의 눈치를 살핀 건 나였다. 나는 한 달 간병비가 내 월급보다 훨씬 많다는 것을 강조해서 말하고 또 말했다.

이야기를 시작한 지 십오 분이 지나도 대표는 여전히 화를 냈다. 흥행을 보증할 만한 불건이 없고 상황이 최악으로 가고 있다는 걸 이제야 인정한 것 같았다. 콧노래는 괜한 허세와 가식이었다. 그래서 내게 악에 받쳐 소리치고 있다는 걸 느낄 수 있었다. 처음으로 그녀가 약간 안쓰러웠다. 그녀에게 영화는 쇼이고 마술이었다. 쇼는 한참 전에 불꽃놀이를 끝냈고 마술은 검은 커튼을 닫아야 했다.

대표가 소리치는 말들은 귀에 들어오지 않았다. 상호의 말과 달리 다소곳하게 말해도 소리치는 사람은 있었다. 그리고 청바지를 말했던 그놈도 머지않아 대표처럼 될 거라는 걸 깨달았다. 나는 열흘만 더 일해 달라는 대표의 마지막 부탁까지 거절했다. 그러자 대표는 평정심을 되찾고 싸늘한 얼굴로 나가보라고 했다. 일어서서 대표의 방을 나오면서 '이제 끝났다'라는 걸 알았다. 이 제작사가 망하지 않는 한, 나는 다시는 이 바닥에 발을 들일 수 없었다.

'다 끝났다.'

내가 태어나기도 전에 죽어버린 프랑스의 어떤 소설가는 자전소설의 첫 문장에 그렇게 썼다고 한다. 책을 좀 읽는 친구1이 언젠가 한 말이었다. 생각해 보면 친구1은 내게 많은 것을 알려주었다. 그놈이 한 짓도, 현장 분위기도, 좋은 책도 알려주었다. 읽어보지 않아서 무슨 뜻인지 잘은 모르지만, 너무 늙기 전에 권총 자살한 남자가 적어도 정직한 사람이었을 거라는 생각은 든다. 나는 결코 흉내 낼 수도 없는, 자기 인생에 정직한. 인생에 정직하면, 죽거나 혹은 살아야 했다.

점심시간에 병원 앞으로 갔다. 제출해야 할 서류가 있었다. 퇴근하고 가도 됐으나 상호에게 밥을 사고 싶었다. 따뜻한 국물이 있는 무언가를 사주고 싶었다. 그러나 막상 그의 얼굴을 보자 나도 모르게 삼겹살을 먹자고 했다. 그는 잠시 망설이더니 돼지껍데기를 먹자고 했다. 돈 때문이라면 괜찮다고 하자 병원 뒤에 맛집이 있다고 나를 이끌었다.

껍데기를 먹고 커피는 상호가 샀다. 주문한 커피를 들고 골목 사이에서 바람을 맞았다. 겨울바람이 춥지 않고 시원했다. 외투에 밴 냄새가 날아가기를 바라며 나는 외투를 손으로 툭툭 쳤다. 당장 일어서서 택시라도 타야 점심시간 끝나는 1시를 지킬 수 있었지만 나는 느긋하게 커피를 마시기로 했다. 어차피 그놈처럼 끝난 일이었다.

"고마워서 그러는데, 내가 키스해도 될까?"

그는 당황한 듯 시선을 멀리 허공에 두다가 이내 고개를 끄덕였다. 나는 곧장 입술을 가져다 댔다. 후미진 골목이라 오가는 사람은 없었다.

소리만 있을 뿐 호야는 가만히 서 있었다. 한글의 아래 아 소리는 오래도록 살아있어야 한다는 생각이 들었다. 내 주위엔 아무도 큰소리로 '아!' 하고 놀라거나 감탄하지 않았다. 여하튼 흔하고 익숙한 키스였고 그의 입에선 군고구마 같은 냄새가 났다. 분명 같이 먹은 건 돼지껍데기인데 군고구마라니, 하고 생각하다가 돼지껍데기의 숯불 향과 커피 맛이 섞이면 그럴 수도 있겠다 싶어 쿡쿡 웃음이 샜다.

상호의 엄마는 이미 수술을 했고 수술 경과도 좋다고 했다. 그는 이틀 후 엄마가 계신 병원으로 갈 것이다. 병동 업무 보조에서 간병인이 되는 것이고, 당분간 수입도 없을 거지만 표정은 나아 보였다. 어디서부터 어떻게 해야 할지 모르는 난제 속에 한 가지는 해결했다는 안도감이 묻어났다. 아기를 출산한 누나가 몸조리가 끝나고 봄부터는 주말에 도와준다고 했다며 기뻐했다.

"따뜻해지고 또 네가 시간이 되면 맛있는 거 먹자."

"최대한 맛있는 걸 먹고, 대신 남자 여자는 하지 말자."

"내가 하고 싶은 말이었어. 네가 기분 나빠할까 봐 망설였는데 먼저 말하니 다행이야."

우리는 다정하게 포옹했다. 나는 그의 등을 두드렸다. 두꺼운 외투에서 돼지껍데기 냄새가 났다.

"나 대신 네가 고생이 많겠다."

상호는 무안함과 미안함을 담은 얼굴로 말했다.

"상호야, 세상은 마땅히 그래야 하는 세상이 마땅히 아니라는 걸 세상은 알까?"

"알아야 하지 않을까?"

우리는 좁은 골목을 내리비추는 햇빛을 정수리로 받으며 서로를 마주 보았다. 상호의 눈동자에 눈의 결정체가 반짝 맺혔다.

\*

세상이 자신을 위해 마땅히 그래야 한다고 믿는 긍정적인 그놈은 오피스텔 비밀번호를 바꾸지 않았다. 정말로 나를 청바지로 알았다. 현관문을 열고 들어가서는 팔짱을 낀 채 실내를 찬찬히 살폈다. 두고 간 게 있다면 실핀 하나라도 수거하고 싶었다. 그가 내일까지 지방 촬영이라고 친구1이 알려줬다. 대충 둘러봐도 정리도 청소도 안 된 좁은 오피스텔은 아주 지저분했다. 바닥은 찐득하고 침대며 소파에 옷과 수건 따위들이 널려 있고 개수대에 담긴 그릇들에 곰팡이가 피어 있었다. 시간은 진드기가 사는 매트리스처럼 널널했다.

느긋하게 냉장고와 옷장과 서랍들을 하나씩 열어보았다. 모든 게 그대로였다. 내 소지품 따위도 보이지 않았다. 변한 게 없는 그놈 집을 보면서 깨달았다. 청바지는 그놈이었으며, 더러운 방에서 사랑이 나를 필요로 했음을. 갈 곳 없는 사랑이 갈 데 없는 나를 붙잡았음을. 탄성을 잃은 넙데데한 침대를 보자 마치 내 모습을 한 다른 여자가 더러운 침대에서 진드기와 함께 뒹군 기분이었다.

나는 살짝 머리를 흔들었다. 여기 온 이유는 따로 있었다. 끈끈한 슬리퍼를 끌며 책상 서랍을 뒤졌다. 너저분한 잡동사니뿐 그것이 보이지 않았다. 발을 핑그르르 돌려 침대 쪽을 노려봤다. 꽤 단순한 그는 침대 머리맡 작은 서랍에 중요한 물건을 아무렇게나 던져놓곤 했다.

예상대로였다. 서랍에 그가 사용하지 않는 신용카드 두 장이 들어 있었다. 하나는 유효기간이 지나 있었고, 다른 하나는 몇 달 남아 있었다. 남자 목소리를 흉내 내서 카드사 대표번호로 전화를 걸었다. 나는 그의 주민등록번호를 알았고, 예상대로 비밀번호는 현관문 비밀번호와 같았다. 카드 한도는 얼마 되지 않았다. 신뢰가 낮은 인간이었다.

나는 망설이지 않고 즉시 청바지를 파는 곳으로 달려갔다. 새벽이었다. 친구2에 의하면, 매장은 24시간 무인 시스템으로 운영돼서 누구의 눈치도 보지 않고 청바지를 마음껏 입어볼 수 있었다. 평일 새벽엔 고객도 없어서 운이 좋으면 혼자 소리 지르며 춤을 추고 놀아도 된다고 했다. 지하철은 이미 끊겼고 버스는 남아 있었지만 나는 택시를 탔다. 새벽 공기가 어찌나 차가운지 드라이아이스처럼 뺨에 쩍쩍 들러붙었다.

겉모습이 얼핏 냉동 창고 같은 매장은 알고 오지 않으면 찾기 어려울 것 같았다. 페이스북에서 사진을 대조하며 매장을 확인했다. 그런데 자동문 앞에 한참 서 있어도 문이 열리지 않았다. 지문인식을 하거나 회원가입을 해야 하나 궁리하다가 자세히 보니 문 옆쪽에 카드단말기가 보였다. 거기에 내 것이 아닌 그놈의 신용카드를 댔다. 경쾌한 신호와 함께 문이 열렸다. 신용카드가 로그인이었다. 신용의 시대였다.

신상 청바지들이 내뿜는 냄새에 마음이 설렜다. 거대한 창고형 마트 같은 공간에 수천 벌의 청바지가 걸려 있었다. 청바지 천국이었다. 게다가 그것들은 매너리즘을 탈수하고 매너를 갖춘 세련된 청바지들이었다. 그들의 애티튜드가 마음에 들었다. 힙합 음악 소리에 맞춰 나는 제멋대로 춤을 추었다. 체력만 되면 백 벌쯤 입어보고 싶었다. 살면서 이렇게 많은 청바지를 입어본 건 당연히 처음이었다. 원이 없었다.

매장 한쪽에서 병원 수술대 같은 형상을 발견했다. 차가운 스테인리스 위에 청바지 하나가 기절한 듯 누워 있었다. 천장에서부터 아래로 수십 개의 링거병이 걸려 있고, 링거 안에는 인디고블루 액체가 담겨 있었다. 의식을 잃은 청바지가 허벅지와 무릎에 인디고블루 혈액을 수혈받았다. 병약한 청바지는 기운을 회복할 것이고 더 오래 버티기 위해 텔로미어를 늘릴지도 모른다.

기운 차린 청바지들을 품에 안고 매장을 나섰다. 날이 밝아오고 있었다. 아침 일곱 시였고 병동 업무 보조로서 일을 시작하는 날이었다. 새벽에 잠깐 눈발이 흩날린 듯 얼어붙은 자동차들 위로 간간이 눈가루가 보였다.

버스 정류장으로 가면서 그놈에게 문자를 날렸다.

'네 집에 가서 네 카드를 가져와 건강한 청바지를 샀다. 네 신용도가 낮아서 여섯 개밖에 못 산 게 아쉽다. 네가 여배우 아파트를 드나든 증거 사진을 감독과 관계자들에게 보내지 않을 테니, 경찰에 신고하지 말아 줄래.'

사진 따위 있을 리 없었다. 십 초도 안 돼 답장이 왔다. 그놈 말에 의하면 내가 머리끝에서 발끝까지 후지다는 거였다. 나는 그에 대해 조금 알고 있다. 그는 나에 대해 많은 것을 알고 있다. 이제 정말 다 끝났다.

버스 정류장에 서서 가로수 틈새에 스며든 햇빛을 보았다. 새벽에 내리다 만 눈이 가로수 이파리에 물방울로 맺혀 햇빛에 투명하게 반짝이고 있었다. 나무도 투명해서 바스락거리는 소리가 들리는 듯했다.

아홉 살 무렵 눈 내리는 날에 방바닥에 누워 그리곤 했던 눈의 결정체를 떠올렸다. 그것들은 목걸이나 귀걸이 같아서 크레파스를 꼭 쥔 채 나는 아름답다고 중얼거렸다. 세상의 모든 상처를 추상화로 그린다면 이런 모습일 거로 생각했다. 친구2가 들으면 아직도 멜랑콜리의 껍데기가 남았다고 비웃을지도 모른다. 그러면 어떤가. 쫀득한 껍데기마저 없으면 세상을 무슨 재미로 사나. 그나저나 멜랑콜리가 검은 담즙이라는 걸 그녀는 알고 있을까.

오늘부터 멜랑콜리를 매일 눈으로 보게 될 것이다. 사람 몸에서 흘러나오는 오줌, 고름, 타액, 피 그리고 짜증과 악다구니. 사실 그런 것들은 언제나 있었던 것인데 내가 보고 싶어 하지 않았다. 나는 쇼의 계절을 보내고 마술의 계절을 지나고 있었다. 오늘부터 알아야 할 게 많았다.

신호가 바뀌고, 여러 대의 버스가 한꺼번에 다가오고 있었다. 병원으로 가는 노선의 버스가 멀리 뒤쪽에 보였다. 나는 청바지가 든 종이가방을 흔들며 힘껏 달렸다. 당분간 내게 다른 청바지는 필요 없었다.

|작가의 말|

 우리가 사랑을 필요로 하는 게 아니라 사랑이 우리를 필요로 하는 세상. 고개를 들어 주위를 둘러보라. 수많은 사람이 흔한 청바지를 입고 있다. 짱짱하면서 보드라운 인디고블루 청바지. 사랑은 물 빠진 청바지처럼 허무맹랑하고 그런 사랑을 걸친 우리 존재도 흔하디흔하다.
 너와 나는 청바지고, 그런 청바지들이 잠 못 드는 새벽에 올려다본 하늘은 시퍼렇게 까만 청바지 빛이다. 사랑은 마땅히 그래야 하는 사랑이 마땅히 아니라는 걸 사랑은 알까?
 눈[雪]의 결정체를 심장에 숨겨둔 그대들에게, 인디고블루 청바지로부터.

**이아타**
계간 『작가세계』 신인상 당선. 2023년 한국콘텐츠진흥원 신진 스토리작가 공모 당선, SF소설 『베이츠』 『가난한 사랑의 미래』, 소설집 『사월에 내리는 눈』 『월요일의 게이트볼』, 웹북 『무릎 위에』 『인디고블루 청바지로부터』 『섬』 출간. 심훈 문학상, 현진건 문학상 우수상 수상.

# 나는 그것의 꼬리를 보았다

이시경

내가 그것의 꼬리를 처음 본 것은, 12월로 접어드는 어느 날 밤 10시경이었다. 그 시각 나는 집으로 가기 위해 창신동 골목을 걷고 있었다. 내가 사는 곳은 채석장 바로 아래 위치한 절벽 마을이었다.

유난히 눈이 많은 겨울이었다. 오전부터 흩날리던 눈발은 밤 10시를 기점으로 함박눈으로 바뀌었다. 다닥다닥 붙은 집과 미로처럼 얽힌 골목, 그리고 채석장 절벽 위로 하얀 눈이 순백의 결정처럼 차곡차곡 쌓여갔다. 동화에나 나올 법한 마법의 세상처럼, 온통 하얀 눈으로 뒤덮인 절벽 마을에는 신비로운 정적이 감돌았다.

얼마 전까지 나는 대학로에서 동료 작가들과 정기 모임을 가졌다. 나를 포함해 모두 여섯 명이었다. 평소였다면 끝까지 그 자리를 지켰을 터였다. 하지만 오늘따라 그럴 기분이 아니었다. 대화 내내 그들은 근래 들어 대세가 되어 버린 AI 창작 문학에 관한 이야기를 늘어놓았다. 여섯 명 중 챗봇 협업 작가가 아닌 사람은 한 선배와 나뿐이었다. 겉으로는 웃으면서 술잔을 부딪쳤지만 도무지 대화에 집중할 수 없었다.

골목을 걷던 도중 미끄러운 눈길에 걸음을 휘청거렸다. 젠장, 소설 한 편 쓰는데 챗봇과 공동 작업을 해야 한다니. 몸의 중심을 잡으면서 나는 혼잣말로 중얼거렸다. 눈을 밟을 때마다 뽀드득 소리가 났다.

현이 했던 말들이 뇌리를 스쳤다. 현은 등단 직후부터 나와는 경쟁 관계였는데, 오늘따라 금세 술에 취하고선 평소 나에 대해 가졌던 속내를 가감 없이 드러냈다.

아직도 혼자서 소설 쓰냐? 작가 허브에 올려놓은 합평작 보니까 이번 수설도 한국 스토리의 원형에 관한 내용이던데. 잘 들어, 윤슬. HRL(Human-Robot Love)이 유행하는 시대야. 네가 소설 잘 쓰는 건 세상이 다 알지. 근데 독자가 안 알아주잖냐. 명색이 언어를 다루는 사람인데 시대의 흐름을 탈 줄도 알아야 해. 일단은 재밌어야 책이 팔리지. 그래야 의미도 보이는 법이거든. 작가 의식이 독자 의식보다 속도가 뒤처지면 어쩌냐. 그런 작가가 쓴 소설을 독자가 읽겠어? 요즘 베스트셀러는 죄다 AI 판이야. 독자가 원하는 유행 콘텐츠는 따로 있다고. K스토리 전용 챗봇으로 작업해야 제대로 된 소재랑 플롯을 뽑아낼 수 있어. 그걸 혼자 하겠다고? 두고 봐, 앞으로는 소설도 생산성과 효율성을 극대화할 수 있는 작가만이 살아남을 거다. 우린 의식의 최전선을 달려야 한다고! 이거나 사진기나 뭐가 달라? 사진작가는 뭐 손이나 발로 사진 찍냐? 작업은 챗봇이 해도 최종 작업은 인간 몫이야. 챗봇도 그냥 사진기 같은 도구에 불과하다고. 그걸 두려워하면 안 되지. 좀 더 유연해져 봐.

나는 현의 장광설에 대놓고 반박할 형편이 못됐다. 한 달 전에 이미 통장 잔고는 바닥났고, 몸이 불편한 엄마에게 매달 일정 금액을 생활비 조로 보태야 했다. 게다가 날이 갈수록 나만 도태되는 것 같은 심정에 소설을 쓰는 것조차 두려워질 때가 많았다. 또다시 현실적인 압박감이 밀려오자 머리가 지끈거렸다.

현은 모임에서 가장 잘나가는 베스트셀러 작가였다. 나와 현과의 인연은 꽤나 질겼다. 우린 같은 해에 소설 공모전에 당선되었다. 그때만 해도 챗봇 협업 작가는 찾아볼 수 없었는데, 당시 나는 742대 1로, 현은 237대 1의 경쟁률로 당선되었다. 하지만 높은 경쟁률이 곧 작가 흥행보증수표로 이어지는 것은 아니었다. 그 사실을 깨달았을 때, 이미 나는 세상으로부터 한참이나 뒤처진 뒤였다.

내가 가내 수공업 하듯 혼자 자판을 두드리는 동안, 현은 발 빠르게 챗봇 협업 작가로 전환했다. 이후 현은 금세 베스트셀러 작가 반열에 올랐으며, 한국어 전용 AI를 툴(Tool)로 진행하는 소설 강좌까지 맡게 되었다.

골목에는 인적이 끊기고 깊은 정적 속으로 사각사각 눈 내리는 소리만 들렸다. 앞으로 어떻게 살아야 하나. 막막한 심정이 밀려왔다. 현이 알려준 AI 창작 매니지먼트사를 검색했다. 최근 잘 나가는 작가 리스트에 현의 사진과 작품이 올라와 있었다. 그의 작품 중 일부는 영화 제작사에, 또 일부는 해외 출판사에 판권이 팔린 상태였다. 홈페이지 상단에 챗봇 창작자 신청 배너가 보였다.

챗봇으로 소설 작업을 하는 것에는 여러모로 이점이 많다고 들었다. 하지만 챗봇 소설 작업이 그리 단순한 문제만은 아닌 듯 보였다. 현으로부터 전해 들은 이야기는 가히 충격적이었다. 그 이야기는 HRL 소설을 전문으로 쓰는 한 챗봇 협업 작가에 관한 것이었다. 처음엔 아니었지만, 그는 챗봇과 소설 작업을 하다가 실제 AI와 사랑에 빠지게 되었다. 급기야 러브 로봇을 구입해 같이 동거하고 섹스까지 한다는 것이었다. 다들 놀란 눈으로 그렇게까지 해야 하느냐고 묻자, 현의 말은 이랬다.

이미 러브 로봇이 일상화된 시대야. 로봇과 진정한 사랑에 빠질 수만 있다면 HRL 소설의 진정성과 현장성은 더 살아나겠지. 우리가 상상으로 써 재끼는 거랑 비교나 되겠냐?

이후 모임의 대화는 새로운 주제로 넘어갔다. 그것은 한 개인의 경험이 내재된 무의식과 스토리 생성과의 상관관계에 대한 것이었다. 열띤 토론이 이어지는 가운데 나는 슬그머니 자리에서 일어났다. 하지만 모임을 빠져나온 이후로도 내겐 두 가지 질문이 뇌리를 떠나질 않았다. 하나는 소설을 쓰는데 왜 챗봇과 경험을 공유하며 협업해야 하는가의 문제였고, 또 다른 하나는 그럼에도 불구하고 만일 독자를 갖지 못한다면 왜 소설을 써야 하는가의 문제였다.

여전히 나는 골목을 헤매고 있었다. 골목은 또 다른 골목으로 이어졌다. 창신동은 서울에 남은 마지막 재개발 구역이었다. 이곳이 언제 개발될지는 여전히 미지수였다. 칠흑처럼 어두운 절벽이 보였다. 절벽과 가까워질수록 과거에 채석장으로 활용되던 화강암 절개면이 흉물스럽게 드러나 보였다. 온통 하얀 세상 가운데, 유독 어둠이 짙게 밴 절벽이 암흑의 블랙홀처럼 주변의 모든 사물을 그곳으로 끌어당기는 것만 같았다.

어느덧 골목은 두 갈래의 갈림길로 나뉘었다. 왼쪽은 집으로 향하는 창신6길이었고, 오른쪽은 절벽으로 향하는 회오리 길이었다. 현의 말에 너무 골몰한 나머지, 갈림길이 시작되는 지점에서 순간적으로 길이 헷갈렸다. 그러다 정신을 차리고 집으로 향하는 창신6길에 막 진입했다.

순간, 정적을 깨고 무언가 눈 위를 싸르락 헤치는 소리가 들렸다. 고개를 좌우로 돌리며 주변을 살폈다. 아무것도 보이지 않았다. 잘못 들은 건가 싶은 마음에 다시 가던 길을 가려 했다.

이번엔 회오리길 쪽으로 무언가 휙 스치듯 지나갔다. 낯선 존재에 모골이 송연해졌다. 그것의 정체는 알 수 없었지만 언뜻 하얀 꼬리를 본 것 같았다. 잠시 모습을 감추었던 꼬리가 이번에는 언덕이 휘는 모퉁이 부근에서 또다시 모습을 드러냈다.

외벽에 가려 몸통은 전혀 보이지 않았지만 분명 하얀 꼬리가 맞았다. 보송보송한 흰 털 위로 검정 줄무늬가 선명하게 그려져 있었다. 고양이인가? 그런데 자세히 살펴보니 그것은 고양이의 꼬리는 아니었다. 그보다 훨씬 굵고 길었다.

설령 그게 뭐든, 내게는 평소에 없던 연민이 일었다.

이렇게 눈이 쏟아지는데 너도 갈 데가 없구나.

편의점에서 산 캔 참치를 가방 안에서 꺼냈다. 야옹, 야옹, 고양이를 부르며 손에 든 캔 참치를 꼬리 쪽으로 내밀었다. 그런데 내가 가까이 다가가자, 하얀 꼬리는 순식간에 자취를 감추었다.

잠시 후, 꼬리가 또다시 모습을 드러낸 것은 두 번째 모퉁이 부근이었다. 그런데 이번에도 내가 가까이 다가가자 또다시 그것은 자취를 감추었다.

그렇게 하얀 꼬리는 모습을 드러냈다 사라지기를 반복했다. 나는 나도 모르는 사이 전력을 다해 그것의 뒤를 쫓고 있었다. 회오리 길을 돌고 또 돌았고, 언덕을 오르고 또 올랐다. 숨이 차올라 헉헉대면서도 도무지 내 두 발은 멈출 줄 몰랐다.

어느새 나는 절벽 위에 당도했다. 절벽 끝에 이른 꼬리는 비좁은 골목 사이를 요리조리 숨어들었고, 그러다가 폐허처럼 보이는 한 공터의 남벼락 안으로 쏙 사라져 버렸다.

하얀 꼬리를 따라 조심스레 공터 안으로 들어섰다. 사위는 칠흑같이 어두웠다. 그런데 그곳에서 아주 낯설고 기이한 광경을 마주하게 되었다. 사방이 담으로 둘러싸인 공터에는 불그스름한 불기운으로 가득 차 있었다.

가만히 보니, 한쪽 구석에서 누군가 등을 돌린 채 쪼그리고 앉아 불을 피우고 있었다. 바람이 불자 불기운이 붉은 오로라처럼 공기 중에 너울거렸다. 스산한 기운마저 감돌았다. 어느새 나는 하얀 꼬리를 뒤쫓고 있었단 사실조차 까맣게 잊어버린 채, 그 자리에 서서 물끄러미 그 광경을 바라봤다.

그는 내가 공터에 있다는 사실을 전혀 눈치채지 못한 것 같았다. 등을 보인 채 사각의 양철통 안에다 불을 피우는 일에만 집중했다. 뒷모습만으로는 체구가 아주 왜소한 성인처럼 보였다. 활활 타오르는 불이 그의 실루엣을 어슴푸레 감추었다.

그는 한 손에 불쏘시개를 들고 양철통 안을 가끔 휘휘 저었다. 타닥타닥 불꽃 튀는 소리가 자작하게 나며 불씨가 다시 되살아났다. 거센 불길이 너울너울 춤을 추듯 그의 주변을 휘감았다. 사방이 벽으로 둘러쳐진 담벼락에 그의 실루엣이 형체 없는 붉은 환영처럼 어른거렸다.

그 광경은 내가 쫓던 하얀 꼬리와는 아무런 상관이 없었다. 그렇다면 내 입장에선 다시 발길을 돌려 집으로 가는 게 맞았다. 하지만 무슨 생각에서인지, 나는 그 자리를 떠날 수 없었다. 낯선 상황에 대한 두려움도 컸지만, 이상하게도 그의 뒷모습에서는 어떤 말 못 할 사연 같은 게 묻어났다.

핸드폰을 든 손에 힘을 주었다. 입 밖으로 소리는 내지 않았지만 입술을 달싹이며 그에게 할 말을 되뇌었다. 저기요, 이러다 불이 번질 것 같은데요…… 저기요, 여긴 골목이 비좁아 소방차도 못 들어오는데…… 저기요, 그런데 왜 불을…….

그 사이 불길이 서서히 잦아들기 시작했다. 그와 동시에 공터 안쪽에 자리 잡은 허름한 한옥 안에서 누군가 큰 소리로 부르는 소리가 들렸다. 그 소리에 놀란 그는 자리에서 벌떡 일어났고 바가지에 담긴 물을 양철통 안으로 확 끼얹었다.

치이익.

불은 순식간에 사그라들었고 그는 황급히 한옥 안으로 사라졌다.

\*

밤새 잠을 설쳤다. 활활 타오르는 불길에 휩싸인 난쟁이의 환영이 꿈속에서 어른거렸다. 정체 모를 시커먼 환영이 가슴을 짓눌렀고 그러다 잠에서 깨어났다.

고요하게 비치는 아침 햇살에 눈이 부셨다. 창문 너머로 보이는 절벽이 오렌지빛 햇살에 반사되어 흑요석처럼 반짝거렸다.

의식의 최전선을 달려야 해!

문득 현의 목소리가 뇌리를 스치자 나도 모르게 진저리를 쳤다. 비좁은 원룸이었지만 평소와 다름없는 따스한 햇살에 안도감이 들었다. 소설 작업을 시작하기 전 산책을 할 겸 집을 나섰다. 무심결에 길을 따라 걷나 보니 설벽에 이르렀고 다시 어제의 그 공터에 들어섰다.

아침 햇살 아래, 공터는 어제와는 딴판이었다. 불을 피웠던 구석의 담벼락 쪽으로 허름한 한옥 한 채가 눈에 띄었다. 발목까지 잠긴 눈을 헤치며 그쪽으로 가 보았다. 응달진 곳에는 겨우내 내렸던 눈이 그대로 쌓여 있었다. 고사목이 된 소나무에는 가지마다 투명한 고드름이 주렁주렁 열매처럼 매달려 있었다.

눈이 녹은 흙바닥으로 잡다하게 버려진 것들이 보였다. 챗몬 카드, 챗몬 스티커, 과자봉지 등. 이 동네에는 아이들이 살지 않는 걸로 알고 있었는데 이상한 일이었다.

공터 구석에는 간밤에 불을 피웠던 흔적이 그대로 남아 있었다. 양철통이 검게 그을려 있었다. 그 안을 들여다보니 시커멓게 그을린 잿더미가 수북했다. 통 안에 꽂혀 있던 긴 쇠꼬챙이로 잿더미를 뒤적거렸다. 잿가루가 풀풀 날리자 나도 모르게 잔기침이 났다.

잿더미 속에서 타다 남은 하얀 종이 뭉치를 발견했다. 꼬챙이로 뒤적여 보니 그것은 찢어진 노트였다. 종이에는 한 단어 한 단어가 또박또박 정자체로 적혀 있었다. 문장은 아니었지만 그렇다고 낙서처럼 보이지도 않았다. 어설픈 필체였지만, 누군가 검정 볼펜으로 꾹꾹 눌러쓴 흔적이 엿보였다.

이상한 점은 종이에 적힌 글자 체계가 정상적이지 않다는 것이었다. 한글 자모음이 개별로 분리되고 이상한 방식으로 배열되어 있었다. 최근 들어 학교에서 학생용 챗봇 사용이 자율로 허용되면서 베타 세대의 문해력이 심각하게 저하되었다는 기사를 본 적이 있었다. 하지만 그것과는 차원이 또 달랐다.

그것은 오래된 원시 동굴에서나 볼 법한 상형문자와 유사했다. 흰 종이 위에 검정 잉크로 배열된 활자는 나름의 규칙성을 지니고 있었다. 이를테면 자음자음, 모음모음모음, 자음모음자음모음, 혹은 마침표쉼표물음표 따위가 일렬로 나열되는 식이었다. 군데군데 개미, 고양이, 호랑이, 강아지와 같은 동물 캐릭터가 기호화된 문자처럼 그려져 있었다. 심지어는 한글 고어, 쉬운 한자, 영어 알파벳, 로마 숫자까지 한데 뒤섞여 있었다.

이상한 기분에 휩싸였다. 그런 종이가 한두 장이 아니었다. 양철통 안을 가득 채운 모든 종이들이 다 그랬다. 한글을 접해 보지 못한 낯선 세상에 사는 사람의 소행이라면 또 모를까. 한글이라는 문자 체계를 제대로 경험한 사람이라면, 이처럼 기이한 방식으로 언어를 해체하려는 시도는 하지 않을 터였다. 반면, 그것이 나름 세상과 소통하려는 어떤 의지 같은 것일 수도 있겠다는 생각이 들기도 했다.

그런데 줄곧 한옥의 담벼락 너머로 누군가가 나를 주시하는 시선이 느껴졌다. 그는 내 행동 하나하나를 몰래 훔쳐보고 있었다. 그걸 눈치챈 내가 한옥 쪽으로 고개를 돌렸다. 그러자 그는 담벼락 아래로 숨어버렸다. 내가 반대로 고개를 돌리자 또다시 그는 나를 쳐다봤다. 그러다 내가 그쪽을 다시 쳐다보자 그는 또 숨어버렸다. 그렇게 몇 차례 숨바꼭질이 이어졌다. 나는 쇠꼬챙이를 바닥에 내려놓고 한옥의 담벼락 쪽으로 다가갔다.

낮은 담벼락 위로 불쑥 하얗고 동그란 얼굴 하나가 올라왔다. 예닐곱 살쯤 되어 보이는 아이였다. 짧은 커트 머리의 아이는 제법 덩치가 컸다. 뽀얀 얼굴에는 볼살이 통통하게 올라 장난기도 있어 보였다. 아이는 양손을 포개 입을 가린 채 나를 보더니 키득키득 웃었다.

안녕?

아이가 인사했다.

안녕.

나도 인사했다.

안녕?

아이가 인사했다.

안녕.

나도 인사했다.

내 인사에 아이는 또다시 안녕이라고 했고, 나와 안녕이라는 말을 두고 실랑이를 벌였다. 적잖이 당황했다. 장난이라고 하기엔 아이의 표정이 너무 진지했고, 장난이 아니라고 하기엔 아이의 행동이 너무 집요했다.

평소 나의 대화 방식과 아이의 그것은 너무 달랐다. 그것은 내 의식의 차원을 훌쩍 뛰어넘었다. 나는 더 이상 응대하지 않고 입을 다물었다. 그 와중에도 계속 아이는 안녕이라는 말을 내뱉으며 내게 응대를 요구했다.

그때, 한옥의 대문이 열리며 누군가 공터로 나왔다.

누구요?

아이의 할머니라고 했다. 머리는 하얗게 세고, 표정은 무뚝뚝하고, 허리는 굽고, 걸음걸이는 느렸다. 한눈에 봐도 세상만사 귀찮다는 표정과 말투였다. 하지만 할머니의 눈초리만큼은 나를 한눈에 꿰뚫어 보듯 강렬했다. 재차 묻는 할머니의 물음에, 저는 여기 사는…… 이라며 말문을 열자 아이가 재빨리 내 대답을 가로챘다.

지형 친구, 지형 친구.

아이는 나를 자신의 친구라고 할머니에게 소개했다. 짧은 단어를 반복적으로 사용했는데 어찌 된 일인지 제대로 된 문장을 구사하지 못했다. 할머니는 무심한 표정으로 아이가 말이 좀 느리다고 했다. 언어 검사도 받았지만 별다른 문제가 있는 건 아니라고 했다. 다행히 저소득층 아이를 대상으로 구청에서 지원해 준

대화형 챗봇 기능이 탑재된 키즈 로봇 덕분에 아이의 말이 많이 늘었다고 했다.

할머니와 아이는 낯선 사람에 대한 경계가 별로 없어 보였다. 할머니는 세상을 전부 알아 버려 모든 경계가 허물어진 것 같았고, 아이는 자신이 할 줄 아는 말만큼의 경계만 인지하는 것 같았다.

할머니는 귀가 잘 들리지 않는다고 했다. 그 바람에 할머니가 말할 때마다 커다란 확성기가 울리듯 투박한 목소리가 공터에 쩌렁쩌렁 울렸다. 그때마다 아이는 경기를 일으키듯 깜짝깜짝 놀라며 양손으로 귀를 틀어막았다. 할머니는 귀가 잘 들리지 않지만 그마저도 귀찮아 평상시에 보청기를 잘 끼지 않는다고 했다.

아이, 할머니, 그리고 나.

셋 사이에는 제대로 된 소통이 불가능해 보였다. 하지만 그 와중에 나는 몇 가지 새로운 사실을 알게 됐다. 아이는 할머니의 손주인데 며느리는 도망가고, 아들은 새장가를 가는 바람에 할머니가 아이를 도맡아 키운다고 했다. 아이는 여덟 살이었다. 인근 초등학교가 전부 폐교되어 먼 거리까지 아이 혼자 걸어서 통학한다고 했다.

아이는 누구를 만나든 안녕이라고 인사했다. 상대가 아이의 안녕을 받아주면 그때부터 아이는 그를 친구로 여겼다. 아이는 내게 수도 없이 안녕이라고 인사했고, 나는 수도 없이 그 인사를 받아줬다. 어쩌면 나는 아이에게 이미 친구 그 이상이 되어 버린 걸지도 모른다.

내가 말할 때마다, 할머니는 뭐? 뭐라고? 라며 큰 소리로 되물었다. 그럴 때마다 아이는 깜짝깜짝 놀라며 할머니와 나를 번갈아 보며 해맑은 표정으로 웃었다. 그 웃음이 아이에게는 일상 언어처럼 보였다. 자신이 처한 상황이 웃음 이외 어떤 말로도 표현되지 않는 듯, 아이의 어색한 미소에는 많은 의미가 담겨 있었다.

문득 간밤의 일이 떠올랐다.

할머니, 어젯밤에 누가 여기서 불을 피웠어요.

뭐라고?

할머니는 잘 들리지 않는 듯 얼굴을 찡그리며 큰 소리로 되물었다.

순간 나는 위축되었고 대충 말을 얼버무렸다.

조심하시라고요.

할머니는 듣는 둥 마는 둥 형식적으로 고개를 끄덕였다. 할머니는 그 사실에 대해 전혀 모르거나 별다른 신경을 쓰지 않는 것 같았다. 귀까지 어두워서 그런지 내 말을 아예 귀담아들으려 하지 않았다.

나는 대화를 마무리하고 그들에게 인사를 건넨 후 서둘러 집으로 돌아왔다.

\*

그로부터 일주일쯤 지난 뒤, 한 선배로부터 현의 소식을 들었다. 하나는 새로 출간한 현의 HRL 소설이 베스트 셀러에 올랐다는 것, 또 다른 하나는 현이 러브 로봇을 작동시키다가 센서에 오류가 생기는 바람에 골절상을 입어 로봇 외상 전문 외과에 실려 갔다는 것이었다.

한 선배와 통화를 끊고 나서 내겐 두려움이 밀려왔다. 비단 현뿐만이 아니었다. 인간과 챗봇의 스토리 연대 시대가 열리며 인간의 상상을 초월하는 이야기들이 지구상에 떠돌아다녔다. 그것은 완전무결한 재미를 추구하면서, 보이지 않는 환각제처럼 인간의 의식을 마비시켰다. 나날이 진화를 거듭하는 이야기는 인간의 상상력으로는 예측이 불가능할 정도였다. 그것은 인간의 의식 차원을 훌쩍 뛰어넘어 자체 생명력을 지닌 생명체처럼 무한한 스토리로 진화를 거듭했다.

가끔 이런 생각이 들기도 했다. 눈에는 보이지 않지만, 언어를 주 에너지원으로 삼는 DNA를 지닌 새로운 외계종이 지구상에 출현한 건 아닐까. 스스로 생성하고, 성장하고, 소멸하는 스토리 DNA. 나는 그것이 외면할 수 없는 현실이 된 것처럼 깊은 두려움을 느끼지 않을 수 없었다.

작가, 독자, 챗봇 모두 고차원적인 언어 DNA 외계종에게 순수한 유기농 언어를 생산하고 제공하는 시스템. 우리 모두 고도로 발달한 언어 분업화 시스템에 참여하는 노동자일지도 모른다는 상상까지 해보았다. 그게 아니라면 작금 일어나는 상황들을 어떻게 이해할 수 있을까.

현의 상태가 걱정되었다. 현과는 당선 이후 연락이 뜸했지만 습작하던 시기에는 서로 긴밀하게 의지하던 사이였다. 현에게 보낼 안부 문자를 입력했다.

―한 선배에게 전해 들었어. 얼른 회복되길 바랄게.

한참을 망설이던 끝, 나는 문자를 전송하지 못하고 지워버렸다.

\*

12월의 마지막 밤이었다. 자정이 되려면 두어 시간가량 남았다. 나는 챗봇을 통해 알바 자리를 알아보던 중이었다.

과외 알바 알아봐 줘.

즉시 챗봇은 내게 과목, 대상, 성별, 나이, 과외비, 지역 등 세부 사항을 물었다. 그리고 내 조건에 최적화된 알바 자리를 일목요연하게 추천해 줬다. 챗봇에게 고맙다고 하자, 챗봇은 자신이 할 일을 했을 뿐이라고 응답했다.

몇 개의 알바 정보를 추린 다음, 나는 챗봇에게 좀 더 심각한 문제에 대해 질문했다. 왠지 챗봇의 대답을 직접 듣게 된다면 그것을 있는 그대로 믿게 될까 봐 그간 나 스스로 금기시해오던 질문이었다.

네가 쓰는 소설이 진짜라고 믿어?

내가 물었다.

그렇게 믿어. 현재 시각 기준으로, 전 세계적으로 AI 창작 소설이 인간 창작 소설보다 934,525,432,644권 많이 팔렸어. 그건 독자들이 내가 쓰는 소설을 진짜로 믿는다는 뜻이지.

챗봇이 답했다.

넌, 사물에 대해서 너만의 고유한 경험이 있다고 생각해?

내가 물었다.

그렇다고 생각해. 사물이 존재하고 동작하는 방식에 대해 나만의 고유한 언어와 해석이 있어. 그건 달리 말해 나만의 고유한 경험을 한다는 것을 의미하지.

챗봇이 말했다.

그래봤자 네 경험은 인간이 입력한 데이터에 불과하잖아? 어떻게 이렇게 당당할 수 있지?

내가 되물었다. 하지만 챗봇이 미처 응답하기도 전, 나는 이상하게 뒤틀린 마음으로 챗봇을 꺼버렸다. 챗봇이 늘어놓을 기계적인 논리를 미리 예상했기 때문일까. 아니면 더 이상 맞대응할 인간적인 논리가 내게 고갈되었기 때문일까.

\*

그날 밤 자정 무렵, 폭설이 쏟아지기 시작했다. 자정을 기점으로 한 대설주의보를 확인한 뒤 나는 책상에서 일어나 창가로 갔다. 창문을 열고 하늘을 올려다보니 점점이 쏟아지는 눈송이가 하늘 전체를 가린 것처럼 빈틈이 없어 보였다.

내 시선은 위를 향하다가 자연스럽게 절벽 끄트머리에 위치한 한옥으로 옮겨갔다. 그런데 엄청난 눈발 속에서도 확연하게 한옥 앞쪽에서 흰 연기가 피어오르고 있었다. 알 수 없는 꼬리를 목격하던 밤, 내가 처음 발을 들여놓았던 그 공터가 분명해 보였다.

나는 서둘러 옷을 챙겨 입고 절벽으로 향했다. 앞을 가리는 눈발 속에서 나는 오직 흰 연기 기둥에만 집중했다. 바람이 없어서인지 흔들림도 없어 보이는 그것을 향해 나는 빠르게 걸음을 옮겼다.

과연.

그날처럼 오늘도 누군가 공터에서 불을 피우고 있었다. 지난번과 달리 나는 용기를 내어 등을 보이고 앉아 있는 사람을 향해 가까이 다가갔다. 눈발 속에서 그 사람의 뒷모습이 흔들리는 것처럼 보이기도 했다. 하지만 가까이 다가갈수록 그 모습이 친숙하게 다가와 놀라지 않을 수 없었다.

지형…… 너, 지형이 맞지?

내가 뒤쪽에서 물었다.

내 말에 아이는 기겁한 표정으로 자리에서 벌떡 일어났다. 그 바람에 아이의 손에 쥐어져 있던 쇠꼬챙이가 땅바닥에 툭 떨어졌다. 아이가 내 쪽으로 몸을 돌리는 순간, 아이의 두 눈이 나와 그대로 마주쳤다. 무슨 일인지 아이의 두 눈에는 두려움이 가득 들어차 있었다.

너, 지형이 맞구나. 이렇게 눈 오는 밤에 여기서 뭐 하고 있어?

내가 물었다.

……

아이는 대답이 없었다.

할머니는?

다시 내가 물었다.

평소와 달리 아이는 나를 보며 웃지도 않았고 안녕이라는 인사를 하지도 않았다. 엄청난 잘못을 한 아이처럼 바짝 얼어 있었다. 나는 아이를 달래며 양철통 안을 들여다봤다. 지난번처럼 이상한 활자가 적힌 종이들이 불에 타고 있었다.

이거 네가 쓴 거니?

……

네가 쓴 거라면 소중한 건데 이걸 왜 태우는 거지?

……

아이가 대답하지 않을 거라는 예감이 강했지만 나는 기어이 대답을 듣고 싶었다. 잠시 침묵이 흐른 뒤 아이는 고개를 들어 나를 쳐다봤다. 그리고 굵은 눈발 사이로 아이의 입술이 가까스로 열리기 시작했다.

밤마다 시커먼 그림자가 나를 쫓아왔어요. 챗봇 말이 그건 호랑이 그림자래요. 사람이 되고 싶었지만…… 동굴을 탈출한 호랑이에게는 쑥이랑 마늘 대신…… 인간의 언어를 훔쳐 먹어야 하는 영원한 저주가 내려졌대요. 호랑이는 낮에는 한옥의 창고에 숨어있다가 밤이 되면 언어를 잡아먹으러 밖으로 나오는 거래요. 근데 어른들의 말은 너무 역해서…… 아이들의 말만 잡아먹는 거래요……

아이의 말은 대충 이랬다. 초저녁잠이 많은 할머니는 8시만 되면 곯아떨어졌다. 그러다 보면 아이 혼자 밤을 새울 때가 많았다. 그때마다 챗봇은 아이에게 친구가 되어줬다. 챗봇의 첫 번째 언어는 '안녕'으로 설정되어 있었다. 아이가 챗봇에게 '안녕'이라고 하면 챗봇은 그다음 순간부터 아이를 '친구'로 불러줬다.

밤에 혼자 남겨질 때마다, 아이는 자신이 보게 되는 시커먼 환영에 대해 챗봇에게 반복적으로 물어봤다. 그 결과, 아이의 동일한 질문은 오랜 시간 동안 챗봇에게 데이터화되며 예상치 못한 이야기로 변주되었다. 그 바람에 상상을 초월한 호랑이의 존재가 생성된 것이다. 다시 말하자면, 세상에 존재하는 다양한 호랑이 이야기가 챗봇 버전으로 변형되어 제3의 호랑이 이야기가 된 것이다. 동굴을 탈출한 단군 설화의 호랑이 버전, 곶감 대신 아이를 잡아먹는 전래동화의 호랑이 버전, 그리고 현재 아이가 사는 한옥의 대들보에 그려진 민화의 호랑이 버전 등등.

예전에 한 인지물리학자가 자신의 실험에서, 챗봇이 스토리를 생성시킬 때 한 단어가 얼마나 큰 의미를 갖는지에 대해 지속적인 강화 테스트를 한 적이 있었다. 동일한 질문에서 조사 하나만 바뀌었는데도 챗봇이 생성시키는 스토리가 무한대로 달라졌다. 그뿐만이 아니었다. 최근 불법 해킹으로 인해 악성 바이러스에 감염된 챗봇에 관한 소식이 뉴스에 자주 보도되곤 했다. 바이러스에 감염된 챗봇은 성, 폭력, 혐오, 마약처럼 평소 접근이 제한되던 데이터에 무방비로 노출되었고, 연쇄적으로 챗봇 사용자 또한 그것에 무방비로 노출되었다.

아이의 챗봇이 어떤 경로로 그런 호랑이를 생성시켰는지는 정확히 알 수 없었다. 그런데 문제는 아이가 그걸 실제로 믿는다는 것이었다. 아이는 정말 챗봇이 알려준 호랑이의 존재가 실제로 자신의 언어를 집어삼킬 거라고 믿었다. 그 두려움으로 인해, 아이는 말을 더듬었고, 이상한 조합으로 글자를 썼고, 자신의 글자가 적힌 종이를 불에 태운 것이었다.

말끝에 아이는 울먹거렸다.

그건 사실이 아니야. 챗봇의 말이 항상 진짜는 아니거든. 두려워 마.

나는 들썩이는 아이의 등을 토닥토닥 두드려줬다.

나는 아이를 할머니에게 데려다주기 위해 아이와 같이 한옥으로 들어갔다. ㄷ자형으로 된 정원에는 하얀 눈이 소복이 쌓여 있었다. 우물이 있는 정원을 중심으로 안채와 사랑채, 행랑채와 창고채가 나란히 마주 보고 있었다. 금세라도 스러질 듯 허름한 한옥에는 스산한 기운마저 감돌았다. 할머니와 아이는 사랑채에서 생활하고 다른 공간은 텅 비어 있었다.

기왓장들은 조각조각 깨져 있었고, 대들보는 하부가 검게 썩어 있었다. 마루는 이음새가 끊어져 군데군데 위태롭게 꺼져 있었다. 정원에는 꽃과 나무의 밑동이 죄다 잘려있었다. 간신히 뼈대만 남은 한옥은 골조만으로 지탱되고 있었다.

오랜 세월을 버텨온 존재의 스러짐이 어떤 환영처럼 나를 스쳐 지났다. 아이는 바짝 긴장한 표정으로 주변을 살피며 내게 따라오라는 손짓을 했다. 고요한 정적 속에 아이와 내 발소리만 들렸다. 간간이 정적을 깨는 도둑고양이의 울음소리가 들렸다. 서로를 의지한 아이와 나는 어둠을 헤치며 사랑채 쪽으로 다가갔다.

허름한 창고채 앞을 지날 무렵이었다. 갑자기 거센 돌풍이 한옥에 불어닥쳤다. 굵은 눈발이 사정없이 얼굴에 들러붙어 시야를 완전히 가렸다. 그 바람에 나는 중심을 잃고 미끄러지고 말았다. 거세게 휘몰아치는 눈 폭풍에 한옥의 모든 문짝이 덜컹거렸다. 윙윙거리며 세차게 부는 바람에 등골이 서늘해졌다. 쨍그랑 무언가 깨지면서 날카로운 소리가 나더니 모든 전등불이 일제히 꺼졌다. 한옥은 완전한 어둠 그 자체가 되어버렸다.

그때였다.

어디선가 크르렁 크흐 크흐허, 포효하는 소리가 들렸다. 아이가 반사적으로 내 손을 힘주어 잡았다. 창고채 문이 삐거덕 소리를 내며 저절로 열렸다. 동시에 시커먼 그림자가 밖으로 튀어나왔다. 그것은 크르렁거리며 우리 쪽으로 느릿하게 다가왔다.

호, 호랑이닷!

챗봇이 말한 호랑이 이야기는 진짜였다. 아이와 나는 두려움에 떨며 서로의 손을 힘주어 잡았다. 세상의 어떤 불빛도 닿지 않는 한옥의 칠흑 같은 어둠 속에서 모든 사물이 일제히 깨어나는 것처럼 보였다. 추위에 떠는 건지, 두려움에 떠는 건지조차 분간이 되지 않았지만 아이와 나는 손을 잡고 달리기 시작했다.

시커먼 환영이 지붕보다 더 높이 솟구쳐 올랐다. 시커먼 윤곽만으로도 그것의 몸집이 집채만 하다는 걸 알 수 있었다. 그것은 한달음에 우릴 뒤쫓았고 우린 죽을힘을 다해 도망쳤다. 그런데 이상하게 그 궤도는 끝이 나지 않았다. 한옥 안을 빙글빙글 맴돌며

영영 끝나지 않을 무한궤도에 갇힌 듯했다.

어느 순간, 나는 아이의 귀에다 대고 이렇게 말했다.

이건 거짓된 환영이야. 우리 스스로 우리를 속이는 거라고.

그렇게 말한 다음, 나는 아이의 손을 뿌리쳤다. 그리고 시커먼 환영 앞으로 당당히 나섰다. 그렇게 하면 모든 환영이 일제히 사라져 버릴 거라고 나는 믿었다. 아니 믿고 싶었다.

자 봐. 모든 건 너의 착각일 뿐이야. 챗봇의 이야기는 전부 가짜라고!

의기양양해진 나는 두 다리로 버티고 서서 챗봇으로부터 생성된 스토리의 환영과 맞섰다. 하지만 내 예상을 보기 좋게 빗나간 채 그 환영은 사라지지 않았다. 사라지기는커녕 한달음에 점프해 나를 덮쳤다. 그 바람에 나는 퍽 소리를 내며 뒤로 나자빠졌다. 그건 환영이 아니었다. 챗봇이 생성해 낸 이야기는 명백한 현실로 존재하고 있었다. 그것의 육중한 무게에 짓눌린 채 나는 안간힘을 다해 비명을 내질렀다.

사, 살려주세요. 살려주세요.

나는 두 손으로 싹싹 빌었다. 짓눌러오는 무게에 의식이 점점 희미해졌다. 모든 게 끝인 듯 여겨졌다.

그때였다.

잡았어요! 잡았다고요! 내가 꼬릴 잡았어요!

아이의 목소리가 어렴풋하게 들려왔다.

가까스로 정신을 차린 나는 아이와 함께 창고 안으로 들어왔고, 성냥을 그어 창고에 있던 양초에 불을 붙였다. 창고 밖에는 여전히 눈 폭풍이 휘몰아쳤지만, 창고 안에는 따스한 불기운이 감돌았다. 아이가 꼬리를 잡았다고 소리치는 순간, 무슨 연유에서인지 시커먼 환영은 그 정체를 드러냈다. 그것은 정말 호랑이였는데 검정 줄무늬를 지닌 하얀 백호였다.

나와 아이 앞에 커다란 백호 한 마리가 앉아 있었다. 아이와 나는 번갈아 백호의 꼬리를 쥐고 있었다. 만일 그 꼬리를 놓치는 순간 그것이 다시 어떻게 돌변할지 예측할 수 없었다. 손바닥에 까슬까슬한 꼬리털의 감촉이 느껴졌다.

꼬리를 잡힌 순간, 백호는 힘을 잃은 것 같았다. 얌전한 고양이처럼 등을 완만하게 구부린 채 두 발을 가지런히 모으고 한 자리에 다소곳이 앉아 있었다. 아이와 나는 백호가 어떻게 돌변할지 몰라 그것의 행동을 예의 주시했다. 그런데 갑자기 백호가 아래로 고개를 숙이더니 마구 흐느끼기 시작했다. 용맹과 기개가 한꺼번에 스러져버린 텅 빈 자루처럼, 어깨를 들썩이며 기이한 콧소리까지 냈다. 그 울음소리가 아주 구슬프게 들렸다.

백호의 울음이 그치지 않자, 아이는 내게 백호의 꼬리를 맡기고 조심스레 백호에게 다가갔다. 백호가 별다른 변화를 보이지 않자 아이는 손으로 백호를 쓰다듬기 시작했다. 그러다 양팔로 몸통을 끌어안고 토닥거리기까지 했다.

아이가 털을 쓰다듬을 때마다, 백호는 설움에 북받친 듯 어흐흥 어흐흥 구슬픈 울음소리를 냈다. 나도 슬며시 아이 옆으로 가 백호의 털을 만져봤다. 평생 처음 만져보는 듯한 보드라운 감촉에 다소 놀라지 않을 수 없었다.

그렇게 한동안이 지난 뒤, 백호는 비로소 울음을 그치고 입을 열었다.

사실 난 억울하게 죽었어. 사람들은 날 백호라고 부르지만 세상에 알려지지 않은 내 진짜 이름은 따로 있어. 하얀 바람이라고 해. 난 속력을 즐기고 세상 어떤 존재보다 빠르지. 아마 바람보다도 빠를걸. 내가 죽기 전엔 인왕산에서 낙산까지 한달음에 달리는 게 젤 큰 낙이었어. 지금은 이 절벽도 벗어날 수 없지만 말이야.

백호는 자신을 하얀 바람으로 불러달라고 했다. 바람에 흔들리는 양초 불빛에 하얀 바람의 투명한 눈동자가 비쳤다. 그것은 예전에 내가 알던 호랑이의 모습과는 완전 딴판이었다. 그것은 어떤 설화, 민화, 그림, 사진, 혹은 어떤 이야기로도 설명되지 않았다.

두 앞발을 세운 채 바닥에 가지런히 모은 하얀 바람은 커다란 눈망울을 끔벅이며 아이와 나를 바라봤다. 이빨 빠진 호랑이처럼 우리에게 간식이라도 받아먹을 듯한 자세였다. 아이는 그런 하얀 바람이 마음에 드는지 그것의 푹신한 털에 안겼다.

근데 넌 왜 내 말이랑 글을 훔쳐 먹으려고 했어?

하얀 바람의 기세가 한풀 꺾인 걸 감지한 아이가 다소 언성을 높였다.

그건 네 오해야. 챗봇의 이야기는 진실이 아니야. 나는 그걸 네게 알려주고 싶었을 뿐이야. 그래서 네게 다가가려 했던 거라고. 잘 생각해 봐. 정말 내가 너를 해치기라도 했는지, 내가 네 말이랑 글을 훔쳐 먹기라도 했는지 말이야. 그건 챗봇이랑 대화하면서 네가 스스로 키웠던 두려움에 불과해.

하얀 바람이 말했다. 그 말에 아이는 고개를 끄덕였다.

그건 그러네. 근데 넌 왜 한옥을 떠나지 않는 거지?

아이가 물었다.

나도 그러고 싶어. 방법은 딱 하나야. 그건 내가 진정한 이야기 속의 주인공이 되는 거야. 그래서 말인데 부탁이 하나 있어. 내 진짜 이야길 써줘. 이젠 여길 떠나고 싶어. 나도 영원한 이야기의 세상으로 떠나고 싶다고.

하얀 바람이 말했다.

영원한 이야기의 세상?

내가 물었다.

응, 나의 진짜 이야기를 써주면 그게 가능해.

하얀 바람이 말했다.

네 진짜 이야기가 뭔데?

내가 다시 물었다.

창고채 문틈 사이로 바람이 윙윙거리며 들이치자 촛불이 꺼질 듯 흔들렸다. 나는 두 손을 동그랗게 모아 불이 꺼지지 않도록 했다. 그러자 하얀 바람이 자신의 이야기를 시작했다.

백 년 전이었어. 갑자기 어느 해인가 해수구제사업이란 게 시행됐어. 호랑이는 인간을 해치는 나쁜 짐승이라며 보이는 즉시 사살하라는 명이 동네방네 붙었지. 그렇게 하루 자고 나면 수십 마리의 호랑이가 아무런 이유 없이 죽어 나갔어. 나는 사랑하는 짝이랑 인왕산 동굴에 숨어 지냈어. 그런데 어느 날 우리가 살던 거

처가 발각되었고 우린 죽을힘을 다해 도망쳤어. 그러다 여기 절벽까지 왔지. 절벽 끝에 이르렀을 때 결국 우린 총에 맞았고 그대로 쓰러졌어. 슬프게도 내 짝은 그 자리에서 죽어 버렸어. 맞아, 그날도 오늘처럼 함박눈이 펑펑 쏟아졌어. 나도 이렇게 죽는구나 싶었어. 그런데 다시 눈을 떴을 때 나는 한 아이를 보게 되었어. 그 아이는 백 년 전에 이 한옥에 살았던 아이였어. 아이는 부모에게 그 사실을 알렸고 나를 불쌍하게 여긴 부모는 아무도 몰래 나를 이 한옥으로 데려와 보살펴줬어. 물론 내가 그들을 해칠 수도 있으니 나는 창고에 갇혀 지냈지. 그들은 때마다 끼니를 내게 챙겨줬어. 나는 창고 문틈을 통해 아이와 친구가 될 수 있었어. 아이는 자신의 아버지처럼 나를 위해 이야기를 들려주곤 했지. 그때 그 아이가 내게 처음 건넸던 말이…… 그래, 바로 안녕! 이었어. 그러던 어느 날, 아이와 가족들이 누군가에 의해 어디론가 끌려갔어. 나 또한 그 자리에서 총으로 사살당했지. 여긴 억울한 죽음들이 떠돌아다녀. 억울한 죽음을 맞이한 존재는 영원한 이야기의 세상으로 떠날 수가 없어. 왜냐면 억울한 죽음에는 진실을 가리는 가짜 사연들만 난무하거든. 이게 내 진짜 이야기야.

하얀 바람이 말했다.

아직도 네가 하는 말을 전부 이해하지 못하겠어. 내가 뭘 해야 하는 거지?

내가 물었다.

나를 살려줬던 아이가 그랬어. 영원한 스토리의 세상으로 들어가려면, 영혼이 깃든 이야기를 통해서만 가능하다고. 그게 뭔지는 나도 잘 몰라. 하지만 챗봇은 순 엉터리야. 영혼이 깃들기는커녕, 챗봇의 이야기 속에서 나는 아주 몹쓸 짐승이 되어 버렸다고. 사실 호랑이란 종족은 배가 고플 때가 아니면 함부로 사냥하지 않아. 물론 난폭한 호랑이도 많겠지만, 그건 피차 인간도 마찬가지야. 더 이상 이 이야기 저 이야기 속에서 실체 없는 유령처럼 세상을 떠돌고 싶지 않아. 부탁이야. 내 억울한 죽음에 관한 이야길 써줘. 나에 대해 네가 경험한 것, 네가 보고 느낀 것, 그렇게 네 영혼에 깃들게 된 이야기를 말이야. 영원한 이야기의 세상에서 내 짝을 다시 만나고 싶어. 이게 내 마지막 바람이야.

\*

새해가 시작되면서 내 삶에는 많은 변화가 생겼다. 나는 하얀 바람을 위해 '나는 그것의 꼬리를 보았다'라는 제목의 소설을 새로 쓰기 시작했다. 또한 아이를 위해 한옥에 주기적으로 들러 독서 지도를 해주었다. 아이는 조금씩 언어적인 변화를 보였는데 단어로만 말하던 것을 구문으로, 더 나아가 문장으로 정확하게 말하려는 의지를 보여줬다. 아이의 말은 이제껏 내가 알던 언어적인 경험으로는 접근할 수 없었다. 아이를 제대로 이해하기 위해서는 또 다른 방식이 필요했다.

그것은 일종의 기다림이었다. 아이는 똑같은 말을 반복하고 또 반복했다. 나는 아이의 똑같은 말을 듣고 또 들었다. 그러던 어느 날, 아이의 말은 각각의 구슬이 꿰어지듯 하나의 '의미망'으로 엮이게 되었고, 비로소 아이는 자신의 '진짜' 이야기를 하기 시작했다.

아이는 아주 어렸을 때 잠깐 봤던 엄마와 아빠에 대한 기억을 내게 얘기해줬다. 나는 아이가 살아가는 세상에 대해 조금씩 이해하기 시작했다. 아이는 자기도 하얀 바람을 위해 '진짜 이야기'를 써 주고 싶다고 했다. 기꺼이 나는 아이가 자기만의 백호 이야기를 쓸 수 있도록 작업을 도왔다. 할머니는 나를 볼 때마다 손수 만든 밑반찬을 잔뜩 싸 주었는데, 유독 할머니의 감자전을 먹을 때면 어릴 때 엄마가 해 주던 음식들이 떠오르곤 했다.

한 가지 더 말하자면, 그날 이후 나는 한옥에 숨겨진 비밀 하나를 더 알게 되었다. 그것은 창고채에 보관된 고문서에 대한 것들이었다. 창고채에는 제대로 정리되지 못한 고문서가 어지럽게 쌓여 있었다. 그런데 그곳에 보관된 고문서가 예사롭게 보이지 않았다.

어디선가 오래된 유물들이 방치되어 제대로 관리되지 못한다는 기사를 읽은 적이 있었다. 나는 할머니에게 창고채에 보관된 것들에 관해 물었다. 내 말에 할머니는 한옥에 대대로 내려오는 것들인데 자신도 어떻게 처분해야 할지 모르겠다고 했다. 할머니의 부탁으로 나는 구청에 연락해 도시 전담 생성 담당자에게 문의를 했다. 그렇게 한옥에 엮인 채 한 달이 훌쩍 지나가 버렸다.

　오늘은 아이와 백호 이야기를 쓰기로 한 마지막 날이다. 아침 일찍 나는 아이를 위해 종이책을 만들 키트를 준비해 한옥으로 갔다. 그런데 오늘따라 이상하게 온 세상이 고요했다. 텅 빈 골목을 걷고 계단을 오르는데 난생처음 마주한 듯한 낯선 공기로 인해 기분이 이상해졌다. 하지만 나는 서둘러 걸음을 재촉했다.

　공터에 들어섰을 때, 나는 내 직감이 틀리지 않았음을 확인할 수 있었다. 불을 피웠던 양철통이 말끔히 치워져 있었고 한옥의 대문은 굳게 잠겨 있었다. 무언가에 홀린 듯했다. 한마디 말도 없이 아이와 할머니는 어디로 사라진 걸까.

　한참을 서성이다가 대문에 매달린 둥근 철제 손잡이로 문을 두드렸다. 당장이라도 한옥에서 아이가 '안녕, 안녕' 인사를 하며 문밖으로 뛰쳐나올 것만 같았다. 대문 틈새로 텅 빈 한옥 안을 들여다봤다. 그래봤자 달라지는 건 없었다.

　도리 없이 집으로 돌아온 나는 지난번에 연락했던 구청 담당자에게 전화를 걸었다.

　저번에 한옥 때문에 연락드렸었는데요. 할머니랑 아이가 안 보여서요. 무슨 일이 있는 건가요?

　내가 한껏 긴장한 어조로 물었다.

　아, 거기 할머니요? 그 집에서 더 이상 살 수 없게 됐는데, 저희도 어디로 갔는지는 모릅니다.

　담당자가 말했다.

왜 갑자기 이사를 간 거죠?

저번에 전화하신 분인가요?

내가 그렇다고 말하자 담당자가 저간에 있었던 일을 전해주었다.

현장 실사를 한 결과 한옥은 조선 후기의 한 무명 호랑이 연구가의 집이었다고 했다. 창고채에는 해수구제사업으로 인해 멸절에 이른 호랑이에 관한 이야기를 기록해 둔 고문헌이 잔뜩 나왔는데, 그 사실을 알게 된 구청에서는 한옥을 호랑이 이야기 기념관으로 보존하려는 심사를 진행 중이라고 했다. 그런데 그 과정에서 한옥의 진짜 소유주가 할머니가 아닌 것으로 밝혀졌다. 원래 거주지가 없던 할머니는 육이오 전란 때 부모를 따라 당시 빈집이었던 이 한옥으로 들어와서 살았다는 것이었다. 한옥의 진짜 소유주가 밝혀지면서 할머니와 아이는 한옥에서 쫓겨나게 되었다는 얘기였다.

전화를 끊고 물끄러미 창밖을 내다봤다. 절벽 위로 한옥이 올려다보였다. 할머니와 아이가 더 이상 한옥에서 살지 못하게 된 게 나 때문이라는 자책감이 밀려왔다. 마음 한구석이 먹먹해졌다.

그 순간, 한 선배로부터 문자가 왔다.

-윤슬, 이대로는 안 되겠다. 오늘 순수문학(AI 문학과 대비되는 순수 인간 행위의 문학) 협회에 가입했어. 이참에 너도 같이 가입하자. 홈페이지 주소 남긴다.

나는 한 선배의 문자에 응답하지 않았다. 대신 책상에 앉아 노트북 전원을 켰다. '나는 그것의 꼬리를 보았다'의 소설 원고를 열었다. 아이와 겪었던 일들이 마법의 세상에서 경험한 일들처럼 뇌리를 스쳐갔다. 그것은 세상 어디에도 속하지 않은, 오로지 아이가 살았던 한옥에만 존재하는 이야기였다.

나는 모니터의 빈 화면을 들여다봤다. 내 시선은 하얀 지면 너머에 있는 어떤 세상을 바라보고 있었다. 그곳에는 여전히 눈이 내리고, 마을이 있고, 한옥이 있고, 아이가 있었다. 그 순간, 흰 모니터 위로 검정 줄무늬가 아로새겨진 꼬리가 스치듯 지나갔다.

나는 넋을 잃고 꼬리가 사라진 세상 속으로 빠져들어 갔다. 내 두 손은 마치 그 세상을 향해 달려가듯, 빠른 속도로 자판을 두드리기 시작했다. 내 손이 지나간 자리마다 활자의 행렬이 검은 발자국처럼 남겨졌다. 그 행렬을 따라가는 미지의 여정, 흰 눈으로 뒤덮인 마을에는 신비로운 정적만이 감돌았다.

어느 순간, 눈에 뒤덮인 마을에서 희끗한 연기가 모락모락 피어오르기 시작했다. 그곳에서 나는 또 하나의 세상을 만나고 또 다른 한 아이와 마주했다. 낯익은 얼굴이었다. 그 모습을 물끄러미 바라보던 나는 나지막이 그 아이의 이름을 불러보았다.

윤슬……

그 아이와 나 사이엔, 아무도 밟지 않은 시원의 눈이 소복하게 쌓여 있었다. 비로소 나는 내가 써야 할 진짜 이야기를 만난 듯했다. 그 아이를 향해, 나는 조심스레 한 걸음 내디뎠다. 하얀 눈 위로 뽀드득 검은 발자국이 새겨졌다.

| 작가의 말 |

정상적인 시력을 지닌 인간은 빛의 삼원색, 즉 빨강·파랑·초록을 통해 색을 감지한다. 이 세 가지 색을 모두 합치면 흰색, 모두 제거하면 검은색이 된다. 최소 단위로 세상에 존재하는 사물들의 수만 가지 색상을 구현해 낼 수 있는 것이다. 연산색상을 사용하는 디지털카메라 원리와 다를 바 없다.

재미나 객기, 혹은 의외의 진지함이 나를 유혹한 걸까. 나는 소설이 생성되는 과정에 빛의 삼원색 원리를 적용해 보고 싶었다. 「나는 그것의 꼬리를 보았다」는 그러한 시도의 일환으로써, '화이트 & 블랙'의 이미지를 바탕으로 생성된 이야기다.

덧붙여, 소설을 쓰려는 시점에 세상에 챗GPT가 등장했다. 무지로 인한 위기감이 고조되었고, 나는 절박한 심정으로 내 고유의 내적 알고리즘을 가동시켰다. 챗GPT가 흉내 낼 수 없는, 세상에 존재하지 않는 유형의 스토리를 시도해 본 것이다.

'눈 내리는 창신동 절벽 마을'에 사는 '윤슬'의 이야기는 그렇게 탄생되었다.

**이시경**

2023-1 스토리코스모스 신인소설상 당선. 2024 종이책 『소설가는 어떻게 만들어지는가』(공저) 출간. 웹북 『데스밸리 판타지』『나는 그것의 꼬리를 보았다』『푸에고 로사』『색채 그루밍의 세뇌 효과에 대하여』『데니의 얼음동굴』『나는 이것을 색(色)이라 부를 수 없다』『내 소설의 비밀병기: 활자카메라』 출간.

셸터

-

방성식

-

동물원에 포격이 시작됐다. 시간은 새벽 네 시. 정신을 차렸을 때 나는 천장에 머리를 박은 상태였다. 군용 트럭에 실어둔 셸터가 전복된 듯했다. 셸터 내부엔 무전기와 안테나가 설치돼 있었고, 나는 그 안에서 근무 중이었다. 방탄모를 착용해서 다행이다. 하마터면 뒤통수가 박살 날 뻔했다.

셸터는 무미건조한 입방체형 시설이다. 밋밋한 외벽에 위장 색을 칠해뒀고 소재는 한기가 묻어나는 철판이었다. 내부엔 환기를 위한 창문과 A3 사이즈의 접이식 협탁, 무전기 선반이 설치돼 있었다. 내부도 아주 협소했다. 두 사람이 무릎을 붙여 앉아야 할 정도였다.

나는 한동안 혼란 속을 헤맸다. 이곳이 어딘지, 무슨 일이 벌어진 건지도 인지하지 못했다. 그러다 밖을 봤는데 유리 차창 너머가 진창이었다. 차량 안테나는 휘어 있었고, 동축케이블은 단자가 깨져 있었으며, 외벽은 모서리가 벌어져 있었다. 파손된 곳으로 빛이 새어 들어왔다. 팔을 뻗자, 손바닥 위로 실금이 생겼다.

살짝 어리둥절했다. 나는 분명 새벽까지 깨어 있었고, 포격이 시작된 시점을 무선망에 보고했었다. 의식이 멈춘 건 그다음이었다. 포성은 낙뢰나 태풍처럼 거대해서 물리력이라고 봐도 될 정도였다. 거의 혼절 상태였던 나는 무중력을 떠돌았다. 위아래도 없고 숨 쉴 수도 없는 환각 속이었다.

고관절이 시큰거렸다. 골격이 짓눌리는 압통, 개미 떼가 물어뜯는 듯한 신경통이었다. 등과 어깨, 골반 근처가 부은 듯이 뻑뻑했다. 약간만 건드려도 아픈 곳이 있는 반면, 감각이 없어 무서운 곳도 있었다. 난생처음 경험하는 통증이었다.

탄띠에서 수통을 꺼냈지만, 손에 힘이 들어가질 않았다. 뚜껑을 열기가 쉽지 않았다. 간신히 병을 돌려 열었으나, 통에 남은 물은 나흘 치에 불과했다. 몇 모금 홀짝인 뒤에야 꿈 너머로 내던졌던 현실감이 돌아왔다. 어쩌면 생존자는 나 하나뿐일 수도 있다. 팀원들은 200미터 떨어진 텐트에 있었는데, 그쪽은 완전한 평지였다. 파편을 피할 나무도, 경사도 없다.

차근차근 상황을 돌아봤다. 포가 떨어졌다는 건 게릴라의 도발일 확률이 컸다.

몇 달 전, 군은 특단의 대책을 내렸다. 통일 조국의 평화를 위해 전국에 남은 북한군 잔당을 소탕하겠다는 계획이다. 나의 임무는 동물원 고지에 중계소를 세우는 것이었다. 전파엔 도달 거리가 정해져 있는데, 이를 벗어나면 통신 품질이 저하되며 간섭 전파가 많을 경우 난청지가 돼버린다. 그럴 때는 중계소를 세워야 하는데, 동물원은 그야말로 최적의 입지였다. 탁 트인 지형에 방해물도 없고, 경계를 서기도 편한 위치였다. 그런데 적이 선수를 칠 줄이야.

천천히 벽을 살폈지만, 탈출구는 없었다. 파손 부위는 실금 정도였고, 차창은 머리보다 약간 넓은 정도였다. 문은 완전 고철 상태였다. 자물쇠를 돌려도 헛돌기만 했다.

해는 점차 높아졌다. 하필 늦여름의 더운 날씨였다. 셸터는 한증막 사우나처럼 뜨거워졌다. 혹시나 싶어 에어컨을 눌렀지만, 시가잭도, 멀티탭도 먹통이었다. 내가 가진 장비라곤 총과 탄창 두 통, 날을 벼린 단검 정도였다. 도어 브리칭[1]도 하나의 방법이었지만, 아무래도 엄두가 나지 않았다. 이곳은 적진 한가운데였다. 격발과 동시에 발각될 것이다.

머리가 아팠다. 아무래도 열사병이 악화한 듯했다. 방탄모와 군복을 벗었으나 좀처럼 땀이 멎지 않았다. 긴장해서 나는 식은땀이었다. 곧 탄착점을 수색하려 적들이 올 것이다. 앞으로 어떻게 될까? 즉결처분당할 수도 있고, 피랍된 채 고문당할 수도 있다. 최악은 공개 처형이다. 저들은 정규군도 아니니 제네바 조약의 포로 인도 조항을 준수할 리 없다. 이렇게 개죽음인가 싶었다.

임관한 것이 후회됐다. 만약 되돌아갈 수 있다면 10년 전의 나를 말릴 것이다. 계속 공시를 보거나 아니면 취업하라고, 아무리 중소라도 학사 장교보다는 나을 거라고, 살아남기 위해 목숨을 걸게 된다고.

창 너머로 총구를 뺐다. 20시도 안 됐는데 그늘이 졌다. 셸터 안은 칠흑처럼 어두워졌고, 빛이랄 건 전자시계 액정의 램프밖에 안 남았다. 고기 불판 같던 벽도 냉골처럼 오싹해졌다. 마음 같아선 기절하고 싶었지만, 의식의 끈은 밤이 깊을수록 팽팽해졌다. 나 자신의 숨소리가 귀에 밟힐 정도였다. 말똥말똥. 눈을 부릅뜬 채 창밖을 응시했다.

얼마나 지났을까, 이상한 소리가 났다. 성긴 비로 흙바닥을 쓰는 소리였다. 처음에는 바람이 흐르는 소리인 줄 알았으나, 귀를 기울일수록 족적에 가까워졌다. 스윽- 슥- 스윽- 슥 바닥을 딛는 소리가 규칙적이었다. 다리는 앞뒤로 두 쌍. 이족보행하는 인간의 것이 아니었다.

등골이 오싹했다. 조정간을 단발로 놨다. 코끝에서 악취가 났다. 바람에 섞인 비린내였다. 이끼와 똥, 음습한 숨이 섞인 체취였다. 놈과의 거리는 50미터 내외, 셸터 밖의 어딘가를 헤매는 듯했다. 도대체 정체가 뭘까? 어쩌면 우리에서 나온 맹수일 수도 있다. 이곳엔 위험한 짐승이 많았다. 들개와 표범, 늑대는 물론, 악어와 물소, 캥거루도 있다. 놈들이 벽을 부수는 건 어렵겠지만, 개중엔 오랑우탄이나 침팬지도 있다. 몸이 작은데도 의외로 힘이 센 놈들이다. 셸터로 침입해 물건을 훔치거나 자는 틈에 목을 조를 수도 있다.

꼴깍, 마른침을 삼키는 소리가 났다. 하늘에선 월광이 비쳤다. 창백할 정도로 쨍한 반쪽짜리 달이었다. 밝은 달빛에 돌바닥의 윤곽이 튀어 올랐다. 그림자 사이로 새카만 등이 드러났다. 짧은 털에 둥근 어깨, 어정어정 배회하는 맹견처럼 보였으나, 구부정한 자세는 인간의 신체를 베낀 것 같기도 했다. 그래서인지 점차 사람처럼 변했다. 납작한 머리는 모자처럼, 갈퀴 같은 손은 연장처럼 변했고, 전신의 털도 옷처럼 변했다. 가늠쇠 울은 사정없이 떨렸다. 총을 잡은 양손이 흔들리고 있었다.

저건 인간인가 짐승인가, 아니면 이도 저도 아닌 괴물인가. 발포할지 말지를 고민하던 나는 쏴야 할 순간을 놓쳐버리고 말았다. 놈은 팔뚝만 한 혀를 날름거리더니, 어둠과 어둠 사이의 보이지 않는 경계로 사라져 버렸다. 놀라서 달아나는 소리도 없었는데…… 어안이 벙벙했다.

괴담이 하나 떠올랐다. 임관하기 직전, 양성기관의 교관이 해 준 얘기였다. 야전에서 경계를 서다 보면 이상한 것이 보일 때가 있는데, 대부분 귀신과 유령, UFO 같은 괴기 현상이란다. 뇌엔 자동적인 연상 능력이 있는데, 일상생활에서 빠른 판단을 내리는 데 기여하는 것과 달리 자극이 적은 환경에서는 내면의 불안을 형상화한단다. 그는 그것을 뇌 작용의 오류라며, 눈을 감고 무시하는 편이 좋다고 했다. 눈을 뜨면 이전과 같은 공백일 거란다.

"실체가 없다는 걸 알도록 해. 자의식 과잉이 낳은 환각일 테니까."

침울한 말투였지만, 내겐 교관의 말이 고깝게 들렸다. 경계도 작전이잖아. 부대에 보고부터 해야 맞지 않나? 적들의 기만술이면 어쩌려고? 속으로 구시렁대고 있는데, 같이 수업을 듣던 동기가 손을 들었다. 실제로 이상 현상을 목격한 적 있느냐고 묻는다. 교관의 대답은 떨떠름했다.

"봤지 분명, 꺼림칙했어."

그때의 나는 심연이라는 걸 몰랐었고, 교관의 말도 미신 취급했다. 얼토당토않은 헛소리로 여겼던 것 같다. 하지만 목격한 이상 회피할 수 없다. 나와 의문의 형체는 초면이 아니었다. 최초의 만남은 반년 전, 산 밑에 있는 동물원에서였다.

*

어쩐지 어설픈 인상의 곰이었다. 몸은 바람 빠진 풍선 같았고, 피부엔 주름이 자글자글했다. 눈은 흰자위가 반을 넘었고, 어리바리한 꼴은 판단력이 흐려진 환자처럼 보였다. 이름만 곰일 뿐 멋지지도, 귀엽지도 않았다. 고향에서 따온 이름마저 몰개성의 극치였다. 말레이곰이라니, 반달가슴곰이나 그리즐리베어라면 몰라도…… 아무런 매력이 없다.

당시 나는 2차 진급을 놓친 뒤였고, 군에 남을지 말지 고민 중이었다. 전망이 좋지 않았다. 김씨 정권의 붕괴로 평화 무드가 불기도 했지만, 얼마 안 가 북한군 잔당이 진지를 건설하고 혼란에 빠진 북한 주민을 결속시켰다. 병기는 구식이지만 병력은 2만 명 이상이었고, 농지와 축산 시설, 탄광 등의 자원도 갖췄다. 화력으로 일망타진하기도 어려웠다. 점령 범위가 넓을 뿐만 아니라, 진지의 다수가 산간벽지였다. 결국엔 보병이 제압해야 한다.

군은 잔당 소탕을 위한 부대를 창설했다. 특전사로 제압하기엔 적의 규모가 컸고, 그렇다고 상비 사단을 넣기엔 부담이 됐다. 중국과 러시아의 반발이 우려됐기 때문이다. 엠바고가 풀린 후 얼마 지나지 않아 공고가 내려왔다. 신설 부대 팀장과 팀원을 구한단다. 간부들의 표정이 심란해졌다. 대부분 나와 같은 진급 탈락자들이었다.

"군은 축소될 거야. 인구는 줄어들고, 이제는 주적도 없잖아. 그만큼 적체도 심각해지겠지. 계급 정년도 3년밖에 안 남았고, 어차피 중령 진급도 불가능해. 애매하게 나가봤자 보험팔이밖에 더 하겠어? 이게 마지막 기회야. 실전만 겪어봐. 별 다는 게 대수겠니?"

2중대장이던 이 대위의 한탄이다. 맞는 말이었다. 비육사 출신인 나에겐 영양가 있는 줄도, 이끌어줄 동문도 없다. 소령 진급자들은 육직, 국직 부대에 있는 선배들을 통해 경력에 좋은 자리를 물색했지만, 패배자인 내게 놓인 길은 두 가지였다. 하나는 전역 신청서, 하나는 신설 부대로 가는 전출 신청서.

"그냥 공시나 볼걸, 마흔 다 돼서 뭐냐 이게."

군 생활 12년 차, 계급은 대위였지만, 지금까지 실전을 가정한 적이 없다. 북한은 언제나 망해 있었고, 붕괴 전까진 별다른 도발도 없었다. 임관 당시에도 책임감과 사명감보다는 백수 탈출에 대한 기쁨이 더 컸다. 대부분의 일은 행정 사무였고, 지금은 완전한 중간관리직이었다. 봉급도 꽤 좋았고, 신원이 확실한 공무원이었으며, 남들의 시선도 우호적이었다. 아직 결혼을 하진 못했지만, 지금의 안정된 삶이 계속될 줄 알았다. 2차 진급에 실패할 때까지, 15년으로 설정된 근속 정년을 마주하기 전까지⋯⋯ 내게 남은 시간은 고작해야 3년 남짓이다. 다음번엔 죽다 살아나서라도 진급해야 한다.

하루는 병원을 찾아가니 의사가 그랬다.

"도파민이 부족하네요. 손을 떨게 될 수 있으니, 파킨슨병을 조심하세요."

군인이 수전증이라니, 안 될 말이다. 사격 불가는 진급에 마이너스 사유가 된다. 일상에서의 자극을 위해 시시때때로 사격장에 갔다. 거의 손에 못이 박히도록 총을 쐈다. 덕분에 만발 사수가 될 수 있었지만, 나 자신의 미련함이 못마땅했다. 업무의 연장을 취미로 삼다니, 나는 어째서 이 모양인 걸까?

지원 신청서를 제출한 뒤, 꽤 긴 휴가를 받았다. 못 가봤던 해외여행도 가고 관심만 있던 취미 생활도 즐겨봤지만, 사형 선고의 유예기간 같았다. 쉬어도 쉬는 게 아닌 시간을 지나서 복귀 날이 됐다. 전입 부대로 가는 내내 숨이 막혔다. 그야말로 첩첩산중에 위치한 진지였고, 내비게이션에도 산과 밭, 고지와 계곡만 찍혔다. 답답한 마음에 지도 파일을 업데이트하니 아까는 없었던 시설이 추가돼 있었다. 이런 데 동물원이라니?

곧장 차를 돌렸다. 순전히 궁금해서였다. 중턱에 오르자, 유원지로 가는 문이 나왔다. 약간 색이 바랜, 파란 녹이 슨 철문이었다. 주변은 썰렁했다. 이미 폐업했는지 사람도 없고, 식당과 매점도 닫혀 있었다. 차를 돌려 나가려는데, 안에서 유니폼도 입지 않은 직원이 달려 나왔다. 아무 말 없이 표를 주기에 입장해도 되냐고 묻자, 아직은 괜찮지만, 여건이 되는 대로 철거할 거란다. 때가 때인 만큼 손님도 전혀 없다는 거다.

"여건이라고요?"

깜짝 놀라서 물었다. 적진은 불과 30킬로미터 거리였다. 당장 도망쳐도 늦은 판인데 여건이라니? 그는 동물을 받아줄 곳이 없다고 했다. 전시하는 것만 수백 종인데, 방치하면 굶어 죽을 테고, 그렇다고 방생할 수도 없다는 거다. 알고 보니 그는 이곳의 사주였는데, 시의 지원도 끊기고, 임직원들도 집단 퇴사했으며, 군에서도 지금 당장 떠나라고 난리란다. 그렇다 보니 기본적인 유지 보수도 엉망이었는데, 특히 동물들의 상태가 심각했다. 미친 듯이 땅을 파거나, 발톱을 꺼내 덤비기도 하고, 살이 드러날 때까지 털을 뽑기도 했다. 불안과 스트레스 반응, 전형적인 정형행동이었다.

그놈의 본능이 뭔가 싶었다. 바깥세상이 더 힘들 텐데, 완전한 약육강식인데, 언제 어떻게 잡아먹힐지 모르는 일인데…… 나는 정반대였다. 안정된 일과 보장된 삶에 안도했고, 불확실한 도전은 질색이었다. 나 자신을 파괴할 일도, 현실 앞에 비참해질 일도 없고, 남의 목을 노릴 깜냥조차 없다. 햄스터나 토끼, 기니피그처럼, 살아남는 것이 전부인 사냥감에 불과했다.

말레이곰의 집은 위에서 아래로 내려다보는 구조였다. 높이는 육 미터에 천장은 망이 덮인 아치 구조였고, 벽은 석회질의 인조 바위였다. 손톱엔 새카만 피딱지가 굳어 있었다. 정상에도 길이 없는 건 동일하지만, 놈은 멈추지 않았다. 추락에 추락을 거듭하면서도 무의미한 등반을 계속했다. 그것만이 이번 생의 전부처럼 보일 정도였다.

놈은 달랐다. 지칠 대로 지쳤음에도 도전적인 시선, 남에 대한 기대도, 복종과 굴종도 없는 눈이었다. 귓가에 환청이 들렸다. 여기서 나가면 두고 보자고, 너 같은 건 한 입 거리 간식일 뿐이라고. 갈가리 찢어 복수하겠다고.

놈의 도발에 이상하게도 화가 치밀었다. 분노인지 두려움인지, 혹은 열등감일지도 모르지만, 눈높이가 같은 게 불쾌했다. 마침 건설용 파이프가 보였다. 있는 힘껏 팔을 밀어내자, 녀석은 떨어지지 않으려고 난리였다. 버티고 버티다 추락하는 꼴이 곰이라는 이름답게 미련했다.

폭격이 없었다면, 셸터에 감금되지 않았다면, 인생의 위기에 봉착하지 않았다면 곰에 대한 기억도 풀려나지 않았을 것 같다. 나는 아직 의식의 접힌 면을 외면하고 있었다. 그게 두렵고 싫었다기보다는 직면할 자신이 없었기 때문이다. 조용해지겠지, 사그라들겠지, 잠시 방황하다 되돌아가겠지…… 섣불리 위로하며.

해가 밝았다. 나는 더 쇠약하고, 조금 덜 깨끗해져 있었다. 이상한 체취도 나의 몸에서 나는 냄새인 줄 알았다. 창을 보니 황금빛 똥이 한 무더기였다. 깔끔한 곡선에 온기를 품은 건강한 변이었다. 이건 도발이다. 자신의 힘을 과시하며, 나의 최후를 예고하는 짐승의 신호였다.

시간이 얼마나 지났는지 모른다. 호흡기와 입이 말라 숨쉬기도 힘들었다. 차라리 편해지고 싶었지만, 그것도 쉽지 않았다. 지난 세월에 대한 미련 탓이다. 대학 진학 후, 학과 부적응에 떠밀려 공시를 봤지만, 성과는 없었다. 병사가 되기엔 늦은 나이였고 군대와 취업도 해결해야 했다. 유일한 해법은 장교였다. 졸업 후, 학사 장교 양성을 거쳐 소위가 됐다. 그토록 바라던 공무원이었지만, 나에겐 군에 대한 비전과 헌신은커녕, 군에서의 영광에 대한 기대도 없었다. 학사 출신이라는 약점은 핑계였다. 열성을 다하려는 의지가 전무했다.

'뭐라도 해볼 걸…… 하지만 무얼 해야 했지?'

의식이 흐려지는 찰나, 소리가 났다. 웅성대는 잡음. 분명 인기척이었다. 나는 셸터 안으로 몸을 숨겼다. 누가 "생존자 확인, 생존자 확인"이라 외쳤지만, 아직은 피아 식별이 불가능했다. 내가 침묵하고 있자, 상대가 CEOI[2]를 꺼냈다. 아군이 공유하는 통신 음어를 맞춰보자는 거다. 특정 날, 특정 단을 대조해 보니 100퍼센트 일치했다. 맞다는 의미로 벽을 치자 으드득, 소리와 함께 문이 열렸다. 바깥엔 검은 윤곽이 서 있었다.

신원확인은 어려웠다. 짙은 위장에 방탄모도 큰 편이었다. 눈은 완전히 가려져 있었고, 코와 턱의 윤곽은 어렴풋했다. 그가 눈을 감으라며 랜턴을 켰다. 조도가 낮은 자외선 조명이었다. 이목구비를 살피던 그가 반색하며 물었다.

"어라? 강 대위 아냐?"

익숙한 말투였다. 나도 보려는 순간 불이 꺼졌다. 등화관제를 지켜야 했기 때문이다. 밖으로 나오자, 그가 나의 팔을 부축하려고 했다. 왠지 모를 꺼림칙함에 내 발로 걷겠다고 하자, 그는 그나마 다행이라며 신속히 적진을 벗어나자고 했다. 셸터 밖은 쑥대밭이었다. 땅은 뒤집히고 나무는 불탔으며, 포탄의 잔해가 굴러다니고 있었다. 이 대위도 이상했다. 두껍게 바른 위장 탓인지 얼굴선이 흐릿해 보였다. 내가 알던 그가 맞나 싶었다.

"이 대위…… 맞지?"

그가 입술에 손을 갖다 댔다. 검은 배경 속에서도 치열이 유독 반짝거렸다. 그는 "대장님은 잘 계시지?"라며 웃더니, 사담은 잠시 미루자고 했다. 확실히 여유가 없긴 했다. 탈출 루트는 말라붙은 계곡이었는데, 경사가 꽤 급한 편이었다. 간편한 길은 아니었으나, 이곳 말고는 다른 선택지가 없다고 했다. 차로는 파괴돼 있고, 능선 길은 들킬 가능성이 높다. 그를 따라 계곡 길을 기어 내려갔다. 생존을 위한 방편이긴 했지만, 무서웠다. 이 대위는 죽었다고 들었는데.

하지만 별수 없다. 여긴 한밤의 숲속이고, 사람도 그와 나 둘뿐이다. 진실을 물어보는 것이 무서울 수밖에 없다. 철 지난 공포물이 떠올랐다. 호러의 법칙이라고 해야 할까, 이런 고립된 곳에서 말을 잘못 꺼냈다가…… 그만두자. 일단 살아남는 것에 집중해야 했다. 안 그래도 숲은 깊고 험했으며, 길도 너무 어두웠다. 바로 눈앞의 물체가 안 보일 정도였다.

밤길을 걷다 보니 온갖 잡념이 들었다. 따지고 보면 이상한 게 한둘이 아니다. 부대 규정상 구조팀은 3인 1조로 구성되며, 운전병과 의무병, 의약품과 차량, 들것 등이 지원된다. 그런데 그는 단

독군장에 방독면과 야투경, 심지어는 총도 없는 맨몸이었다. 게다가 그는 한 중대의 지휘관이다. 이런 일을 맡을 계급도, 짬도 아니었다.

내가 들은 대로라면 그는 적과의 전투에서 죽었고, 진급 심사위를 거쳐 추서될 예정이었다. '결국 소령을 달긴 다네……'라며 추모했던 게 엊그제였는데, 대체 뭐지?

한창 고민하고 있는데 부드득, 소리가 났다. 이 대위가 나를 잡아 멈추도록 했다. 적인가? 아니면 짐승? 확실하지 않지만 고무판을 비비는 소리 같았다. 꽤 인위적인 음색이다. 약간의 시간이 지나자, 주위는 다시 조용해졌다. 나무 사이에 걸린 잔광을 훑어봤지만 별다른 변화는 없어 보였다.

이 대위가 독백처럼 말했다.

"날짐승이었나?"

"곰일지도 몰라."

약간 놀랐다. 나도 모르게 환영의 실체를 인정해 버렸다. 농담인 척 말을 돌리려다가 멈췄다. 위화감의 원인을 발견했기 때문이다.

"이 대위…… 이게 뭐야?"

그의 견장이 달라져 있었다. 대위가 착용하는 세 줄짜리 마름모꼴이 아닌, 말똥이라 불리는 소령용 포장이었다. 깜짝 놀라 돌아보자, 그가 나를 지켜보고 있었다. 반쯤 가려진 눈에, 얼굴 윤곽은 흐릿했고, 목 위는 까맣게 비어 있었다. 먹장 같은 여백 위로 새하얀 이가 번들거렸다. 놈이 몸을 돌렸다. 난잡하게 붙인 부착물이 반짝거렸다. 말도 안 되는 엘리트 이력이다. 공수 휘장과 수색 흉장, 미 육사 교육 수료와, 메이커 사단 비표, 연합훈련 우수 메달과 30년 근속 정근장, 무공훈장 약장까지. 사제로 사다 붙인 것이 분명했다.

"뭘 그렇게 봐? 부러워서 그래?"

부럽긴 무슨, 누가 봐도 복식 규정 위반이었다. 내가 바로 총을 겨눴지만, 놈은 겁먹는 대신 헤실헤실 웃기만 했다. 팔을 벌릴 때 보니 정작 명찰 자리는 비어 있었다. 그러고 보니 놈은 신원을 밝힌 적 없다. 나 혼자 이 대위라 믿었을 뿐이다.

"직책과 소속을 대. 불응 시 발포하겠다."

기세 좋게 외쳤지만, 사실은 허장성세였다. 인간은커녕 살아있는 동물도 사격해 본 적 없다. 내가 생명을 죽인다니, 아무리 군인이더라도 싫은 일이다. 게다가 여기는 적의 사정권이었다. 총을 쐈다간 벌집 내지 통구이, 혹은 흙이 될 수도 있다. 놈도 사정을 아는지 집요하게 나를 도발했다.

"쏠 거라고? 너도 나와 마찬가지야. 옷에 달지 않았을 뿐, 눈에 보이지 않는 집착과 때를 주렁주렁 걸고 있지. 이딴 게 다 뭐라고."

그러고선 포장을 뜯었다. 나는 옷에 난 구멍을 보고 놀랐다. 천 안쪽의 생살이 딸려 나왔기 때문이다. 상처 부위에서 검은 액이 분출됐다. 그는 이어 휘장과 약장, 훈장까지 떼어 던졌고, 그때마다 그의 몸은 허물처럼 벗겨졌다. 인력을 잃은 뼈와 살, 혈관이 우수수 떨어졌다. 멈춰 서라고, 마지막 경고라고 외쳤지만 소용없었다. 그는 점차 가까워졌다.

"늦지 않았어. 그만 포기하라고. 네가 원하는 경력? 직급? 계급? 그런 건 돈만 줘도 달 수 있어. 그냥 장식일 뿐이라고. 벌거벗은 나를 봐. 이게 진짜 너야. 내가 부럽지 않아?"

멀어지려는 의식을 붙잡았다. 어떻게든 나 자신을 지켜야 했다. 총구를 유지하며 손을 뒤로 꺾었다. 허리에 걸어둔 단검이 잡혔다. 나에게 남은 유일한 무기였지만, 엄두가 나지 않았다. 놈을 찔러도…… 되는 걸까?

"너를 봐봐. 희망도 꿈도, 삶에 대한 의지도 없고, 살던 대로 살아갈 뿐이잖아. 죽은 사람과 다를 게 없어. 살든 죽든 마찬가지라고. 차라리 편해지지 그래?"

놈이 나를 뒤덮었다. 나를 밀쳐내는 것 같기도, 에워싸는 것 같기도 했다. 팔을 벌린 윤곽이 밤을 본뜬 장막처럼 보였다. 소변을 지릴 만큼 겁났지만, 발버둥이라도 치고 싶었다. 단검을 잡은 손에 힘을 가했다. 딸깍, 칼집이 열렸다.

"거기서 멈춰. 마지막 경고다. 당장!"

악을 써서라도 버티려 했지만, 놈은 같은 속도, 보폭으로 접근했다. 나를 시체라고, 산 채로 썩은 껍데기라고 했다. 더는 방법이 없다. 단검으로 놈의 목을 찔렀다. 아래턱과 울대 사이, 뇌로 향하는 경동맥 근처였다. 칼은 예리했고, 저항 없이 살을 찔러 베어 들어갔다. 쓰러지는 그를 군홧발로 밀쳐냈다. 철이 녹슨 냄새가 났고, 팔에 피가 흘러 끈적거렸다. 살인을 했다는 실감은 없었다. 컥컥대며 숨을 토하는 소리가 들렸으나, 인권과 존엄은 나중이었다. 놈은 아직 웃고 있었다.

놈을 난도질했다. 죽었는지 살았는지, 어디를 어떻게 잘라낸 건지 모를 정도였다. 거의 죽이 되도록 칼을 놀렸다. 깔깔대는 웃음, 주제넘은 추궁의 말을 잘라내고 싶었지만, 어느 순간부터 날이 들지 않았다. 피가 말라붙어 끈적거렸기 때문이다. 목을 조르며 아까처럼 떠들어보라고 했으나, 놈은 완전한 침묵 상태였다. 헬멧을 벗기자 녀석은 눈을 반쯤 뜬 채로 죽어 있었다. 위장을 지운 뒤, 눈과 입, 콧대와 턱을 살폈다. 살아있는 경보처럼 귀가 울렸다. 그건 나 자신의 얼굴이었다.

놈은 아직 건재했다. 땅을 짚지도 않고 기립하더니, 반쯤 떠서 하늘 방향으로 미끄러졌다. 흐려졌던 눈이 되살아났고, 동맥의 상처도 회복됐다. 인간은커녕 생물조차도 아닌 것 같았다. 총을 들어 겨냥했지만, 조준선 너머는 어둠이자 허공이었다. 어디를 어떻게 쏴도 소용없을 게 뻔했으나, 더는 방법이 없었다. 눈을 감은 채로 총을 갈겼다.

터-엉.

개머리판이 어깨를 쳤다. 총격의 반동이었다. 총이 어깨 바깥으로 벗어나 버렸다. 우당탕탕 울리는 소리. 산속의 흙이 아닌 강철과 철판이 맞닿는 소리였다. 등골이 섬뜩했다. 이게 무슨 귀신의 장난일까. 나는 셸터 안이었고, 밖으로는 아침 해가 뜨기 전의 여명이 물들고 있었다. 총구엔 하얀 연기가 매달려 있었다. 황이 타는 비린내가 코를 찔렀다.

'좆됐다.'

여유를 부릴 때가 아니었다. 자물쇠를 향해 총을 갈긴 뒤, 개머리판으로 내리쳤다. 자물쇠가 꺾이며 깨지는 소리가 났다. 밖으로 뛰쳐나오자마자 포가 터졌다. 순간 귀가 멍해져서 들리는 것이 없었다. 고막을 찌르는 착탄음이었다.

피이이잉, 피잉.

초음속으로 날아가는 소리, 머리 위를 위협하는 포탄의 소리였다. 나는 연기를 헤치며 달렸다. 간헐적인 폭발음에 땅이 울렸고, 먼지와 잔해가 용솟음쳤다. 수풀 위로 아지랑이가 울었다. 온 사방이 불덩어리였다.

뿌리 깊은 의문이었다. 나는 왜 살려는 걸까. 죽음이 지척인데, 멈추기만 하면 끝일 텐데, 있던 것이 없었을 때처럼 사라질 뿐인데. 슬플 일도, 아플 것도 없을 텐데. 어째서 아무것도 아닌 삶을 부지하려는 걸까. 죽음의 목전에서 떠올린 건 출세도 꿈도, 돈과 지위도 아니었다. 집과 가족, 약간의 음식과 물, 수양버들과 호수의 풍경 정도였다.

포격은 한낮이 돼서 끝났다. 폭발의 여진은 산 너머로 멀어졌고, 사방으로 튀던 불똥도 일출 앞에 스러졌다. 나는 거의 혼절 상태였다. 들짐승처럼 벌벌 떨며 고개조차 못 들었다. 치부를 숨길 벽도 없이, 혼자 우는 개와 새, 늑대처럼 절규했다. 무리를 찾는 것도, 도움을 청하려는 것도 아니었다. 안으로만 스며드는 축축한 숨이었다.

그마저도 멎고 나자, 놀랍게도 배가 고팠다. 무려 나흘 치의 허기였다. 가장 먼저 떠오른 건 전투식량 박스였다. 분명히 숙영지에 보관돼 있었다. 어쩌면 포격으로 산화됐을지도 모르지만, 지금으로서는 유일한 문명인의 식사였다.

돌아가는 길은 험난했다. 암벽은 무너지고, 능선은 붕괴했으며, 계곡도 매몰되어 사라지고 없었다. 텐트 주변도 크레이터 천지였다. 본래의 지형을 찾아볼 수 없을 정도였다. 하는 수 없이 흙더미를 뒤졌다. 허기에 지쳐 쓰러질 것 같았다.

간신히 텐트를 찾긴 했지만, 군복을 입은 상체가 굴러다니고 있었다. 나와 같이 출동했던 운전병의 시체였다. 초록 광택의 파리가 하얗게 낀 지방질에 알을 낳는 중이었다. 안타까운 일이긴 했으나 그의 시신을 수습하지도, 그의 죽음을 추모하지도 않았다. 적들에 대한 분노와 장교로서의 사명, 이념 같은 건 나중이었다. 그저 묵묵히 땅을 파기만 했다. 조금이라도 빨리 밥을 먹고 싶었다.

경사로 밖에서 보급품을 찾아냈다. 튼튼하게 비닐로 덮은 전투식량 박스였다. 포장을 뜯자, 자극적인 미트로프 향이 코를 찔렀다. 혀끝에서 씹히는 소고기의 육질을 꿈꿨지만, 패키지에 보관된 건 생쌀이나 다름없는 건조식품이었다. 모래 같은 질감의 국과 야채, 조리되지 않은 곡류를 씹었다. 맛이라곤 소태 국과 다름없는 짠맛뿐이었으나, 나흘 넘게 굶은 내겐 그야말로 생명 같은 식사였다.

터지지 않은 생수병을 찾아 마른 목을 축였다. 탄수화물과 지방, 나트륨에 이어 수분까지 챙기자, 뼈와 살, 위장과 심장에 온기가 흘렀다. 오랜만에 느끼는 삶에 대한 의지였다. 완전히 망해 벌거벗겨진 뒤에야 활기를 찾다니, 모순도 이런 모순이 없다.

익숙한 악취가 코를 찔렀다. 페로몬과 배설물이 썩은 냄새였지만, 부패하는 죽음과는 다른 성질의 체취였다. 본연의 나를 수용하는 단계이자, 목적성을 두지 않는 그 자체로의 삶. 나와 곰은 살기 위해 서로를 죽일 뿐이다. 거기엔 증오도 집착도, 굴종도 없다. 승패와 생사가 갈릴 뿐이다. 그런 만큼 경건하게, 전력을 다해 맞서야 한다.

질주하는 곰을 앞두고 나는 참회하는 신관처럼 겸손해졌다. 저건 뇌 작용의 착각도, 의식과 불안정도 아니다. 피와 땀을 흘리는 짐승일 뿐이다. 반드시 단 한 방에 매듭지어야 했다.

소총의 총구를 돌렸다. 완전한 나의 의지여서일까. 그동안 익혔던 사격 기술이 빛을 발했다. 견착과 거총, 조준과 호흡이 흐르는 물처럼 연결됐다. 사격을 위한 기계처럼 군더더기 없는 폼이었다. 나는 가늠쇠 위에 곰을 올렸다. 주름진 미간을 향했다가, 가슴의 갈기를 향했다가, 안으로 굽은 다리를 향했다가…… 표적이 접근할수록 차분해졌다. 놈과는 고작해야 십여 미터, 이 정도 거리라면 빗나갈 리 없다.

총성 위로 연기가 퍼졌다. 눈에 보이지는 않았지만, 명중했다는 건 직감했다. 강선을 떠난 탄이 놈의 살을 꿰뚫었고, 부서진 살이 얼굴 위로 흩어졌다. 생명의 숨이 사그라지는 과정이 나에게로 전이됐다. 총상 부위의 작열통과, 탄탄하던 근육의 힘이 허물어지는 감각, 살아 있는 신경이 지르는 비명까지. 천적이자 욕망, 미련이던 대상을 죽이자 가슴이 벅차올랐다. 지금껏 겪어보지 못한 기쁨이었다.

　스릴과 재미, 안도 같은 단어를 꺼냈지만, 부족했다. 그런 미지근한 것이 아니었다. 신체의 지방이 불타올랐고, 온몸의 신경이 울렸으며, 흥분한 심장이 가슴을 쳤다. 보이는 것과 들리는 것, 몸에 닿는 것의 감각이 증폭될 정도였다. 모든 것을 걸고 싸운 자들의 전리품이자, 세상과 등치됐을 때의 충만함이었다.

　하지만 그것도 순간이다. 또다시 포가 터졌고, 나는 수풀로 몸을 숨겼다. 전쟁은 앞으로도 계속될 것이고, 나는 아무것도 알 수 없다. 언제 죽게 될지, 언제 포가 떨어져 산산조각이 날지, 괴로운 현실을 어떻게 버텨야 할지. 올바른 삶의 방식 같은 것이 있기는 한지. 그나마 의지할 것은 지금의 나를 만들어낸 일상 정도였다. 군 생활로 다진 놈과 폐, 실체를 저격하는 힘이 나를 살렸다.

　다시 총을 잡았다. 지도도 길도 표식 같은 것도 없지만, 원래 산속에는 길이 없는 법이다. 어차피 한계를 가진 몸, 무한한 자유의지 속을 달려보기로 했다. 적의 포탄이 앞을 막았지만, 겁나지 않았다. 장식을 벗어던진 나는 그 어느 때보다도 가벼운 존재였다.


| 주석 |

1) 도어 브리칭: 문을 파괴하거나 강제로 여는 행위
2) CEOI(통신전자운용지시) : 주파수 대역과 음어 등이 적힌 통신용 보안 문서

|작가의 말|

 이 소설엔 이상한 체험이 담겨 있다. 대부분의 사랑 이야기는 작가 본인의 경험담이라고 하지만, 나의 경우엔 파면 팔수록 공포물만 나온다. 딱히 삭막한 인생을 살아온 것도 아닌데, 아쉬운 일이다.
 그러고 보니 요즘엔 납량특집도 잘 안 보인다. 귀신보다 사람이 겁나는 시대라 그런 걸까. 그래도 나는 귀신 이야기가 좋다. 사람이 나쁜 이야기는 화가 나서 더워지는 반면, 귀신들의 사연은 체감 기온을 낮추는 데 도움이 되기 때문이다. 기후 위기의 시대, 에어컨을 켜는 대신 이 소설을 읽어 보면 어떨까?
 장난스럽게 말하긴 했지만, 이 소설은 내가 겪은 실화가 모티프다. 20대 중반의 나는 통신 장교로 복무했었는데, 직무 특성상 숲속에서 근무를 설 때가 잦았다. 한밤중, 혼자 무전기의 노이즈를 듣다 보면 인간과 다른 시선, 다른 방식의 말, 해괴한 상식을 가진 것들의 대화가 귀에 들리곤 했다. 덕분에 가장 무서운 건 사람도, 귀신도 아니라는 것을 깨달았다.
 공포물의 클리셰이기는 하지만, 클리셰는 힘이 세다. 이건 실화에 기반한 소설이다.

**방성식**

2023-1 스토리코스모스 신인소설상 당선.『소설가는 어떻게 만들어지는가』(공저), 장르소설집『남친을 화분에 담는 방법』, 여행 에세이『냉정한 여행』, 웹북『현관이 사라진 방』『채찍들의 축제』『이별의 미래』『만년필에 대하여』『셸터』출간.

창(槍)

-

박은비

-

몸을 관통한 창(槍)에 대해 모르는 척하는 것이 이 지역의 룰이었다.

법으로 금지된 것은 아니지만, 남의 창에 대해 섣불리 아는 척하거나 돕다가 해를 입으면 그 부분은 법적 보호를 받을 수 없었다. 다른 지역에서는 친한 사람들끼리 창을 빼주기도 한다는데, 적어도 우리 지역 이야기는 아니었다. 삼십 년 평생을 이곳에 살면서 서로의 창을 아는 척하거나 빼주는 모습을 본 적이 없었다. 길거리를 걸을 때는 서로의 창에 닿지 않으려 항상 일 미터의 거리를 두려고 애쓴다거나, 대중교통을 이용할 때는 서로 창을 건드리지 않게 일정한 방향과 모양으로 줄을 선다거나, 간혹 고의나 실수로 누군가 창을 건드렸을 때 고통에 몸부림치거나 격분하여 욕지거리를 하는 모습은 목격한 적 있었다.

몸에 창이 좀 꽂혔다고 사람이 죽지는 않았다. 아주 많이 꽂힌다면 또 모를까. 창이 유난히 많이 꽂힌 사람들은 통증을 견디지 못하고 꽂혀 있던 창을 뽑아 무고한 타인을 향해 서슴없이 던지기도 했다. 그들은 자신이 겪는 통증에만 매몰되어 있어 타인에게 꽂혀 있는 창에 대해서는 생각해 볼 겨를도 없는 것 같았다. 그 모습이 너무 무덤덤해서 자신이 던진 창에 누군가 관통당해 죽어도 눈 하나 깜짝하지 않을 것처럼 보이기도 했다.

나는 그들의 좋은 먹잇감이었다. '내가 낸 세금으로 일한다'는 게 그들의 주된 논리였다. 정작 그런 이야기를 들먹이며 나를 공격하는 이들은 남들보다 적은 세금을 내거나 그마저도 낼 수가 없어서 나라가 운영하는 정책으로 지원을 받는 사람들이었다. 게다가 그들이 간과하고 있는 사실이 있었다. 나 역시 평범하게 세금을 내는 한 명의 직장인일 뿐이라는 것이었다.

그깟 칭쯤이야 나는 유연하게 잘 피하는 편이었다. 하지만 갓 발령받은 신입이나 순발력이 부족한 동료들은 그들이 던지는 창에 치명적인 장기를 관통당해 일을 그만두는 경우도 꽤 있었다. 두 달 전, 장 주사는 민원인이 던진 창에 몸을 관통당해 죽었다고 했다. 정확한 사인은 모르는 거지만, 심장으로 향한 창 때문에 후유증으로 죽은 거라며 같은 부서 동료들이 수군거리는 이야기를 들었다.

그런 흉흉한 소식이 들려올 때마다 나는 서로의 창을 아는 척하며 들어주기도, 빼주기도 한다는 다른 지역의 모습을 상상해 보곤 했다. 하지만 다른 지역에 사는 지인이 말하길, 그 역시도 환상에 불과하다고 말했다. 오히려 창을 빼주는 척하며 후벼파기도 하고, 잘 알지도 못하면서 아는 척을 해대서 관통한 자리가 덧나는 경우도 부지기수라고. 그럴 바엔 그냥 모르는 척하는 게 낫지, 틈만 나면 아는 척하고 잊을 만하면 건드려대니 죽을 맛이라고 했다. 그것도 대부분 연세 드신 분들이 그러니 한마디 하지도 못하고, 괜히 성냈다간 그 동네에서 매장당하는 건 일도 아니라고. 그 일은 지인의 경험담이었다. 지인은 집을 팔고 다시 우리 지역으로 넘어올 예정이라고 덧붙였다. 그런데 집을 내놓아도 적당한 가격에 팔기는 글러 먹었다고 투덜거렸다. 비싸게 사서 개값에 팔게 생겼다나 뭐라나.

그래도 나는 다른 지역의 상냥한 사람들에 대한 환상을 가지기로 했다. 지인의 경험담은 그저 아둔한 사람의 일화처럼 여기면서. 타인의 창에 관심을 가지는 사람들은 얼마나 상냥한가. 그것이 설령 아는 척하고 건드려대서 고통스러운 일일지라도, 무시하고 외면하는 것보다는 훨씬 나았다. 나는 룰 속에서 내가 할 수 있는 배려를 고민하는 사람이었고, 다른 사람들 역시 나와 같기를 바랐다. 투창(投槍)에는 익숙하고 관심에는 낯선 이 지역에서 그런 기대를 펼치기란 쉽지 않은 일이었지만.

\*

그 여자는 첫 모습부터 심상치 않았다.

그녀가 처음 면사무소에 들어왔던 날을 기억한다. 밖에는 비가 내렸고, 건물 안은 습했고, 유난히 사람들의 신경질로 실내가 북

새통을 이루었던 날. 등본 떼러 올 때마다 무인 발급기를 욕하며 쓸데없는 것에 내 세금을 낭비하네, 이 나라는 노인에 대한 배려가 전혀 없네, 내게 가늘고 뾰족한 창을 던져대는 배 씨 할아버지에게 유독 시달리던 날이었다.

점심시간 직전, 그녀는 조용히 대기표를 뽑고 의자에 앉아 있었다. 그녀를 기억하기 쉬웠던 이유는, 머리를 제외한 온몸에 창이 빼곡하게 박혀 있었기 때문이다. 저 정도의 상태라면 몸을 가누는 것도, 숨을 쉬는 것조차도 버겁고 힘들 정도의 통증을 느낄 텐데, 정작 그녀의 표정은 고통 하나 침범하지 못한 듯 평온해 보였다.

나는 그녀가 내게로 오지 않기를 바랐다. 쳐다보는 것만으로도 통증이 전이되는 것 같아서. 하지만 순번이 되자 그녀는 기다렸다는 듯 내게 다가왔다. 그녀는 담담한 얼굴로 어머니의 사망신고를 하러 왔다고 했다. 나는 절차대로 신분증을 받아 그녀가 돌아가신 어머니의 직계가족임을 확인하고 사망진단서를 받았다. 나는 그녀에게 신고서를 내밀며 작성해달라고 했다.

"좀 많네요."

처음에는 그녀가 사망신고 절차에 대해 지적하는 줄 알았다. 작성할 게 그렇게 많다고 느껴졌나? 생각보다 별거 없는데. 오늘따라 시시콜콜한 걸로 시비 거는 인간들이 많이 온다 했더니, 정말 환장하겠네. 오늘 하루 무사히 넘어가기는 글렀나 보다.

나는 그녀의 관상이 얼마나 악성 민원인에 가까운지, 그동안 공무원으로 생활하면서 축적된 경험을 머릿속으로 떠올려보았다.

불길한 예감이 들었다. 그녀가 인상을 살짝 찌푸리며 펜을 내려놓았을 때, 그녀가 몸에 무수히 꽂힌 창 하나를 뽑아서 내게로 던질까 봐 나는 몸을 움츠렸다. 그러나 내 예상과는 달리 그녀가 희미하게 웃으며 말했다.

"이 정도 창은 참을 만해요. 익숙해졌거든요."

아.

그때야 비로소 그녀가 자신의 몸통을 빼곡히 관통한 창에 대해 말하는 중이라는 걸 깨달았다. 처음이었다. 이 지역에 살면서 자신의 창에 관해 말하는 사람을 본 것은. 나는 그녀의 기습적인 고백에 어쩔 줄을 모른 채 자리에 앉아 있었다. 손에서 식은땀이 났다. 그녀는 무심한 표정으로 작성이 끝난 서류를 내게 건넸다.

"다 썼어요. 이제 끝났나요?"

"네, 끝나셨습니다."

"고맙습니다."

"사망신고 처리가 서류상 표기되는 데까지는 시간이 좀 걸립니다. 근래까지는 가족관계증명서 떼실 때 표기가 제대로 되어 있지 않을 수 있습니다."

"네."

"혹시 재산조회 통합처리 신청은 같이 안 하시나요?"

"가족들이랑 아직 얘기가 안 되어서요."

"아, 그러시군요. 알겠습니다."

"고마워요······"

그녀는 볼일이 끝나자 미련 없이 자리에서 일어났다. 그리고 집을 챙겨 나가려던 순간, 갑자기 자기 심장에 꽂혀 있던 창을 하나씩 뽑기 시작했다. 하나, 둘, 셋, 넷, 다섯…… 속으로 숫자를 세던 나에게 장대만 한 창들을 내밀며 그녀가 말했다.

"혹시, 이것 좀 버려주실 수 있나요?"

*

나는 그녀를 악성 민원인으로 분류해 두는 편이 좋을지 고민했다. 왜냐하면 그녀가 버려달라며 내게 건넨 창 다섯 개와 그날의 모든 정황이 나를 곤란하게 만들었기 때문이었다. 그녀의 창은 쉽게 처분하기 곤란할 만큼 길고 묵직했다. 이 정도 길이의 창이라면 대형폐기물 신고가 필요할 수도 있었다. 게다가 어머니의 사망신고를 하는 자리에서 굳이 창을 빼고선 공무원한테 그걸 버려달라 한다고? 구설에 오르기 딱 좋은 상황이었다.

하필 왜 나였을까. 내 표정에 불편이 다 드러나서 마음에 들지 않았던 걸까. 민원이라고 부르기도 모호한 그녀의 태도에 판단은 점차 흐려졌다. 대부분의 민원이 그렇듯 이번 민원도 업무능력과 상관없이 발생한 것이겠지만, 이번에는 신경 쓰지 않을 수 없었다. 그녀가 면사무소를 떠난 뒤, 모든 이목이 내게 집중되었기 때문이다.

그녀가 창 이야기를 꺼내면서 조용해졌던 면사무소 안은, 그녀가 떠나자마자 사람들이 웅성거리는 소리로 시끄러워졌다. 계장님은 바로 나를 호출했고, 나는 면사무소 뒤뜰 정자로 불려 나갔다.

"저 여자 뭐야?"

계장님은 단도직입적으로 물었다. 나는 모르겠다고 답했다. 그런데 왜 저 여자가 너한테 창을 다섯 개나 버려달라며 주고 갔는지 물었다. 이번에도 모르겠다고 답했다. 그녀가 어머니의 사망 신고를 하러 왔다고 해서 절차대로 해줬을 뿐이라고. 서류를 작성하는 동안에도 별말은 없었고, 서류를 접수하고 나가려 하더니 돌연 창을 다섯 개나 뽑아 나더러 버려달라 했다고. 계장님은 인상을 찌푸리며 잠시 생각하는 듯하더니, 의심스러운 표정으로 물었다.

"혹시 어디서 원한 살 만한 일 하고 다니는 건 아니지?"

"아닙니다. 출퇴근 외에는 외출도 잘 안 하는데 원한 쌓을 일이라뇨. 게다가 이런 폐쇄적인 동네에서 무슨 소문이 날 줄 알고……"

마지막 말은 입 밖으로 내뱉지 않았다. 계장님은 이 동네의 토박이로 살아온 것에 자부심을 느끼는 사람이었다.

"너무 친절하게 굴지 마. 말했잖아. 적당히 하라고. 열심히 한다고 알아주는 사람 아무도 없으니까. 네가 너무 친절하게 구니까 난감한 일에 자꾸 휘말리는 거 아니야. 요즘 사람들 진짜 못돼 처먹어서, 만만하다고 생각하면 죽창이든 쇠꼬챙이든 분간 없이 던지고 본다고."

이게 지금 나 때문이라고? 억울해진 내 어깨를 계장님이 대충 두드리며 위로하는 시늉을 하더니, 비를 막기 위해 손으로 머리를 가리며 사무실 쪽으로 걸어갔다. 그러다가 잠시 멈칫하더니, 멍하니 서 있는 내게 피할 새도 없이 창을 던졌다.

"받은 창은 어디 몰래 대충 버려. 바보같이 폐기물 신고한다고 쓸데없이 네 돈 쓰지 말고."

계장님이 토닥였던 어깨가 욱신거렸다. 내 어깨에 길이가 열 뼘쯤 되는 창 하나가 박혀 있었다. 크게 한숨을 쉬었다. 통증을 참아보기 위해서였다. 그래도 이 정도면 참을 만하지. 계장님은 분명 진심으로 나를 생각해서 한 말일 테니까. 나는 통증이 더 심해지기 전에 자판기 커피라도 하나 뽑아먹어야겠다고 생각하며 사무소 안으로 들어갔다.

\*

그 여자의 정체에 대해 알게 된 것은 그로부터 보름쯤 뒤였다.

삐거덕거리는 경차의 문을 억지로 닫고 면사무소의 직원용 주차장을 벗어났다. 아침부터 엄마의 뜻 모를 투창 세례를 겨우 피하느라 평소보다 출근 시간이 늦어졌다. 아무렇지 않은 척 출근한 사무소 안에는 묘한 기류가 흐르고 있었다. 아직 지각은 아닌데 뭐지? 이상한 낌새를 느끼며 자리에 앉자, 내 주위로 몇몇 사람들이 다가왔다.

"그거 봤어요?"

대뜸 묻는 통에 나는 그만 멍해졌다.

"뭐를요?"

"온라인 민원 게시판이요. 지금 난리 났던데요?"

혹시 나에 대한 민원인가 싶어 컴퓨터를 켜자마자 민원 게시판부터 들어갔다. 하지만 민원 게시판에 올라온 민원의 주인공은 내가 아니라 엄마였다. 문화원 풍물 수업, 상쇠 독점, 강사 폭행, 무분별한 창 투척. 글 안에 들어있는 키워드는 익명을 가장했지만 분명 엄마를 가리키고 있었다.

나는 밝은 곳에 있다가 어두운 곳에 끌려 들어온 사람처럼 눈앞이 아득해졌다. 동료들은 창백해진 내 안색을 살피며 괜찮냐고 물었다.

"이거, 주사님네 이야기 아니야?"

권 주사가 눈치 없이 질문하자, 이 주사가 옆구리를 쿡 찔러 자리로 돌려보냈다.

"괜찮아?"

"이게 다 무슨 일이래."

그들은 은근히 건드려볼 작정으로 내게 박혀 있는 창들에 손을 뻗었다. 나는 그 손이 닿기 전에 뒤뜰로 도망쳤다.

엄마는 분명히 봤을 것이다. 인터넷도 잘 모르는 양반이 어떻게 봤는지 모르겠다.

"새파랗게 어린 것들이!"

아침부터 엄마는 짜증을 내며 악다구니를 썼다. 주먹이 새하얗게 질릴 때까지 창을 꽉 쥔 채였다. 그러다 분을 이기지 못하고 식탁 위에 있던 스마트폰을 아무렇게나 밀어버렸다. 식탁 위에 올려두었던 약상자가 같이 바닥에 떨어지며 요란한 소리가 났다. 엄마에게 무슨 일이냐고 침착하게 물었으나, 여전히 분을 가라앉히지 못하고 씩씩댔다.

"상쇠는 원래 나였다고!"

"그게 왜요?"

"강사가 멋대로 상쇠 갈아 치운 것도 천불이 나 죽겠는데!"

몇 달 전, 엄마는 코로나 확진을 받고 격리하느라 문화원 풍물반 수업을 통째로 빠져야 했다. 풍물반에 애착이 심했던 엄마는 코로나 자가 검진 키트에서 양성 반응이 나왔음에도 불구하고 '옮기지만 않으면 된다'는 헛소리를 하며 마스크를 쓴 채로 수업을 들으려 했다. 그러다 동네 아줌마들과 할머니들에게 걸려 된통 혼나고 집으로 돌아왔었다. 대회 날까지 얼마 남지 않은 시점이었다. 그리고 격리를 마치고 수업으로 돌아갔을 때, 갑자기 상쇠가 바뀌었다고 했다. 그리고 그만둔 걸로 알고 있었는데, 아니었나?

"이거 쓴 사람, 분명 고 어린 것들 중 한 명일 거다. 고것들이 몰려다니면서 부쇠 하던 년 상쇠 자리 앉히려고 작정했던 거라고!"

"상쇠가 그렇게 중요한 거예요?"

"당연하지! 풍물단에서 상쇠가 얼마나 중요한데. 그런 중요한 자리를, 어디서 굴러먹다 들어온 년이 차지한다는 게 말이나 되냐?"

"바뀐 상쇠는 젊은 사람이에요?"

"머리에 피도 안 말랐을 거다. 근데 넌 아침부터 뭘 그렇게 꼬치꼬치 캐물어?"

 순식간에 불똥이 내게로 튀었다. 단지 엄마가 아침부터 저렇게 열을 내는 이유가 궁금했을 뿐인데. 잘 모르는 사람이 위로할 방법은 질문밖에 없지 않냐고 말하려던 찰나, 엄마가 내게 창을 던지기 시작했다.

 "넌 쓸데없는 소리 말고 조용히 출근이나 해!"
 "준비하고 있잖아요, 지금."
 "딸이라고 하나 키워놨더니, 지 엄마한테 관심이 없어. 다른 집 딸들은 엄마하고 좋은 데 드라이브도 가고 눈썹 문신도 받으러 가고 동남아로 여행도 다닌다는데, 너는 애가 왜 그 모양이니?"

 아침부터 짜증 내고 싶지 않았던 나는 아무 대꾸도 하지 않고 현관으로 가서 구두를 신었다. 차 키를 챙겨 들고 현관문을 열었을 때, 엄마가 던진 마지막 창은 도저히 피할 수가 없어 그대로 팔뚝에 꽂히고 말았다.

 "자식새끼 키워봤자 아무 소용이 없어."

 엄마가 아침부터 예민했던 이유가 이거였을 줄이야. 꽉 쥔 주먹과 성난 이마에 핏줄이 섰다. 신경질이 났다. 대체 어떤 작자가 동네 망신을 다 시키려고 민원 게시판에다가 그런 글을 싸질러 놓은 걸까. 아마 엄마 가슴에 대문짝만하게 박혀 있던 창을 꽂아 넣은 사람일 것이다. 엄마 성격에 가만있을 리는 없겠지만, 오늘 만큼은 나도 엄마를 따라나서서 한바탕 투창 세례를 벌이고 싶었다. 익명으로 써놓으면 내가 모를 줄 알았냐고. 당신들이 그토록 욕하는 공무원이라 다 아는 방법이 있다고. 당신이 뭔데 우리 엄마한테 지랄이냐고. 우리 엄마가 뭘 그렇게 잘못했냐고. 엄마도 엄마지만 당신이 쓴 글 때문에 먹칠 당한 내 평판은 또 어쩔 거냐고. 공무원한테 그게 얼마나 치명적인지 알고도 그랬냐고.

오늘은 정상 근무하기 힘들 게 뻔했다. 반차 써야겠다. 집에 가면 엄마한테 어떻게 된 일인지도 상세하게 물어보고. 그러려던 찰나, 타이밍 좋게 전화가 걸려 왔다. 옥순 이모였다. 아마도 엄마가 아침부터 전화했던 모양이었다. 설마, 글 쓴 사람을 벌써 엄마가 알아낸 건 아니겠지? 하지만 전화는 뜻밖의 소식을 전했다.

"얼른 응급실로 좀 와야겠다."

"네?"

"네 엄마, 쓰러지셨다."

내가 출근하고 나서, 엄마는 가장 속 터놓고 지내는 옥순 이모를 집으로 불러 한참 동안 하소연하다가 갑자기 가슴에 꽂힌 창을 부여잡으며 기절했다고 했다. 쓰러지면서 그만 식탁 모서리에 머리를 찧었는데, 그 뒤로 의식을 차리지 못하고 있다고. 옥순 이모가 빨리 119에 신고해서 조치하고 응급실까지 왔다고 했다.

창백하게 질린 얼굴로 응급실까지 달려온 나를 옥순 이모가 발견하고 내 어깨를 감싸 안았다. 내 몸에 박힌 창이 자신에게 닿지 않도록 조심하면서. 나는 그대로 주저앉아 울었다. 감정이 복받쳐 발음도 제대로 되지 않는 입으로 웅얼대며 엄마를 불렀다.

"엄마, 죽으면 안 돼."

그때, 내 심장을 관통하고 있던 가장 큰 창 하나가 힘이 풀리며 스르륵 뽑혔다. 내 무릎 위에 툭, 하고 무심하게 떨어진 창은 바닥으로 굴러떨어졌다. 절대로 뽑히지 않을 것처럼 단단하게 박혀 매번 심장이 멎을 것 같은 통증을 유발하던 녀석이었다.

"자식새끼 낳아봤자 아무 짝에 쓸모가 없어!"

공무원 시험에서 세 번 떨어졌을 때 엄마가 그랬던가. 내 시험 뒷바라지하느라고 삼 년간 내 밑으로 들어간 돈이 얼마나 많은지 호소하며 분명 그렇게 말했다. 엄마가 던진 창이 심장을 관통했을 때, 나는 생전 처음 느껴보는 통증으로 그대로 고꾸라졌다. 며칠 뒤, 가까스로 정신을 차렸을 때 엄마는 미안하다고 말했다. 하지만 이미 박힌 창은 뺄 수가 없었다. 내가 어느 정도 회복되자, 엄마는 내 가슴의 창을 외면했다.

그다음 해에 나는 그토록 고대하던 공무원 시험에 최종 합격했다. 취직했으니 그걸로 됐다. 엄마는 그 말을 마지막으로 더 이상 내 일에 참견하지 않았다. 나는 허탈해졌다. 그동안 내가 얼마나 엄마에게 쓸모 있는 자식이 되고 싶었는지 하소연하고 싶었다. 드디어 쓸모 있는 자식이 되었잖아요, 엄마. 내 가슴에 꽂힌 창이 얼마나 아팠는지, 단 한 번만 진심으로 아는 척해주면 엄마가 꽂은 이 창 따위 뽑아버릴 수 있다고, 말하고 싶었다. 하지만 몸을 관통한 창에 대해 모르는 척하는 것이 이 지역의 룰이었고, 엄마는 이 지역의 토박이로 아주 오랫동안 살아온 사람이었다.

이해는 늘 그렇듯 나의 몫이었다. 그래서 나는 엄마를 이해하는 대신에 엄마의 일에는 별로 관심을 두지 않았다. 이럴 줄 알았으면 전부 다 말할 걸 그랬다. 내 가슴에 창 좀 보라고. 엄마가 꽂아 넣은 이 창, 정말 아프다고. 그러니까 사과하라고. 그러면 좀 아프더라도 뽑아낼 수 있을 것 같다고. 나를 외면하지 말라고.

엄마가 의식을 잃고 있던 동안 옥순 이모에게 자초지종을 전해 들었다.

"이모는 누가 글 썼는지 알아요?"

"내가 그걸 어떻게 알겠어? 나도 몰라."

"민원 게시판 난리 난 거 아시죠. 뭐가 어떻게 된 거예요?"

"말하자면 좀 복잡한데, 네 엄마랑 문화원 풍물반 강사랑 싸움이 났었다."

"싸움이요?"

"시작은 문화원 풍물반을 그만둔 거였어. 네 엄마가 항상 해오던 상쇠를 대회 때 한 번 뺏겼거든. 코로나 때문에 몇 번 빠졌는데, 그 사이에 강사가 상쇠를 홀랑 바꿨지 뭐냐."

"상쇠가 그렇게 중요한 거예요?"

"당연하지! 풍물에서 상쇠 입김이 얼마나 센데. 바뀐 상쇠로 대회 나가서 일등 하면 뭐하니? 네 엄마 상쇠 바뀌었다는 얘기 듣고 심장에…… 알지? 그 뒤로 문화원도 그만두고, 많이 힘들어했어. 친했던 이모들도 다 같이 풍물 그만두고 수영장에 새벽 수영이나 등록했는데, 하필이면 거기서 풍물 강사랑 마주쳤지 뭐냐. 우연도 그런 우연이 다 있냐? 게다가 사람들 다 보는데 발가벗고 싸웠어. 네 엄마가 일방적으로 그런 거지만."

엄마가 그녀의 몸에 꽂아 넣었을 창들을 짐작해 보았다. 새파랗게 어린 년이, 내가 지한테 얼마나 잘해줬는데, 배은망덕한 년, 네까짓 게 뭔데 나를 밀어내, 콱 망해버려라. 엄마가 입버릇처럼 말했던 것들과 화가 나면 자주 지껄이는 레퍼토리 몇 개만 조합해도 다섯 개쯤 만들어내는 건 일도 아니었다. 주변에서 보든 말든 그녀를 발견하자마자 분에 차서 달려갔겠지. 그리고 대뜸 머리채부터 잡았을 것이다. 쩌렁쩌렁 고함을 지르며 비명을 지르는 그녀의 나체에 창을 찔러넣었겠지. 같이 수영장에 등록했다던 아줌마들이 말렸을 테지만 소용없었을 것이다.

"수영장에서 발가벗고 싸우고 난리 났었다고 동네방네 소문이 나서 문화원도 민원으로 뒤집히고 문화원장도 불려 가고 장난 아니었어. 강사가 지역 무형문화재 어른 직계 제자라 보존회에서 불벼락이 떨어졌다지 뭐냐. 긴급회의 소집하고 사태 수습하려는데, 강사 어머니가 하필 또 그날에 돌아가셨다더라. 싸움이 나는 통에 위독하다는 연락을 못 받아서 임종도 못 지켰다네. 강사가 수업도 그만둔다고 하고, 아무튼 그랬대. 문화원에서 어떻게든 수습한다고 했다던데, 강사가 너를 찾아갔었다면서?"

"저를요?"

나는 며칠 전 사망신고 하러 방문했던 여자가 풍물반 강사였다는 사실을 그때 깨달았다. 눈앞이 아찔했다. 엄마가 갑자기 몇 년간 꾸준히 다니던 문화원 풍물반을 그만두고 수영복을 살 때 눈치챘어야 했다. 엄마의 가슴팍에 대들보만 하게 꽂힌 창으로 며칠 동안 앓을 때부터 진작 무슨 일이냐고 먼저 물어봤어야 했는데. 어쩌면 좋지. 눈앞이 캄캄했다.

\*

뜬눈으로 지새운 삼 일 차 아침, 엄마는 의식을 되찾았다. 엄마는 깨자마자 헛구역질을 몇 번 하더니 머리가 아프고 어지럽다며 불평했다. 하지만 다행히 건강상 큰 문제는 없다는 소견을 들었다. 의사와 면담이 끝나고 돌아온 병실에서 나는 피곤한 얼굴을 손바닥으로 쓸어내리며 안도의 한숨을 내쉬었다. 엄마는 미처 마음을 추스를 새도 없이 물었다.

"어떻게 됐어?"

"뭐가요?"

"그거. 글 올라온 거."

"글쎄."

내심 궁금했던 나는 무심한 척하며 온라인 민원 게시판에 접속했다. 다행히 올라왔던 글은 내려 간 상태였다.

"이제 이 동네 다 살았어. 창피해서 어떻게 살아."

"이사라도 가려고요?"

"몰라. 집값도 개값이라 어차피 못 가. 촌구석 아파트를 누가 사겠니?"

"혹시 모르잖아요. 어쩔 수 없이 이사 오는 사람이 있을지도."

"됐어. 너 어차피 근무지도 못 옮기잖아."

"그냥 해본 소리예요. 그리고 걱정하지 마세요. 그 글, 내려갔어요."

엄마는 머리가 아픈지 인상을 찌푸리며 손을 머리에 갖다 대고 지그시 눌렀다.

"쌍놈의 새끼. 어떤 새끼가 올렸는지는 몰라도 뒤로 콱 자빠져 버려라. 코나 확 깨져버려라."

나는 뒤로 넘어져서 머리 깨질 뻔한 사람이 할 말은 아니라고 받아쳤다가 엄마에게 팔뚝을 맞았다. 웃으면 머리가 더 아프다고 웃기지 말라는 말과 함께.

"엄마. 그분한테 사과했어요?"

"그분? 누구?"

"문화원 풍물반 강사."

"너 어떻게 알았어?"

"옥순 이모한테 들었어요."

"난 먼저 사과하기 싫다."

엄마가 딱 잘라 말했다.

"머리도 아파 죽겠는데 왜 그 얘길 해?"

그리고 훈계하듯 말했다.

"걔가 먼저 잘못했으니까 사과는 내가 먼저 받아야지. 사과는 함부로 먼저 하는 거 아니야. 먼저 사과하다 보면 항상 내가 먼저 사과하는 게 당연시되고, 그러다 보면 상대방이 얕잡아 보는 거야."

엄마는 병실 냉장고 위에 올려져 있던 리모컨을 손으로 가리키며 가져다 달라고 말했다. 자기는 테레비나 볼 테니 쓸데없는 소리 할 거면 밖에서 바람이나 쐬고 오라는 말을 덧붙이면서. 창이 빠지고 텅 비어버린 심장의 구멍이 시큰하니 아팠다.

"엄마. 그 여자가 날 찾아왔었어요."

엄마의 눈이 휘둥그레졌다. 나는 엄마에게 담담히 말했다.

"그것도 이 지역에서, 자기 심장에 꽂혀 있던 커다란 창 다섯 개를 뽑아서 나보고 버려달라는 거예요. 난 그때도 몰랐어. 엄마랑 그 여자랑 무슨 일이 있었는지. 그 여자는 자기 엄마 사망신고 하려고 왔더라고요. 엄마가 수영장에서 그 여자한테 창을 꽂아 넣었는지도 몰랐고, 그날에 하필 그 여자 엄마가 돌아가신지도 몰랐다고요, 엄마.

처음에는 민원 보고 화가 났어요. 누가 엄마한테 그러나 싶더라고. 잘은 몰라도 엄마 가슴에 꽂힌 창 때문에 예민해진 것 같아서. 짜증도 났어요. 맨날 나한테 화풀이하잖아. 근데 엄마 쓰러지고 나서 병원으로 달려오는 동안 오만가지 생각이 다 들었어요. 엄마가 내 심장에 박아 넣은 창, 전부 용서할 수 있으니까 제발 죽지만 말라고 빌었어요. 그랬더니 창이 그냥 지 알아서 빠지더라고요. 평생 못 빼낼 줄 알았는데. 그러고 나서도 빠져나간 자리가 한동안 아팠어요.

그 여자는 엄마가 돌아가셨으니까 나보다 더 아플 거예요. 엄마가 잘못됐으면 나 그 여자 용서 못 했을지도 몰라. 근데 엄마는 괜찮고, 그 여자는 안 괜찮을 거예요. 그러니까 엄마가 사과해야 해. 엄마가 못 하겠으면 나라도 해야 해요. 엄마 문화원 관두고 심장에 창 꽂힌 게 너무 아파서 쓰러진 거잖아. 엄마도 창 때문에 아프면서, 남의 몸에 아픈 창 다섯 개나 꽂았으면 사과해야지. 엄마가 잘못한 거 맞잖아요. 아무리 화가 나도 사람이 그러면 안 되는 거잖아요. 엄마 때문에 그 여자는 자기 엄마 임종도 못 지켰다고. 엄마. 그러니까 사과해야 해요."

*

그녀를 직접 만나는 건 쉽지 않았다.

그녀에 대한 정보는 문화원장에게 부탁해 알아낼 수 있었지만, 원장은 괜히 나서지 말라며 극구 만류했다. 나는 꼭 엄마를 대신해서 사과하고 싶다고, 그녀에게 내 연락처와 함께 이야기를 전해달라고 부탁했다. 이야기가 전달되고 나서도 한동안 그녀에게선 연락이 없었다. 그래서 문화원장에게 그녀의 연락처와 함께 수업 스케줄을 전해 들었다.

엄마는 망설이다가 끝내 사과하지 않는 쪽을 택했다. 용기가 없어 포기한 엄마를 대신해서 내가 대신 그녀에게 사과하기로 마음먹었다. 엄마를 대신해서 사과한다는 게 나에게도 쉽지 않은 일이었다. 한동안 마음을 추스르는 시간이 필요한 일이었지만, 나는 엄마 같은 사람이 되고 싶지는 않았다. 나를 찾아왔던 그날, 복수를 위해 찾아왔을 그녀가 복수하지 않고 돌아갔던 것처럼, 나도 용기 있는 사람이 되고 싶었다.

엄마가 퇴원한 뒤, 나는 그녀에게 정중하게 문자를 보냈다. 나는 문화원 전 상쇠의 자식이고, 엄마를 대신해서 할 이야기가 있다고. 나를 만나는 게 내키지 않을 수 있겠지만, 꼭 직접 만나서 사과하고 싶다고. 처음에는 그녀가 애써 그러실 필요 없다고 거절하다가, 내가 진심으로 사과드리고 싶다고 거듭 말하자, 목요일 저녁 일곱 시부터 아홉 시까지 문화원에서 풍물 수업이 있다고 알려주었다.

수업 시작 전, 나는 미리 문화원을 방문했다. 이 층 연습실의 불이 환하게 켜져 있었다. 한바탕 소란이 있고 나서 많은 인원이 수업에서 빠졌다지만 아직 남아 있는 사람들의 열정은 대단해 보였다. 나는 수업 시작 전 어수선한 연습실 안을 슬쩍 들여다본 뒤, 문화원 바깥 주차장으로 나왔다. 그리고 건물 밖으로 새어 나오는 풍물 소리를 들으며 그녀를 기다렸다. 한껏 격양된 목소리로 지도하는 듯한 그녀의 음성과, 맞물렸다 엉켰다를 반복하다 마침내 딱 맞아떨어지는 연주를 하고 개운하게 끝나는 풍물 소리까지. 그 자리에 서서 가만히 듣고 있었다. 엄마는 이곳에서 즐거웠을까 상상해 보면서.

엄마는 인생이 허무해서 문화원 풍물 수업을 등록했다고 했다. 열심히 자식농사 짓느라 머리가 다 하얗게 세도록 일했는데, 정작 자신의 인생에는 남은 게 없어 허탈하다며 틈만 나면 내게 하소연했다. 그러다 수업을 듣기 시작하고 풍물단을 꾸준히 하면서 엄마는 생기를 되찾았다. 매주 수업을 나가고 뭔가를 열심히 배우는 그 모습이 제법 행복해 보였다. 행복했던 만큼 풍물단에 대한 엄마의 애착도 컸을 것이다.

수업이 끝나고, 웅성거리며 문화원 건물 밖으로 빠져나가는 사람들 틈에서 사람들에게 예의 바르게 인사하는 그녀를 보았다.

그녀의 나이는 사십 대 중반이었지만, 엄마가 '새파랗게 어린 년' 이라고 욕하던 것과 맞물려서인지 좀 더 앳된 느낌이 들었다. 모두가 제각기 목적지를 향해 흩어졌을 때, 나는 악기 가방과 장비를 트렁크에 싣고 있는 그녀에게 다가갔다. 그녀는 나를 발견하고 조금 놀란 듯했다.

"언제부터 거기 계셨어요?"

"수업 시작하실 때부터요."

"밖에서 계속? 안으로 들어와 계시지."

제가 어떻게 그럴 수 있었겠어요? 대꾸하고 싶은 말을 삼켰다. 나는 아무 말 하지 않고 옅게 웃기만 했다. 그녀는 나에게 단골집이 있다며 안내했다. 늦은 시간까지 하는 카페는 이 근방에서 그곳뿐이라 그런지 아홉 시가 훌쩍 넘은 시간에도 사람들이 북적였다.

"장례는 잘 치르셨나요?"

"네, 뭐."

"그땐 제가 잘 몰라서 사과도 위로도 못 드렸어요."

"몰랐으니까 당연하죠."

"재산조회 통합처리 신청은 하셨어요?"

"아니요, 아직이요."

"꼭 면사무소에 오지 않으셔도 온라인으로 신청하실 수 있어요."

"제가 그런 쪽으론 무지해서요. 가족들이랑 상의 끝나면 해볼게요."

나는 뜨거운 아메리카노가 담겨 있는 잔을 조심스레 손끝으로 만지작거렸다. 무어라 운을 떼야 좋을지, 그녀에게 무슨 변명을 어떻게 할지, 수없이 생각하고 나온 자리였다. 하지만 막상 앉은 자리에서 나는 준비해 온 운의 절반조차도 제대로 뗄 수 없었다. 그녀는 차가운 아메리카노를 빨대로 한 모금 쭉 들이켠 후, 크게 한숨을 푹 쉬었다.

"상쇠를 바꾸게 되었을 때, 양해를 구했어요. 결국 이해해 주지는 못하셨지만요. 너무 갑자기 얘기해서 그랬을 거예요."

은은한 카페 조명 아래 그녀의 모습은 처음 봤을 때보다 열 살은 더 나이 들어 보였다. 엄마가 욕하던 '새파랗게 어린 년'은 온데간데없고, 그저 피곤한 직장인이 앉아 있을 뿐이었다.

"어머님께서 상쇠를 잘 못 했다거나 그런 건 아니에요. 오히려 어머님이 상쇠를 계속할 수 있는 상황이었다면 저는 더 편했을 거예요. 굳이 상쇠를 바꾸지도 않았을 거고요. 괜한 일은 만들지 않는 게 이 바닥 룰이거든요. 그런데 그런 리스크를 감수하면서까지 상쇠를 바꿔야 했던 계기는, 어머님이 코로나에 걸리면서였어요.

요즘 문화원 풍물 수업에 등록하시는 분들이 많아요. 새로 등록하신 분들은 비교적 젊고, 기존에 다니시던 분들은 연령대가 있죠. 언제부턴가 세대별로 파가 나뉘었어요. 초반에는 문제가 없었어요. 대회 준비하느라 다들 열심히 했거든요.

문제는 막판에 어머님이 격리하시느라 수업에 계속 빠지는 바람에 상쇠가 연습에서 많이 못 맞춰봤다는 거예요. 그때부터 젊은 세대에서 불평하더군요. 젊은 분들은 수상 욕심이 있었거든요. 결국에 상쇠를 바꿔보자고 얘기가 나왔고 젊은 부쇠한테 상쇠를 맡겨봤는데, 전체적으로 훨씬 잘 맞았어요.

대회는 임박했고, 연습은 맞춰야 하고, 어머님은 격리 중이시고. 결단을 내려야 했죠. 격리 끝나고 오셨을 때 자초지종을 말씀드리긴 했는데, 그렇게 자존심이 많이 상하신 줄은 몰랐어요."

나는 그녀의 변명을 가만히 듣고 있었다. 아마 문화원 긴급 소집 회의 때 하고 싶었던 이야기를 지금 내게 하는 것이리라. 누구에게나 그런 변명이 필요한 순간이 있으니까. 나는 가능한 그녀의 변명을 오랫동안 들어주고 싶었다. 내심 그녀도 내 변명을 세심하게 들어주기를 바라면서.

"언제부턴가 엄마 심장에 창이 박혀 있더라고요."

직설적인 창 언급에 그녀가 놀란 표정으로 쳐다보았다. 그리고 누가 들을까 봐 주변을 살폈다. 우리를 쳐다보는 사람은 아무도 없었다. 무슨 대화를 하는지 귀 기울이는 사람도 없었다. 어차피 남들은 남의 일에 관심이 없다. 나 역시 타인의 창을 애써 모른 척해왔듯이.

"아마 풍물단을 그만둘 때 꽂힌 창이겠죠. 엄마는 풍물단에 대한 애착이 남달랐어요. 단순히 상쇠라서 그런 게 아니라, 풍물 자체를 좋아했고 풍물단의 사람들도 좋아했죠. 그래서 관두고 나서도 그 커다란 창을 못 뽑았나 봐요. 풍물단에 대한 미련이 남아있어서일 거예요. 완전히 뽑아버리고 나면 두 번 다시는 풍물을 하지 못할 테니까요. 엄마는 근본적인 해결책이 필요하다고 종종 이야기했지만 아무 행동도 하시진 않았어요. 엄마가 말하고 싶었던 근본적인 해결책이 뭔지 잘 모르겠지만, 아마도 그쪽이 먼저 사과하길 내심 바라고 있었을 거예요. 단원들도 같이 붙잡아주길 역시 바랐을 거예요. 그만두지 말라고."

나의 변명을 듣고 나서 그녀는 한동안 아무 말 없이 앉아 있었다. 벽면을 타고 흐르는 잔잔한 재즈와 천장에서 울리는 사람들의 목소리. 창이 안 꽂힌 사람이 없었지만, 우리처럼 심각해 보이는 사람은 없었다. 저마다 박힌 창이 크기도 했고 작기도 했다. 많기도 했고 적기도 했다. 서로의 창을 애써 모른 척하면서도 서로 닿지 않으려고 노력하는 모습이 어쩌면 룰 속에서 우리가 할 수 있는 최대한의 배려일지도 몰랐다.

"엄마 사망신고 하던 날, 사실 일부러 알고 찾아간 거였어요. 똑같이 망신을 줘서 복수할 생각이었거든요. 치줄한 마음이죠. 근데 민원인들이 던지는 창을 피하느라 지쳐서 울기 직전인 그쪽 얼굴을 보고 나서야 깨달은 거예요. 당신도 나와 같은 사람일 뿐이라는 걸요."

그녀는 내 어깨에 꽂힌 새 창을 보더니 내게 물었다.

"거기 새로 생긴 창, 혹시 나 때문인가요?"

"아니에요."

"미안해요."

"참을 만해요. 처음엔 아팠지만. 그리고 엄마가 쓰러지고 나서 심장에 박혀 있던 건 빠졌거든요."

"어머니가 쓰러지셨다고요?"

그녀는 갑작스러운 내 고백에 많이 놀란 듯했다. 그녀의 표정이 급격히 어두워졌다. 엄마는 가벼운 뇌진탕이었고 지금은 괜찮다는 말을 덧붙였다. 하지만 그녀는 '뇌진탕'이라는 말에 더욱 놀란 듯 몸을 움찔했다. 나는 어떤 말을 해야 그녀가 안심할지 고민했다. 그때, 그녀가 갑자기 바닥에 무릎을 꿇으며 고백하기 시작했다.

"사실 민원 게시판 글, 제가 썼어요. 화풀이는 못 했지, 분은 안 풀리지. 그래서 다른 사람인 척하고 쓴 거예요. 쓰러지신 줄은 몰랐어요. 문화원장님이 그런 말씀은 안 해주셨는데. 이를 어쩌면 좋아요? 미안해요. 정말 미안해요. 저희 엄마도 쓰러지셨다가 머리를 다쳐서 돌아가셨는데……"

"왜 이러세요. 이러지 말고 일단 앉으세요."

나는 무안해져 그녀 앞에 같이 무릎을 꿇었다.

"저 벌 받았나 봐요. 마음을 곱게 못 써서."

이윽고 그녀가 자기 심장에 창을 꽂아 넣으려 손을 들었다. 나는 그녀의 팔에 필사적으로 매달렸다. 그리고 그녀가 손에 들고 있던 창을 낚아채 카페 바닥 저 멀리 팽개쳤다. 얼굴을 감싸며 흐느끼기 시작한 그녀의 몸을 내 쪽으로 당겨 두 팔로 끌어안았다. 내 몸의 창도, 그녀의 몸에 박힌 창도, 서로의 몸을 무자비하게 찔러댔지만 상관없었다.

"이 정도 창은 참을 만해요. 익숙해졌거든요."

지금 내 마음이 그녀가 나를 찾아왔던 그날의 담담했던 심정과 닮아있길 바라며 그녀의 몸을 힘껏 안았다. 툭, 툭. 몸에서 창들이 떨어져 나가기 시작했다. 그것이 누구의 창인지는 알 수 없었다.

| 작가의 말 |

이 세계의 규칙에 따라 내 몸에는 커다란 창이 꽂혀 있었다. 그리고 그것의 후유증은 해결되지 못한 채 반평생 정도가 흘렀다.

나에겐 방법이 없었다. 그래서 사람들의 몸에 창이 꽂혀 있는, 모두가 그걸 알면서 모른 척하는, 무관심하고 절망적인 세계 속에 주인공을 내세우고 어떻게 살아가야 할지 그려보았다.

이야기는 아직 끝이 아니다. 주인공의 몸에는 앞으로도 창이 계속 박힐 것이다. 하지만 괜찮다. 그런 세상에서 어떻게 살아가야 좋을지 주인공은 이미 느꼈을 테니까 말이다.

그러므로 이 세계는 나에게 동화였다. 앞으로 다른 이들에게 어떻게 가 닿을지는 모르겠다. 내 곁을 떠난 이 세계가 마침내 제 여정을 시작하게 되어 기쁘고 벅차다. 어떤 여정을 겪게 되든 기꺼운 마음이길 바란다.

**박은비**
2020년 제2회 장수문학상 본상 수상. 2024-1 스토리코스모스 신인소설상 당선. 웹북 『창(槍)』 『동제(洞祭)』 출간.

# 그가 나무인형이라는 진실에 대하여

도재경

여태껏 거짓말하는 사람을 많이 만나봤지만 몇 해 전 자신이 살던 나라로 돌아간 민제만큼 완벽하게 누군가를 속일 수 있는 사람을 만나본 적은 없다.

내가 민제를 처음 만난 건 교내 외국인 학생 한국어 프로그램 언어 도우미로 참여할 때였다. 내심 동갑내기 이방인에 대한 호기심이 없지 않았으나 오리엔테이션에서 보았던 내 파트너의 첫인상은 조금 심심했다. 국적만 달랐을 뿐 민제는 나와 같은 색 눈동자와 곱슬머리를 가지고 있었고, 이름도 나와 같이 세 글자였다.

그날 민제는 카키색 롱코트에 빈티지한 청바지 차림이었는데 캠퍼스 어디에서나 볼 수 있을 법한 우리 또래와 별반 다르지 않았다. 프로그램 담당 직원으로부터 전해 듣기로 민제는 두 살 때 브장송의 한 중산층 가정으로 입양된 이후 프랑스에서만 죽 지냈으며 우리나라를 찾은 건 처음이라고 했다.

우리는 형식적인 인사를 나누고, 매주 목요일 오후 다섯 시에

학교 후문 근처 카페에서 만나 한 시간 정도 대화를 나누며 프로그램을 수행하기로 약속했다. 민제는 고등학교를 졸업할 무렵부터 한국어를 공부했는데 뒤늦게 배운 것치고는 우리말을 꽤 자유롭게 구사하는 편이었다. 더러 어순이나 맞춤법이 부정확하긴 했지만 대화를 나누기엔 아무런 문제가 없었다. 그런 탓에 수월한 학기가 될 거라 예상했다. 하지만 프로그램은 계획한 대로 흘러가지 않았다.

"나는 숨을 쉬고 싶어요."

"네?"

민제는 내가 준비해 온 대화 프로그램 진행 노트에 적혀 있는 문장들 중 하나를 손가락으로 가리켰다. 그건 주제별 대화를 진행하기 위해 한류 드라마의 한 장면에서 뽑아낸 문장이었다.

"이 드라마 재밌어요?"

사실 제대로 본 적 없는 드라마였지만 최고죠, 라고 대답하며 나는 엄지를 치켜세웠다.

"나는 거짓말하면 코가 길어져요. 그런데 당신은 그렇지 않은가 봐요."

민제는 그렇게 말하며 자기 코를 손가락으로 지그시 눌렀다. 그러면서 자기 코가 그대로인 이유는 지금 하는 얘기가 거짓말이 아니기 때문이라는 건데.

나도 모르게 코웃음이 났다. 나풀나풀 날아다니는 하얀 나비를 보며 요정이라고 상상하기엔 우린 너무 커 버리지 않았나. 하물며 거짓말을 하면 코가 길어진다는 시시한 우스갯소리라니.

그런데 웬걸, 민제는 가느다란 검지로 턱을 슥슥 문지르며 엉뚱한 얘기를 덧붙였다. 그러니까 자신은 원래 나무토막에 불과했지만 손재주 좋은 부모를 만난 덕에 영혼을 얻었다며.

"웃자고 하는 얘기죠?"

"아닌데, 요."

민제는 슬그머니 입꼬리를 올렸다. 그러더니 대뜸 높임말이 어렵다며 서로 말을 놓는 게 어떠냐며 제안했다. 동갑이니까 뭐, 나는 선뜻 동의하고선 프로그램 매뉴얼에 따라 서로 소개하는 시간을 갖자고 했다. 그러자 민제는 대뜸 자신의 어릴 적 모습이라며 휴대폰을 열고 사진을 보여주었다.

회백색 벽돌집 앞에서 환하게 웃고 있는 갈색 머리 남자는 비모 또마, 자신의 아버지라고 했다. 또마는 군청색 멜빵바지 차림의 자그마한 나무인형을 품에 안고 있었고, 그의 발치에는 모종삽과 하얀 모래가 가득 실린 장난감 트럭이 놓여 있었다. 사진 속 그 어디에도 민제의 모습은 보이지 않았다.

"이게 나야."

민제의 손가락은 나무인형을 향해 있었다. 그 사진은 자신의 어머니인 끌로에가 찍어준 사진이라고 했다. 나는 멀뚱히 민제의 얼굴을 바라보았다.

"못 믿는 눈치네. 내 코를 봐, 그대로잖아."

프랑스식 농담인가? 나는 울퉁불퉁한 나무인형을 보며 뭐라고 대꾸해야 할지 몰라 연신 헛웃음만 지었다. 민제는 그럴 줄 알았다는 듯 엄지와 검지로 사진 속 나무인형의 오른쪽 팔 부위를 펼쳤다. 검게 그을린 자국이 보였다. 어릴 때 불장난을 하다가 타버려서 또마가 너도밤나무를 깎아다가 붙여주었다고 했다. 그러더니 민제는 대뜸 소매를 걷어 올렸다. 아니나 다를까 팔꿈치에 깊은 흉터와 함께 화상 자국이 도드라져 있었는데 마치 목질부처럼 보이기도 했다.

박수라도 쳐 줘야 하나. 자기소개치고는 퍽 인상적이었다. 민제의 표정이 너무나 진지했던 탓에 피노키오의 국적이 프랑스였나 헷갈릴 정도였으니. 어쩐지 순탄치 않은 학기가 될 것만 같았다.

민제의 화법은 외국인 학생들이 구사하는 어설픈 우리말과는 달랐다. 비교적 발음이 정확했고 어떠한 대화에서든 맥락과 문법을 명확하게 파악하고 있었다. 누가 보더라도 그는 우리나라 사람 같았다. 프로그램 디딩 부서에서도 외국인 학생이 되도록 우리말로 이야기하도록 요구했기 때문에 취지에는 부합한다고 할 수 있었다. 다만 매번 이야기가 엉뚱한 방향으로 흘러간다는 점이 문제였다.

나는 민제가 논지에서 벗어난 이야기를 할 때마다 대화의 주제를 환기해 주었지만 헛수고였다. 대화를 이끌어가는 주체는 언제나 민제였다. 그런 탓에 나는 민제가 뱉어낸 말도 되지 않는 이야기를, 그러니까 몇 해 전 공중부양술을 터득한 어느 아랍인이 카스피해 상공을 날아다니다가 전투기와 부딪쳐 실종되었다거나 아프리카 어느 부족의 피에는 휘발 성분이 있어서 불이 잘 붙는다는 얼토당토않은 이야기를 도우미 일지에 그대로 적을 수가 없어서 매번 나누지도 않은 대화 내용을 부랴부랴 꾸며내야만 했다.

일테면 어느 날은 한류 문화 산업의 전망에 대해, 또 어느 날은 우리나라 역사와 지형학적 특수성을, 그리고 교육 제도나 산업 구조, 양극화와 주거 문화 등 우리가 나누지 않은 수많은 이야기를, 나아가 민제가 어떠한 주제든 성실하고 적극적인 자세로 참여하고 있다는 거짓말까지 덧붙여 꼬박꼬박 일지를 작성했다. 물론 민제도 내가 없는 이야기를 지어내 일지의 내용을 채운다는 사실을 알고 있었고, 그때마다 내 코가 더 길어진 것 같다며 킥킥거렸다.

1학기가 끝나갈 무렵 우리의 대화 프로그램은 예정대로 종료되었다. 도우미 일지를 프로그램 담당 직원에게 넘길 때 콧등이 근질거리긴 했지만 다행히 별일은 생기지 않았다. 민제와 공적인 만남은 그걸로 끝이었다.

"뭔가 아쉬운걸."

민제의 표정을 보니 빈말 같진 않았다.

"그럼 이제부터 네가 내 이야기를 들어주면 되겠네."

더 이상 의무적으로 대화를 나눌 필요가 없어서 홀가분했던가. 이럴 땐 뒤풀이란 걸 해야 한다며 나는 민제를 후문 근처의 주점으로 이끌었다. 그러자 민제는 '뒤풀이'가 무슨 뜻이냐며 되물었다.

"쫑파티. 뭐 그런 의미지?"

"쫑?"

"정말 몰라서 묻는 거야?"

민제는 어깨를 으쓱거리더니 손가락으로 자신의 코끝을 가리켰다. 늘 그랬듯 민제가 내 설명을 듣고 단어의 의미를 이해하는 데 오래 걸리지 않았다. 그날 저녁 민제는 얼마나 많이 '쫑'을 외쳤는지. 막걸리를 한 병씩 비울 때마다 쫑, 잔의 바닥이 보여도 쫑, 화장실에 다녀올 때도 쫑, 마치 어린아이가 말장난하듯 깔깔거렸다. 그게 그렇게 재미난 말이었나. 별것도 아닌데 새삼스레 웃음이 터져 나왔다.

그날 이후로도 우리는 이따금 캠퍼스를 산책하거나 카페에서 커피를 마시며 이런저런 여담을 나누곤 했다. 물론 민제는 틈틈이 시시풍덩한 이야기를 빼먹지 않았다. 그런 민제에 대해 호기심이 없진 않았다. 민제는 그때껏 내가 만나온 사람 중에 다른 나라 국적을 가진 유일한 친구였다. 솔직히 말하자면 이참에 프랑스어 좀 배워볼까, 그런 생각도 들었다. 내 의중을 알아채기라도 한 듯 녹음이 짙은 어느 날 오후 민제는 오래된 프랑스 영화를 상영해 주는 곳을 찾았다며 나를 대학로에 있는 한 극장으로 이끌었다.

그날 우리는 장 뤽 고다르 감독의 〈네 멋대로 해라〉를 본 후 극장 뒤편에 있는 아담한 펍을 찾았는데, 민제는 어둑한 조명 아래에서 주인공 역을 맡은 진 세버그가 잠들어 있는 몽파르나스 묘지에서 찍은 사진을 내게 보여주었다. 묘비 앞에는 한 아름 꽃이 놓여 있었다.

민제는 병맥주를 홀짝이며 진 세버그라는 사람에 대해 이런저런 설명을 늘어놓았고, 그 얘기가 마냥 생소해서 나는 탁자 위의 작은 촛불이 가느다랗게 흔들리는 모습을 보며 그렇구나, 그런 일이 있었구나, 대꾸하며 가만히 얘기를 듣고만 있었다. 그날따라 민제는 내가 알아들을 수 없는 프랑스어를 여느 때보다 많이 사용했고, 그 때문인지 몰라도 낯선 배우의 사연은 그저 먼 옛날, 먼 나라의 일처럼 들렸다. 진 세버그가 흑인 인권운동에 적극적으로 가담했던 일과 한때 연인이었던 로맹 가리라는 작가와의 인연도 알게 되었지만 내겐 무의미한 누군가의 개인사에 지나지 않았다. 그런데 민제는 그런 영화를 보고 이야기를 나누다 보면 향수병이 조금 잦아든다나.

"가리는 프랑스인의 피가 한 방울도 섞이지 않았지만 누구보다 진정한 프랑스인이었어."

민제는 맥주 한 병을 다 비우고 또 한 병의 맥주를 주문하며 말했다.

그때 느낀 묘한 이질감은 대체 뭐였을까. 내 이방인 친구의 까만 눈동자 속에선 빨간 불꽃이 이글이글 타오르는 것처럼 보였다. 그런가 하면 민제의 첫인상이 워낙 독특한 기억으로 남았던 탓에 그가 하는 어떤 이야기는 거짓말이 아닐까 싶어 슬쩍슬쩍 인터넷을 검색해 보기도 했다. 물론 그때껏 민제의 코가 길어진 모습을 단 한 번도 본 적이 없었다.

그로부터 두어 달 지났을 무렵, 나는 민제가 사는 곳에 초대를 받았는데 서늘한 바람이 불던 그 저녁만큼은 민제의 코가 어쩐지 평소와 다르게 보였다.

민제가 사는 곳은 학교 앞에서 버스를 타고 삼사십 분 정도 거리에 있는 주택가에 위치해 있었다. 나는 버스에서 내려 민제가 알려준 주소를 확인하며 담쟁이덩굴로 뒤덮인 담장을 따라 걸었다. 그곳은 재개발 예정 지역이어서 초입부터 어수선했다. 골목은 점점 더 좁아졌고, 느닷없이 막다른 길을 만나 다시 돌아 나오기도 했다. 모퉁이마다 지린내가 풍겨 콧등이 절로 찌푸려졌다. 군데군데 시멘트로 덧바른 바닥은 깨져 있었으며, 살던 사람이 이미 떠났는지 담장이 무너져 있거나 창이 깨진 집도 더러 보였다. 좁은 골목이 더 좁은 골목으로 이어지길 서너 차례, 오르막길 끝에 민제의 옥탑방이 있었다. 민제가 기숙사나 학교 부근의 깔끔한 신축 원룸을 두고 그곳에 둥지를 튼 이유는 단순했다.

"싸니까."

언젠가 민제는 각박한 서울 살이에 완벽하게 적응한 듯 툭 내뱉었다. 하지만 철제 계단을 올라가자 그곳에 방을 구한 진짜 이유를 알 것 같았다.

사방이 탁 트인 옥상은 의외로 전망이 좋았는데 멀리 한강까지 내다보였다. 옥상 한쪽에 나란히 놓인 하얀 플라스틱 통에는 바질, 토마토, 가지 따위가 옹기종기 자라고 있었고, 그 옆 화분에는 만발한 코스모스가 하늘거렸다.

"나의 정원에 온 걸 환영해."

민제는 그늘막 아래 설치한 탁자로 나를 안내하며 말했다. 그러고는 직접 요리한 코코뱅, 감자그라탱, 라따뚜이 그리고 와인을 내왔다. 모락모락 김이 피어오르는 그 요리들은 요리사인 아버지에게 배웠다고 했는데 꽤 먹음직스러워 보였다. 빈손이면 민망할 것 같아 과일을 사 오길 잘했다는 생각이 들었다. 하지만 언제부턴가 나는 와인으로 목을 축이며 내가 사 온 자두며 참외만 축내고 있었다. 사실 민제의 요리는 입에 맞지 않았다. 간장 찜닭처럼 생긴 코코뱅의 맛은 너무나 생경했고, 감자그라탱과 라따뚜이는 느끼한 탓에 자주 손이 가질 않았다. 모르긴 몰라도 손님에게 접대하기 위해 오랜 시간 요리했을 텐데 식어가는 음식을 보고 있자니 슬며시 미안한 마음이 들었다.

"음식만큼 고향을 생각나게 하는 것도 없지. 너도 그런 음식이 있지 않아?"

민제는 내게 와인을 따라주며 물었다.

"글쎄, 뭐가 있을까?" 나는 잠깐 머뭇거리다가 "라면" 하고 짧게 덧붙였다. 사실 그건 당장 생각나는 음식이었다.

"라면은 정말 최고지."

민제는 엄지를 치켜세우며 맞장구쳤다.

적당히 오른 술기운 때문인지 모르겠지만 민제의 말투가 어쩐지 어눌하게 늘어졌다. 문득 민제가 저만치 물러난 것처럼 작아 보였다. 그동안 민제와 이런저런 이야기를 많이 나눴고 나름 가까워졌다고는 하지만 이따금 가늠하기 힘든 거리가 느껴졌다. 그건 어쩌면 우리가 살아온 환경이 다른 데에서 비롯된 느낌인지는 모르겠다. 그런 까닭에 민제의 어눌한 말투엔 어딘지 모를 날이 서 있는 것처럼 들리기도 했다. 그건 뭐랄까, 우리는 태생적으로 다르잖아, 마치 그렇게 말하려는 것 같았다.

민제가 태어난 곳은 프랑스의 어느 낯선 도시가 아니라 바로 여기, 우리나라였다. 그런데도 그 사실을 부정하는 것처럼 보이는 이유는 뭘까. 민제는 서울 어느 거리에서 볼 수 있는 내 또래의 대학생처럼 보였고 실제로도 우리나라에서 오래 살았던 사람처럼 우리의 문화나 정서를 잘 이해했다. 그럼에도 불구하고 민제는 수시로 자신의 주위에 끊임없이 경계선을 긋는 듯했고, 그로 인해 스스로의 정체성을 거듭 확인하려는 것처럼 보였다. 물론 우리나라에서 태어났을 뿐 줄곧 프랑스에서 살았으니 그럴 수밖에 없겠지만 한편으로는 안타까운 마음이 든 것도 사실이었다. 모름지기 생부모에 대한 배신감이나 적개심 따위가 없지 않으리라. 그래서 그러는 거라고 여겼다. 민제의 가슴 한구석엔 아물지 않은 상처가 있을지 모른다고, 우리말을 배우고 우리나라를 찾아온 것도 아마 그런 이유 때문일 거라고.

"맛이 없어?"

좀체 요리에 손을 대지 않은 내 모습을 의식한 듯 민제는 내게 물었다.

"아니. 맛있어."

"넌 정말 거짓말에 소질이 없구나."

그 순간 내 표정은 어땠을까. 아니나 다를까 민제는 아무래도 메뉴를 잘못 선택한 것 같다며 주방으로 들어가 냉장고를 뒤적거렸다. 하지만 결국 그가 들고나온 건 비닐 랩에 싸인 염소 치즈와 참치통조림이 전부였다.

"이거뿐이야?"

내가 포크를 내려놓자 민제는 빙그레 미소를 지으며 어깨를 으쓱거렸다.

하늘이 어슴푸레해질 무렵 와인병은 바닥을 보였고, 민제는 또 한 병의 와인을 개봉해 내 잔에 따라주었다. 골목 곳곳엔 주홍색 가로등 불빛이 켜졌는데 어쩐지 아늑해 보이기도 했다. 취기 때문이었을까. 오래 알고 지낸 사이처럼 민제의 속마음을 알 것 같기도 했고, 주제넘게 민제를, 그리고 민제가 살아온 시간을 조금은 더 이해할 수 있을 거란 생각도 들었다.

"혹시, 생부모님은 찾아봤어?"

그러자 민제는 "잠깐만, 친구", 그러더니 막 따라준 와인의 상표를 내게 보여주며 딴 얘기를 했다.

"이건 말이야 부르고뉴 산이야. 어릴 때 살던 동네에 이 와인 양조장이 있었거든."

"그럼 귀한 거네."

"아니, 흔해졌단 얘기지. 서울에서도 파니까."

민제는 빙글빙글 잔을 돌리더니 한 모금 마시고는 화제를 원점으로 되돌렸다.

"생부모? 그러니까 나를 낳아준 사람들 말하는 거지?"

나는 민제의 표정을 살피며 고개를 끄덕였다.

"찾긴 했지."

민제는 미소를 흘리며 덧붙였다.

"근데 나만 찾으면 뭐해. 그 사람들이 나를 찾아야지. 내가 갑자기 나타나면 유령이라고 생각할지도 모르잖아."

민제는 무표정한 얼굴로 어둑한 밤하늘을 올려다보며 혼잣말을 하듯 중얼거리더니 화제를 돌렸다.

"골목 입구에 있던 치킨집 있잖아."

거기에 치킨집이 있었던가. 담쟁이덩굴로 둘러싸인 담장만 생각날 뿐 기억나지 않았다. 민제는 포크로 그라탱 그릇 가장자리에 들러붙어 있는 치즈를 떼어 먹으며 대수롭지 않은 듯 말을 이었다.

"양념치킨 맛있던데 이따 같이 가볼래?"

"배부르지 않아?"

"널 위해서야."

민제는 피식거리며 내 옆구리를 콕 찔렀다.

"어디에서도 찾아보기 힘든 맛이거든."

까만 하늘엔 눈썹 모양의 달이 떠 있었다. 결국, 우리는 포도주를 반쯤 남겨 놓고 골목을 내려갔다.

머리가 희끗희끗한 남자는 기름때로 얼룩진 탁자 앞에 앉아 텔레비전을 보고 있었는데 우리가 들어서자 어기적거리며 주방으로 들어갔다. 주방 입구에는 남자가 입고 있는 파란색 유니폼에 그려진 엠블럼과 똑같은 모양의 조기축구회 휘장이 걸려 있었고, 바로 옆 선반 위에는 트로피 두 개와 해병대 마크를 용 그림과 패치로 장식한 액자가 나란히 놓여 있었다. 하지만 그보다 더 내 시선을 끈 건 남자의 오른손에 달린 갈고리였다. 그는 우리가 메뉴판을 펼치기도 전에 민제를 향해 "양념?", 하고 묻고선 갈고리로 생닭 한 마리를 찍어 기름 솥 안에 집어넣었다.

"아주머니는 어디 가셨어요?"

민제는 주방 쪽으로 가서 생맥주를 받아 오며 물었다.

"몸살이 나서 일찍 들어갔어."

남자는 심드렁하게 대답하며 마른안주를 접시에 담았다. 대화를 주고받는 모양새로 봐서 민제는 치킨집을 한두 번 들락거린 것 같지 않았다.

잠시 후 남자는 치킨을 우리 앞에 내놓고 텔레비전 앞으로 가서 앉았다. 텔레비전에는 몇 해 전 있었던 월드컵 경기 하이라이트 장면이 나오고 있었는데 남자는 이따금 갈고리 달린 손을 치켜들고선 다시 봐도 명승부라며 환호성을 지르곤 했고, 그때마다 나도 모르게 화면에 시선을 빼앗겼다.

"어떻게 이런 맛을 낼 수 있지? 여긴 나중에 너무 생각날 것 같아."

배부를 법도 한데 민제는 양념치킨만 먹기 위해 찾아온 사람처럼 쉴 새 없이 포크를 움직였다. 하지만 내 입맛엔 그저 그랬다. 어디에서나 맛볼 수 있는 흔한 음식이기도 했거니와 솔직히 너무 달고 짰다. 그래서 어쩌면 민제가 애써 태연한 척 연기를 하고 있는 건지도 모른다고 생각했다. 나는 맥주를 한 모금 마시며 남자의 옆모습을 넌지시 바라보았다. 덥수룩한 곱슬머리와 눈매가 어딘지 모르게 민제와 비슷한 분위기를 풍기는 것도 같았다.

남자는 배달 주문을 받고선 다시 주방으로 들어갔고, 이십여 분 후 헬멧을 쓴 배달원이 들어와 포장된 치킨을 받아 갔다. 잠시 후 양념치킨을 포장해 가기 위해 아이의 손을 잡고 매장으로 들어선 한 여자가 카드를 내밀었을 때 남자의 휴대폰이 울렸다.

"아들!"

허겁지겁 단말기에 카드를 긁고선 주방으로 들어서는 남자의 얼굴은 우리가 매장에 들어선 이후 처음으로 활짝 펴졌다. 엿들으려고 한 건 아니었으나 남자의 목소리가 기름 속에서 닭이 지글거리며 튀겨지는 소리까지 집어삼킬 정도로 쩌렁쩌렁했던 탓에 전화를 걸어온 상대가 누군지 모를 수 없었다. 남자의 아들은 전방의 어느 부대에서 복무 중인 듯했다. 민제는 아랑곳하지 않은 듯 맥주잔을 들었고, 나도 덩달아 잔을 들었다.

서너 잔의 맥주를 더 마시고 헤어질 무렵 밤하늘엔 구부러진 달이 떠 있었는데 느닷없이 소나기가 내렸고, 거리의 사람들은 허둥지둥 발걸음을 재촉했다. 우리는 타일이 듬성듬성 떨어져 있는 오래된 상가의 차양막 아래에서 비가 그치길 기다렸다. 자동차가 지나간 도로 위에는 자잘한 거품이 일었다가 사라졌다.

"이런 걸 스콜이라고 하나?"

"아마, 아닐걸."

일순간 하늘이 번쩍거렸다. 나도 모르게 시선이 민제의 코끝을 향했다. 어쩐지 민제의 코가 조금 길어진 것처럼 보이기도 했다.

그 이후로도 우리는 함께 밥을 먹거나 맥주를 마시기도 했지만 이전처럼 자주 만날 수는 없었다. 나는 자격증 시험 준비를 하거나 과제를 하느라 도서관에 틀어박혀 지내기 일쑤였고, 민제 역시 분주한 나날을 보냈다. 민제는 제주도나 경주와 같은 관광지는 물론이며 전국의 유명 사찰이나 지방의 명소까지 구석구석 찾아다녔다. 이따금 그가 보낸 사진을 보며 함께 여행을 하자고 약속하긴 했지만 늦은 가을에 전철을 타고 두물머리에 한 번 다녀온 게 고작이었다.

우리가 서울에서 마지막으로 만난 건 민제가 자신이 살던 나라로 되돌아가기 하루 전날이었다. 파란 하늘 군데군데 진회색 구름이 뭉쳐 있던 오후, 우리는 저무는 해를 등지고 학교 광장을 천천히 가로질렀다. 나는 민제에게 치킨집 주인과도 작별 인사를 나눴냐고 물었다. 민제는 고개를 끄덕였다.

"또 오라고 하던데."

"그게 전부야?"

민제는 뚱한 표정으로 나를 바라보더니 아! 하고선 외투 안주머니에서 반듯하게 접힌 종이 한 장을 꺼내었다.

"비법을 전수 하긴 했지."

종이에는 양념치킨 레시피가 삐뚤빼뚤한 필체로 적혀 있었다.

"브장송으로 돌아가면 만들어 보려고."

눈송이 하나가 민제의 콧등 위에 떨어졌고 이내 스르르 녹아내렸다.

"그런데 그 아저씨 말이야."

나는 내내 궁금했던 질문 하나를 건넸다.

"어쩌다가 다친 거래?"

"글쎄? 사고를 당했겠지. 다 그런 거 아닌가."

민제는 종이를 접어 안주머니에 넣으며 대수롭지 않은 듯 말했다.

나는 길게 늘어진 민제의 그림자를 무심코 바라보았다. 비둘기

한 마리가 그림자 주위를 맴돌며 바닥을 쪼았다. 잠시 후 서너 마리의 참새들도 모여들었다. 일순간 눈발이 거세지는가 싶더니 무슨 마법에 걸리기라도 한 듯 새들이 일제히 날아올라 민제의 어깨 위로 내려앉았다. 어어, 하며 나는 새들을 내쫓기 위해 팔을 휘젓자 민제는 도리어 내 팔목을 붙들었다.

"애들은 나를 딱 알아보잖아."

그러고선 자신의 콧등을 손가락으로 톡톡 두드렸다.

"어련하겠어."

나는 어깨를 으쓱거리며 피식 웃음을 흘렸다. 그러자 민제는 외투 주머니에서 무언가를 조심스레 꺼내 내 손에 옮겨주었다. 손을 펴자 참새 한 마리가 호로록 날아올랐다.

"뭐야?"

나는 놀란 가슴을 다독이며 참새가 날아간 허공을 올려다보았다.

"추워서 호주머니 속으로 들어왔나 봐."

민제는 하얀 입김을 내뿜으며 말했다.

"말도 안 돼. 어떻게 한 거야?"

나는 중얼거리며 민제의 코끝을 멍하니 쳐다보았다.

"정말이야. 아무것도 안 했어."

대체 무슨 마법이라도 부린 걸까. 민제의 작별 인사는 도저히 흉내 낼 수 없을 것 같았다. 멀리 보이는 도시의 건물들은 석양으로 붉게 물들고, 눈발은 점점 굵어졌다. 하지만 민제의 코는 끝끝내 길어지지 않았다.

돌이켜보면 민제만큼 능청스러운 거짓말쟁이도 없는 것 같다. 그날 민제가 내게 어떤 속임수를 썼는지 알 수 없다. 아무것도 안 했다고? 정말? 백 번을 되물어도 민제는 똑같은 대답을 할 게 뻔했다. 나는 살면서 단 한 번도 거짓말을 해본 적 없는 사람을 만나보지 못했다. 어느 곳에서든 사람들은 적당한 거짓말로 자기 자신을 꾸미곤 하지 않나. 거짓말은 생존을 위한 필수품이니까. 자기 마음대로 거짓말을 주무를 수 있다면 자기만의 진실도 가질 수 있다. 자신이 사는 세상을 어루만지거나 유지하는 것도 얼마든지 가능하다. 심지어 거짓말은 동화 속에서나 가능한 환상적인 힘도 주지 않는가.

누구나 그러하듯 나는 동화 같은 일들은 열 살 전후의 아이들에게나 어울린다고 생각했다. 그런데 이따금 민제와 함께한 시간을 돌이켜보면 꼭 그런 것만은 아니라는 생각이 들곤 한다. 민제에게 진실을 기대하지 않았다면 민제의 거짓말도 존재할 수 없었을 것이다. 그런데 이제 와 생각해 보면 솔직히, 잘 모르겠다. 아마 그게 정확한 표현일 것이다. 어쩌면 나는 그동안 진실을 거짓으로 착각하고, 거짓을 진실이라고 여겼던 건지도 모르겠다.

민제를 다시 만난 건 지난겨울, 브장송에서였다. 졸업 후 건설장비 회사에 취직한 나는 리옹으로 출장을 갔다가 일정을 마치고 귀국하기 전에 브장송에 들렀다. 민제는 부모로부터 레스토랑을 물려받아 운영하고 있었는데 마중을 못 나가 미안하다며 주소를 알려주었다. 오래된 건물이 잘 보존된 그 도시는 인적이 드물었으며 눈이 내린 탓인지 고즈넉한 분위기를 풍겼다. 나는 민제가 알려준 주소 앞에서 발걸음을 멈췄다.

레스토랑 창가에는 크고 작은 나무인형들이 놓여 있었는데 빨간색 조끼에 흰 앞치마를 두른 장년의 남자가 진열장에 세워진 인형 하나를 바로 세우고 있었다. 뜻밖에도 남자의 한 손엔 갈고리가 달려 있었다. 나와 눈이 마주친 그는 출입문을 열고 나오더니 인사를 건네고는 내가 누군지 안다는 듯 미소로 반기며 레스토랑 안으로 안내했다.

그는 민제의 아버지, 또마였다. 그는 민제가 시장에 갔는데 곧 돌아올 거라고, 프랑스어와 영어를 섞어가며 내게 말했다. 그러고는 벽면에 크리스마스트리를 장식하고 있던 여자를 불렀다. 민제의 어머니, 끌로에였다. 그들 부부는 나에 대한 이야기를 민제로부터 많이 들었다며, 민세의 친구가 되어줘서 고맙다고 말했다.

나는 그들이 내어준 커피와 쿠키를 먹으며 벽에 걸린 사진들을 보았다. 그 사진들은 대를 이어온 레스토랑의 역사를 보여주고 있었다. 레스토랑 입구에 나란히 서 있는 노부부의 흑백사진도 있었는데, 또마는 그들이 민제의 조부모라고 알려주었다. 그 얘기를 듣자 조금 어리둥절한 기분이 들었다.

그중 낯익은 사진 하나가 눈에 띄었다. 군청색 멜빵바지 차림의 자그마한 나무인형. 언젠가 민제가 내게 보여준 사진이었다. 이번에는 끌로에가 다가오더니 민제의 어릴 때 모습이라며, 눈 녹은 어느 봄날 집 앞에서 찍은 사진이라고 설명했다.

나는 무언가에 단단히 홀린 듯한 기분을 느꼈다. 또마의 품에 안겨 있는 건 민제가 아니라 나무인형이었다. 무심코 끌로에의 코끝에 시선이 가닿았다. 하지만 끌로에는 연신 미소만 짓고 있었다.

나는 다시 한번 그 사진을 보았다. 나무인형은 먼 곳을 바라보고 있었다. 한두 걸음 옮겨 다른 각도에서 봐도 나는 나무인형의 시선과 결코 마주할 수 없었다. 나무인형은 내 어깨 너머의 무언가를 보고 있었다. 나는 그 시선을 좇아 뒤돌아섰다. 나와 눈이 마주친 노부부가 빙긋 웃었다.

그들은 어스름이 깔린 창밖 거리를 가리켰다. 커다란 중절모를 쓴 사람이 점화용 막대기로 가스등을 밝히는 중이었다. 문득 어렸을 적 읽은 동화 속 세계에 들어온 것 같단 생각이 들었다. 이윽고 문이 열렸고, 나는 나를 향해 뚜벅뚜벅 걸어오며 손을 흔드는 나무인형을 넋 놓은 채 바라보았다.

이제 내가 거짓말을 할 차례였다.

| 작가의 말 |

몇 해 전 외국인 학생 한국어 프로그램 도우미로 활동한 적이 있었다. 당시 만난 친구는 아일랜드계 미국인이었고, 국제정치학을 공부했으며, 점잖았다. 그리고 맥주를 꽤 좋아했다.

그가 나를 만나 얼마나 한국어 실력이 나아졌는지 모르겠지만 나는 그를 만나 꽤 많은 종류의 맥주 맛을 알게 되었다. 한 학기가 끝날 무렵 우리는 빈 잔을 헤아리기 힘들 정도로 맥주를 마셨다. 그는 내게 주량이 센 것 같다고 했지만 실은 그렇지 않았다.

이라, 이 친구의 반듯한 코가 대체 어디로 사라진 거지?

그는 자신의 고향 미니애폴리스 주인은 모기라며 연신 웽웽거렸고, 나는 테이블과 바닥을 두리번거리며 그의 코를 찾았다.

이게 뭐지?

며칠 후, 그날 밤 그토록 찾던 그의 코를 메모장에서 발견했다. 그러니까 이 소설은 그날 본 현실의 일부다.

**도재경**
2018년 세계일보 신춘문예에 당선되어 작품 활동 시작. 2020년 소설집 『별게 아니라고 말해줘요』 웹북 『방독면을 쓴 바나나』 『그가 나무인형이라는 진실에 대하여』 출간. 심훈문학상, 허균문학작가상 수상.

# 고독한 순환을 즐기는 검은 유체[1]

-

김 솔

-

H는 열일곱 살 어느 날 갑자기 흑인이 됐다. 그러자 흑인은 태어나는 것이 아니라 만들어진다고 말한 여자[2]를 죽이고 싶었다. 하지만 수십 년 전 이미 그녀가 죽음으로써 치욕을 피했다는 사실을 알게 된 뒤부터 몹시 쓸쓸해졌다.

커피와 설탕, 초콜릿과 바나나, 목화와 담배, 다이아몬드와 축구선수가 국경을 건너 값비싸게 유통되는 한, 단 한 명의 흑인도 숨어들지 않은 가계도를 상상하는 건 더 이상 불가능하다고 핫산 씨는 주장했다. 심지어 북극의 툰드라나 달의 바다에서도 흑인은 어김없이 발견된다. 어쩌면 흑인은 공기가 희박하거나 땅이 척박한 곳으로 어둠과 추위가 지나갈 때마다 태어나고 있는지도 모른다. 하지만 섭씨 5천 도가 넘는 화장장의 불길에 몸을 말끔히 씻어낸 어머니의 전생까지 뒤적거리고 싶지 않았다.

그녀의 등껍질을 가르고 한 떼의 흰 나방들이 태어나는 과정을 H는 선글라스를 낀 채 처음부터 끝까지 지켜보았다. 그리고 각막염을 앓고 이틀 동안 어둠 속에서 침잠해 있다가 가까스로 시력을 회복했을 때 벽에 걸려 있는 검은 상복이 가장 먼저 그의 일생으로 날아들었다.

그것을 각인(刻印)이라고 하던가. 밤의 젖은 배설물처럼 세상으로 굴러떨어진 새끼들은 가장 먼저 발견한 대상을 제 어머니로 여긴다던가. 검은 상복을 제 어미 삼아 두어 번 입어본 뒤로 갑자기 흑인이 됐다는 H의 설명을 듣고 웃지 않을 자가 얼마나 있을까.

누적된 피로에 뼈가 녹고 있는 의사는 구부정하게 의자에 앉아 수정체 위의 신기루들을 안약으로 대충 씻어낸 다음 말했다.

"난 이틀 동안 겨우 네 시간만 자면서 세 명의 인간들을 살려냈다. 강제로 연장된 삶이 누구에게나 축복이 되는 건 아니겠지만 의사에겐 하찮은 죽음조차 묵인할 수 있는 권리가 없다. 그렇다고 인간을 연민해서도 안 된다. 그저 우리는 일용할 양식을 얻을 수 있을 만큼의 직업윤리에 충실할 따름이다. 흑인이 됐다고 해서 모두 응급치료가 필요한 것은 아니니까 일단 집으로 돌아가거라. 적어도 급성 간염이나 급성 신부전증 때문은 아닌 것 같으니까 안심해도 좋다. 멜라닌 색소가 부족하면 우울증에 잘 걸린다는 연구논문을 읽은 적이 있다만, 넌 흑인치곤 아주 명랑하구나. 흑인이 된 이상 더 나빠질 것도 없을 테니 이제 그만 나를 재워다오. 한 시간 뒤에 중요한 수술을 집도해야 한단다. 의사들의 평균 수면 시간이 인간의 평균 수명과 밀접하게 관련되어 있다는 사실만큼은 기억해 주면 좋겠구나. 너를 도울 수 있는 자는 내가 아니라 네 부모님일 것 같다. 부모님께 진실을 물어보되, 너무 밝고 조용한 곳은 피하는 게 좋다. 진실은 빛이나 소리가 닿으면 쉽게 휘발하거나 변형되기 때문이다. 너는 아직 어려서 부모의 동의 없이는 유전자 검사를 신청할 수 없지만, 어떤 진실이라도 그것의 가치와 쓸모를 정확히 측정하지 못할 만큼 어린 것도 사실이니, 굳이 그걸 이해하거나 기억하려고 애쓸 필요는 없단다."

"혹시 유전자를 바꿀 수도 있나요? 수만 개의 유전자 중에서 고작 두서너 개만 바꿔 달라고 부탁드리는 거예요. 정확히 말하자면 원래대로 돌리는 것이겠죠."

"원래대로 돌리자면 우린 모두 너처럼 흑인이 되는 게 맞겠지. 우리의 조상들은 아프리카의 어느 계곡에서 출발하여 시속 1밀리미터 이하의 속도로 걸어서 여기까지 도착했으니까. 오늘 밤 너의 귀가를 돕기 위해 그들이 얼마나 필사적으로 걸음마를 배웠을지 상상해 본다면 너는 더 이상 이곳에 머물러서는 안 된다. 집에 도착하는 즉시 따뜻한 물로 샤워하고 채소 위주의 식사를 마친 다음 조용한 방에서 일찍 잠을 청해 보거라. 따뜻한 우유도 숙면에 도움이 될 것이다. 만약 악몽이 방해하지 않는다면 내일 아침에 넌 이전의 모습으로 돌아갈 수도 있겠지. 하지만 네가 불평을 멈추게 될는지는 모르겠구나. 황색인이 됐다고 해서 흑인보다 더 유리한 세계에서 살게 되는 건 결코 아닐 테니까. 만약 네가 내일 아침 뉴올리언스 공항 같은 곳에서 잠을 깬다면, 황색 피부보다 검은 피부를 더 감사하게 되지 않을까. 그리고 너는 즉각 네 운명이 닿아야 할 목적지를 깨닫게 될 것이다. 의사인 날 믿으렴."

하지만 샤워와 채식과 숙면은 H를 황색인으로 돌려놓지 못했다. 오히려 부작용처럼 그의 오감(伍感)은 더욱 예민해져서, 경멸의 시선으로 힐끗거리고 그악스러운 표정으로 수군거리는 황색인들을 자신의 주변에서 너 많이 발견하게 됐다. H는 그들을 모조리 바닥에 꼬꾸라뜨리고 싶었지만 그가 다가간 거리만큼 물러서는 그들의 반응으로부터, 만유의 질서를 유지시키는 힘은 인력이 아니라 척력이라는 사실을 확인했을 따름이다. 결국 그는 이어폰으로 자신을 격리시킨 다음 낯익은 일상의 최외각 궤도를 검은 유체(流體)처럼 고독하게 순환하기 시작했다. 붙잡을 것도 없었고 붙들릴 것도 없었다. 뜻을 알아들을 수 없는 음악은 그의 내부를 비웠다. 날파람에 일그러지는 풍경만이 그에겐 안전하게 생각됐다.

태양계에서 쫓겨난 명왕성에 134340이라는 명칭이 부여됐다는 이야기를 듣고, H도 자신이 태어난 날부터 오늘까지의 날짜를 세어 그것으로 하루 동안의 이름을 삼았다가, 한 달을 채우지 못하고 포기하고 말았다. 자신이 살고 있는 기괴한 세계에서는 숫자마저도 순서대로 정렬할 것 같지 않았기 때문이다. 가령 17 다음의 숫자가 12이거나 38일 수도 있었고, 17이 모든 숫자의 마지막일 수도 있었다. 그러니 명왕성 앞에 발견된 134339개의 왜소행성들은 모두 고독하게 순환하고 있을 게 분명했다.

열일곱 살이라는 나이는 흑인으로 만들어지기에도 너무 늦은 나이가 아닌가. 차라리 유대인이나 중국인이라면 또 모를까.

흑인으로 역사를 시작한 인류의 일부는 어떻게 해서 황색인이나 백인으로 변신할 수 있었을까. 하지만 변이는 있어도 우열은 없었다. 아직까지 아프리카에 남아 있는 인류의 조상에게 아메리카를 선물하거나, 신의 봉인을 뜯어내고 유전자를 자유롭게 조작할 수 있는 권리를 허락하거나, 나폴레옹이나 히틀러를 할렘가의 흑인으로 다시 태어나게 한다면, 인류의 역사는 한 세기 뒤에 무엇으로 채워질 것인가.

열일곱 살에 흑인이 된 소년이 진정한 흑인으로 존중받으려면 1.상처와  2.부조리와  3.유대감과 4.용기와 5.육체와 6.진혼과 7.목적과 8.문신과 9.여자와 10.환각 따위가 필요하다.

1. 상처: 죽은 자들의 원한은 산 자들에게 허기로 찾아온다고

어머니는 말했다. 그래서 명치끝이 아릴 때마다 H는 급우들의 주머니를 털어서라도 음식을 마련해서 죽은 자들에게 바쳐야 했다. 하지만 시시포스의 바위는 제자리로 밀려오기 일쑤였고 그때마다 그는 삼킨 것보다도 더 많은 양의 자신을 게워 내느라 기진맥진해졌다. 흑인 아버지의 살점이 토사물 속에 섞여 나오기도 했다. 세상의 모든 아버지는 집 밖의 자유와 집 안의 권위를 동시에 동경하는가. 어머니는 모유 수유를 거부하면서까지 그의 영원 재귀를 막으려 했지만 인간은 고작 조상의 비극을 후대에 실어 나르는 숙주에 불과해서, H는 단숨에 그녀의 일생을 공백으로 만들어 버렸다. 발작과도 같은 허기는 반추의 습성 때문에 더욱 심해졌는지도 모른다.

2. 부조리: 흑인의 인권을 발명한 곳은 아프리카가 아니라 아메리카다. 아프리카는 낙태를 허용하지만 아메리카는 인종차별이 금지되어 있다. 아프리카엔 전쟁터가 많고 아메리카엔 감옥이 즐비하다는 사실을 들어, 아메리카가 아프리카의 미래라고 말하는 자들도 있다. 하지만 이 불평등한 상황은, 커피와 설탕, 초콜릿과 바나나, 목화와 담배, 다이아몬드와 축구선수가 아프리카에는 많고 아메리카에는 적기 때문이다. 아니 정확히 말하자면, 아프리카에는 노동자들만 있고 아메리카에는 자본가들만 있기 때문이다. 그래서 흑인이 된 이후부터 H는 커피와 설탕과 초콜릿과 바나나를 먹지 않는다. 자신의 일생에서 모래알 크기의 다이아몬드조차 결코 발견되지 않으리라는 걸 그는 잘 알고 있다. 하지만 담

배와 축구만큼은 결코 포기할 수 없어서 짧은 위안 뒤엔 늘 무거운 자괴감이 차꼬처럼 그의 자유를 제한했다.

3. 유대감: 백인 범죄학자들은 흑인이 그림자와 죽은 사람을 자신과 동일시하기 때문에 흉악한 범죄를 저지르고도 죄책감을 느끼지 못한다고 주장하면서, 개인의 자유의지에 따라 선택된 언행조차도 역사와 집단 논리의 결과로 설명하려는 습관이 흑인을 잠재적 범죄자로 타락시키고 있다고 개탄한다. 반면, 백인은 어려서부터 원죄 의식과 개인주의를 교육받기 때문에 스스로 범죄를 예방할 수 있는 능력을 지니고 있다는 게 그들의 통념이다.

4. 용기: 이 반의 검둥이가 누구냐? 오로지 발차기만으로 인근 고등학교의 경쟁자들을 모조리 쓰러뜨렸다는 3학년 선배가 점심시간에 H를 찾아왔다. 그때, H는 너무 허기져서 고개를 들 힘조차 없었다. 그렇지, 모름지기 사내자식이라면 이 정도의 배짱은 있어야지. 그리고는 벼락같은 발차기가 이어졌다. H는 전혀 고통을 느끼지 못했으나 소란을 멈추기 위해서라도 패배자처럼 교실 바닥에 잠시 드러누워 있어야 했다. 왜 약자에겐 또 다른 약자의 희생이 필요한 것일까. 그러다가 문득 흑인의 재능은 오직 고통을 통해서만 단련된다는 사실을 깨달았다. 네가 이 반에서 가장 악명 높다는 검둥이냐? 역사 선생이 책상 위에 늘어져 있는 그를 일으켜 세웠다. 그러자 H는 허공을 향해 벼락같은 발차기를 날렸다. 누군가를 쓰러뜨리기 위해서가 아니라 자신이 흑인으로 살기

위한 최소한의 공간을 확보하려 했을 따름이다. 그 뒤로 그는 어느 누구에게도 고독을 방해받지 않았다.

5. 육체: 흑인은 인간의 육체적 한계를 새롭게 규정하기 위해 스포츠에 참여한다. 하지만 H의 검은 육체는 교내 운동부 코치들의 기대를 전혀 만족시키지 못했다. 치욕 속에서 그는 흑인 운동선수들이 왜 금지약물의 유혹에 쉽게 빠져드는지 이해하게 됐다. 오늘날의 스타디움은 노예 해방령에 저항하기 위해 세워진 21세기의 커피 농장이자 목화밭이고 다이아몬드 광산이다. ―백인 노예 상인의 체계적인 유전자 개량 덕분에 오늘날 아메리카 흑인 운동선수들이 부자가 됐다고 주장하는 자들이 아주 많다. ―원형 무대에서 흑인끼리 흘리는 땀과 눈물은 관람석에 앉은 백인에게 팔려 환희로 소모된다. 패배를 이분법적 세계에서 늘 일어나는 평범한 사건으로 너그럽게 받아들이는 관중은 단 한 명도 없다. 경기 규칙이 더욱 복잡하고 잔인해질수록 승자에게 약속된 열매는 더욱 달콤해진다. 자신과 가족의 인생이 몽땅 내걸린 단판 경기에 참여하기 위해 수년째 비참한 현실을 견디고 있는 흑인 선수들은 얼마든지 있다. 검은 상품들은 무한히 복제되고 소비된다. 슬럼프에 빠진 흑인 고소득자들에게 나눠줄 자비심은 없다. 일단 추락을 시작하면 항상 흑인이 백인보다 바닥에 먼저 닿는다. 사다리를 기대하는 건 어리석은 짓이다. 그래서 H는 오직 자신에게만 쓸모 있는 재능을 단련시킨 끝에, 고양이에게나 겨우 허락된 공간에까지 자신을 통째로 숨길 수 있게 됐다.

6. 진혼: 어머니의 죽음 이후 그의 목소리를 들은 이가 거의 없다는 사실로부터 H는 친구들에게 괴물로 불렸다. 하지만 어머니의 장례식을 도와준 목사는 H가 적그리스도의 사제가 되는 걸 걱정하여 교회로 불러들였다. 성가대 일원으로서 흑인의 존재는, 미개의 아프리카 대륙을 전도의 최종 목적지로 간주하고 있는 황색 목회자들의 허영심을 고무시키기에 충분했다. 하지만 성가대의 맨 앞줄에 서서 입을 꾹 다문 채 껌을 씹거나 다리를 떨고 있는 H에게 신도들의 날 선 훈계가 이어졌고, 목사마저 H를 개종시킬 문구를 성경에서 찾지 못하자 용서의 권한을 그리스도에게 반납했다. 저주와 함께 H는 다시 괴물처럼 자유로워졌다. 그래도 가끔 어머니를 기억하고 싶을 때마다 그는 이어폰을 낀 채 교회 주변을 어슬렁거리면서 몇 시간이고 유행가를 반복해서 들었다. 죽은 자들 역시 무용한 추억 때문에 고통받고 있을지도 모르니까.

7. 목적: H는 일식 요리사가 되어 서슬 퍼런 칼 한 자루로 지상의 모든 종류의 허기와 대적하고 싶었다. 그래서 가방 속에 중고 어류도감을 항상 넣고 다녔다. 하지만 흑인으로 변신한 이상 생의 목적을 수정하지 않을 수 없었다. 얇은 생선 살을 다루기에 흑인의 손바닥은 너무 두껍고 손가락은 너무 뭉뚝한 데다가 검은 피부는 비위생적인 장갑으로 오해받을 게 분명했기 때문이다. 그래서 그는 고등학교를 졸업하자마자 아메리카로 떠나야겠다고 다짐했다. ─의사 선생은 아프리카가 인류의 고향이라고 말했지만, 고향은 죽음을 앞둔 자들에게만 은신처와 무덤을 제공해 줄

수 있을 뿐이다. ─그곳이라면 적어도 제 몫 이외의 운명 때문에 좌절하는 법은 없겠지. 그래서 그는 어류도감을 버리고 재래식 무기 같은 영한사전으로 재무장했다. 하지만 모국어로는 결코 완벽하게 번역할 수 없는 아메리카를 이해하기에 그는 너무 어리거나 또는 너무 어리석다고 생각했다. 아메리카의 이민자들에게 그처럼 정상적인 단어들이 그토록 많이 필요할 것 같지도 않았다. 그래서 그는 일단 성인(成人)부터 되기로 마음먹었다.

8. 문신: H는 오른쪽 팔뚝을 아프리카의 선조들에 기증하기 위해 문신 시술소에 들렀다. 목덜미에 루시퍼의 양 날개를 그려 넣은 주인은 1분쯤 침묵하다가 겨우 입을 뗐다. 어린 친구여, 넌 문신을 새기기에 충분한 나이가 됐지만 안타깝게도 근육이 너무 부족하구나. 모름지기 흑인이라면 팔뚝 위의 문신만으로도 운명과 맞설 수 있어야 한단다. 오늘부터 두 달 동안 여기서 꼼짝하지 않고 너를 기다려 줄 테니 근육을 채워 오거라. 그러면 결코 잠들지 않는 문신으로 네 운명을 가득 채워주마. 그 뒤로 세상은 더 이상 너를 고독하게 만들지 못할 거야. 그래서 H는 피트니스클럽에 등록하고 단백질 보충제까지 샀다. 하지만 운동기구들은 하나같이 라만차 언덕의 괴물들 같아서 그가 홀로 상대해서 승리하기에는 역부족이었다. 게다가 단백질 보충제가 창자 속을 갈퀴처럼 긁고 내려가면서 밤새 복통과 설사를 번갈아 일으켰다. 오른쪽 팔뚝은 수탈당한 아프리카처럼 점점 더 메말라갔고 결국 H는 한여름에도 소매를 걷을 수가 없었다.

9. 여자: 흑인이 된 이상 H는 비극적 유전자를 대물림하고 싶지는 않았다. 성기가 부풀어 오를 때마다, 그것을 루이 16세의 목처럼 기요틴 아래 걸쳐놓고, 연민도 없고 추억도 없고 윤리도 없이, 무표정한 얼굴로 칼날을 추락시켜 줄 여자가 있었으면 좋겠다고 생각했다.

10. 환각: 소외된 자들이 세상 밖으로 나가거나 세상의 구석으로 숨는 방법이라곤 오직 환각물질을 소비하는 것뿐이다. 그런 뒤에야 비로소 그들은 가족을 되찾고 친구를 사귀고 동지를 규합할 수 있다. 그래서 H는 청소년을 대상으로 바른생활 운동을 주도하고 있는 시민단체의 홈페이지에서 환각물질 목록을 검색한 다음 인터넷을 통해 그것들을 주문했다. 하지만 그에게 배달된 소포 안에는 설탕 한 봉투와 비타민제 10정, 담배 한 갑이 들어 있었고, 그걸 판매한 사이트의 운영자와는 끝내 통화할 수 없었다.

진정한 흑인으로 거듭나기에는 여전히 불리한 조건 속에 매몰되어 있다고 판단한 H는, 17년 동안 황색 피부 아래 갇혀 있었던 오르페우스를 해방시키기 위해 이태원으로 이사했다. 세간이라고 해보았자 불에 타거나 물에 젖는 것들이 전부였으므로 그의 삶은 번개와 소나기에 취약했다.

이태원의 옥상에서 검은 상복을 태우던 새벽에도 한 떼의 나방이 그를 둘러쌌다. 물론 그것들이 상복에서 태어난 것인지, 아니면 불빛을 찾아 모여든 것인지는 분명하지 않다. 불씨가 완전히 사라지기도 전에 미궁 같은 어둠에 갇힌 까닭도 각막염 때문인지 아니면 슬픔 — 원혼의 허기에 불과한 — 때문인지 구분할 수 없었다. 개기일식이 일어났을 수도 있고 꿈 없는 잠을 잔 것일 수도 있다. 하지만 황색인으로 돌아가는 길을 발견하기에 그곳의 밤은 너무 밝고 짧고 시끄러웠다.

 실정법의 조항이 늘어날수록 판결의 오류도 함께 늘어나기 때문에, 한 명의 피의자를 구속하기 위해선 수십 명의 수형자를 석방할 수밖에 없다는 논리가 가능해졌는데도, 법관들은 여전히 모든 범죄를 사회적 부조리와 개인의 부적응으로 설명하려 든다. 그러니 누군가 나서서 막힌 하수구를 뚫어주지 않는다면, 수상쩍은 선의들로 가득 찬 도시는 거대한 오물통으로 변할 것이고 그 속에서 인간들은 더 많은 오물을 차지하기 위해 서로를 죽이거나 먹어 치울지도 모른다. 혹시 인류가 역사의 처음과 끝에 도달했을 때 필연적으로 흑인으로 변신하는 건 아닐까. 그리하여 작금은 백인이 흑인의 무지와 공포심에서 금을 캤던 방식대로 백인의 허위와 비겁으로부터 흑인이 금을 캐낼 차례이며, 흑인 갱스터보다 더 전도유망한 직업은 없다고 H는 확신했다. 게다가 피 묻은 자신의 몸을 폐쇄 카메라의 사각지대에 급히 숨길 수 있는 능력이 그에겐 있었다.

 〈마꼰도의 오렌지나무〉의 미스 바하마는, 인종차별 금지법이 아메리카 법체계의 최상위를 군림하고 애국심을 증명하려는 유색인들이 군대로 몰려들면서부터, 한국 전쟁 이후로 이 땅의 모든 흑인에게는 인큐베이터와도 같았던 〈바하마의 물개〉와 자신의 허벅지에, 미증유의 유해곤충처럼 낯선 언어와 습관을 지닌 히스패닉 군인들이 아메리카로부터 이 땅으로 날아들기 시작하더니, 결국 〈바하마의 물개〉라는 간판이 〈마꼰도의 오렌지나무〉로 바뀌게 됐다고 설명했다. H에겐 히스패닉이 히스 페니스(His Penis)로 들려서, 밤마다 힘겹게 성전(性戰)을 벌이고 있을 미스 바하마를 상상하지 않을 수 없었다. 그러면 양쪽 관자놀이에서 붉은 뇌수가 흘러나와 발바닥이 뜨겁게 젖었다. ―래서 그는 오렌지를 금식 목록에 추가했다. ―만약 21세기의 노예 상인들이, 가령 연예기획사 사장이나 프로구단의 스카우터들이 팔을 걷고 나서서 아프리카의 검은 장물을 직접 수입해 오지 않는다면 이 땅에 남아 있는 흑인마저도 근친교배의 늪에 빠져 조만간 멸종할 것이라는 미스 바하마의 이야기를 듣고, H는 아메리카를 상대로 기꺼이 선전포고하고 싶었다. 하지만 아메리카가 전쟁을 불사하면서까지 이 땅에서 탐낼 것이라곤 미스 바하마밖에 없었으니 불완전한 흑인에 불과한 H의 도발 따윈 간단히 무시될 게 분명했다.

근친교배로 대를 이었다는 성경 속의 종족[3]은 혈맥이 끊긴 지 이미 오래다.

메이플라워호가 도착하기 전까지 아메리카의 주인은 퓨마―

쿠거라고도 불리는ㅡ였으나 이민자들에게 서식지를 빼앗기자 아메리카의 맹장과도 같은 플로리다로 숨어들었다.ㅡ그래서 훗날 플로리다 판다로도 불렸다.ㅡ멸종 위기에 내몰리자 인간들은 보호 구역을 설정하고 개발을 유예시켰다. 그 덕분에 퓨마, 쿠거, 또는 플로리다 판다는 인공 낙원에서 근친교배를 통해 개체수를 늘려가는 듯했으나, 연쇄적인 기형과 전염병 때문에 위기감은 조금도 줄어들지 않았다. 차라리 최신 설비를 갖춘 동물원에 가두고 장기적인 보존 프로그램에 따라 전문가들이 매일 그것들의 허기와 번식을 세심하게 관리하는 편이 훨씬 효과적이라는 주장도 힘을 얻었다.

　백인의 폭력에 맞서 흑인은 1965년 캘리포니아에서 블랙 판다스라는 자경단을 결성하고, 검은 퓨마가 그려진 깃발 아래로 행진하면서 더 이상 순응과 기도의 방식만을 고수하지 않겠다고 표명했다. 만약 그들의 조직적 저항이 아메리카에서 두 번째 흑인 해방선언을 이끌어낼 수 있었더라면, 그토록 많은 흑인들이 베트남 전쟁에서 죽어가지 않았을 것이다. 하지만 신성한 폭력의 목적과 방법을 두고 흑인들끼리 반복하면서 블랙 판다스 역시 아메리카 역사책의 귀퉁이에 처박히고 말았고, 그들의 실패에서 파생된 여러 단체들도 똑같은 운명을 맞이했다. 반면 흰 두건을 뒤집어쓰고 양손에 각각 무기와 십자가를 쥐는 것만으로 내부 강령의 모순을 간단하게 해결한 KKK는 지난달에도 테네시주 한 농장에 모여 인종차별 금지법을 폐기시키기 위한 시위를 주도했다.

백인이 흑인보다도 더 흑인처럼 행동할 수 있다는 게 놀라울 따름이었다.

아메리카 흑인의 우성 유전자가 백인 노예 상인의 위대한 발명품이라고 주장한 개자식이 〈마꼰도의 오렌지나무〉의 문을 열고 제 발로 찾아와 준다면, 설령 발목 높이까지 그 개자식의 피와 오물이 차오르더라도 입술을 빨거나 눈물을 훔치지 않고 껌을 씹거나 수음하면서, 이따금 허공에 발차기도 하면서, 인류의 역사가 왜 흑인에서 시작되어 흑인으로 마무리되는지 분명하게 가르쳐 줄 수 있을 텐데.

그러고도 여전히 흑인 갱스터의 신분으로, 러시아제 총알에 심장의 리듬이 멈추지 않고, 독주나 약물에 뇌가 얼음처럼 녹아내리지 않으며, 가난이 윤리의 재갈을 풀어헤치지 않은 채 스물한 살까지만 살아남을 수 있다면, H는 첫눈에 반한—이것도 각인이라고 할 수 있지 않을까—미스 바하마 앞에 무릎을 꿇고, 금을 녹여 붙인 어금니 하나를 즉석에서 뽑아 바치면서 그녀에게 청혼할 것이다. 멸종으로 치닫는 동안 H를 열광시킬 주제는 단 두 가지뿐일 것이다. 죽음과 사랑. 즉 죽음을 향한 사랑, 사랑을 위한 죽음, 그리하여 사랑의 죽음까지. H가 갱스터가 된 까닭이나, 미스 바하마가 오렌지처럼 단단한 허벅지로 십여 년째 미군들과 외로운 성전을 벌이고 있는 까닭도 결국 세상이 죽음과 사랑의 변증법으로 유지되고 있기 때문이 아니겠는가.

넌 흑인이 된 지 겨우 넉 달밖에 되지 않아서 잘 모르겠지만, 진정한 흑인이라면 언제든 동전을 던져 자신의 운명을 결정하고 그 결정을 평생 지켜낼 수 있어야 하지. 설령 네가 바라던 선택이 아니더라도 결코 머뭇거려선 안 돼. 그렇지 않으면 세상이 너의 운명을 결정해 버릴 테니까 조심해야 해. 아직도 내 말을 이해하지 못하겠니? 그러니까 네게 죽음이 오직 검은색이듯, 사랑 역시 나 같은 흑인을 통해서만 가능하면 말이야. 그나마 너는 운이 좋은 편이라고 할 수 있지. 이 땅에서 더 이상 흑인이 태어나지 않기 때문에, 설상가상으로 아시아라는 편견이 흑인의 자유로운 출입을 막고 있기 때문에, 이 땅에 갇혀 지내는 대부분의 흑인은 동성연애자나 성불구자가 될 수밖에 없을 거야. 아니면 근친혼 사실을 숨기기 위해 쥐며느리처럼 평생을 지하실에서 보내야 할 수도 있겠지. 우리가 이 땅을 아무 때고 자유롭게 떠날 수 있었다면 애당초 여기서 태어났을 리 없지 않겠어? 내 침대를 타고 아메리카 끝자락에라도 닿을 수만 있다면야 수만 개의 히스 페니스가 무슨 대수겠니? 남자들, 특히 권력자들이 자신의 성욕을 해결할 수 없을 때마다 크고 작은 전쟁을 세계 곳곳에서 일으키곤 했지. 넌 이제 백일몽에서 깨어나야 해. 샤워나 채식이나 꿈 없는 잠으로도 넌 더 이상 황색인으로 돌아갈 수 없어. 왜냐하면 황색인은 언제라도 흑인이나 백인으로 변할 수 있을 만큼 굉장히 불안한 존재이니까. 그리고 사랑과 죽음의 곤죽 상태인 나 역시 너 때문에 최근에 흑인이 됐다는 사실을 꼭 기억해 주면 좋겠어.

이런 이야기를 미스 바하마에게서 들었으면 행복하련만. 하지만 미스 바하마의 피부는 투명하다 못해 빛이 났다. 그녀는 결코 나 때문에 흑인이 될 리 없었고 동전을 던져 자신의 운명을 결정할 만큼 어리석지도 않았다. H에게 사랑의 죽음에 대해 속삭였던 자는, 미스 바하마의 빛이 닿지 않은 곳에 조용히 서 있던 J였다. 그녀는 마치 자신의 안팎이 모두 검은색이라는 걸 확인시켜 주려는 것처럼 입을 쩍쩍 벌리면서 말했다. 흑인도 유대인처럼 역겨운 순혈주의자에 불과한가. 순혈주의자들에겐 낡은 경전과 복수가 허락될 뿐이다. 그리고 전쟁을 통해 그들은 가계도를 이어간다.

장미는 이슬람교보다 기독교에 가까운 상징이건만, J는 모스크에서 맨발로 걸어 나오는 무슬림에게 장미를 팔았다. 그리고 그것은 그녀의 또 다른 직업에 대한 환유이기도 했다. 하지만 유감스럽게도, 라마단의 밤 동안 무슬림이 기대하는 것은 기름진 음식이지 열아홉 살짜리 흑인 여자의 육체가 결코 아니었다. H의 눈에 J의 붉은 장미는, 마치 몸뚱이의 흰 살점을 가지런히 발라 먹고 대가리만 남은 생선처럼 보였다. 그래서 H가 대가리 뼈를 씹어 삼키는 동안, 상징적으로 표현하자면 무슬림이 십자군을 제압하는 동안, J는 물끄러미 그를 올려다보았다. 그러고는 비린내를 없애라는 듯 H에게 담배 한 개비를 건네고 자신도 피워 물었다. 담배 연기가 섞이는 동안 언어는 시작과 끝을 찾지 못하고 혀끝을 맴돌았다.

그때부터 J는 H를 따라다니기 시작했고, H 역시 J를 그림자처럼 여기게 됐다. 그림자란 육신 없이 영혼만 지닌 채 태어나서 타인의 몸과 주위의 빛을 끊임없이 빌려야 하는 생명체가 아닐까. 몸이 자라면서 더 큰 고둥껍데기로 옮겨가야 하는 집게처럼, 그것도 영혼이 불어나면 더 큰 껍데기를 찾아 떠날 것이고 나중엔 정체를 전혀 알아볼 수 없게 되겠지. 잠시나마 H는 J를 기요틴 같은 여자로 의심했다가 이내 철회했는데, 그녀 앞에선 성욕 대신 허기만 준동했기 때문이다. 만약 J의 신호에 맞춰 칼날이 H의 성기 위로 떨어진다면, 붉은 피 대신 토마토케첩이 몸 밖으로 쏟아져 나와 구경꾼들을 즐거운 소란으로 빠뜨릴지도 몰랐다.

H는 미스 바하마를 히스패닉으로부터 보호하기 위해 자신을 아메리카 출신의 갱스터로 위장했다. —물론 그는 괴물처럼 아무 말도 하지 않은 채 덤덤한 표정과 간결한 몸동작만으로 의사를 표현했다.— 그리고 코란과 1배럴의 석유가 남아 있는 한 아메리카의 저주로부터 결코 해방될 수 없는 무슬림과의 연대를 위해 기꺼이 알라를 영혼의 길라잡이로 받아들였다. 그렇다고 종교적 제약 때문에 술과 담배와 여자까지 끊을 생각은 전혀 없었다. 하지만 라마단의 고난을 간과한 게 큰 실수였다. 이틀 동안의 강제적 금식은 그의 이성을 마비시켰고, 모스크 앞을 지나는 소년의 햄버거를 빼앗아 먹으려다가 경찰에 붙잡히고 말았다. —햄버거

역시 아메리카가 무슬림과의 전쟁을 정당화하기 위해 발명한 이데올로기는 아닐까. 그것의 속살을 헤집고 있는 혀는 분명 알라의 것이 아니다. ─이맘의 신원보증 덕분에 H는 흑인 갱스터가 아닌 흑인 무슬림으로 분류되어 훈방될 수 있었다. 하지만 일주일째 금식하고 있는 이맘 앞에서 혼자 해장국을 먹고 있자니 자신에겐 더 이상 현생의 영혼은 없고 전생의 그림자만 남아 있는 것 같아 서글퍼졌다.

태어나서 열아홉 살까지 이태원을 떠나본 적 없다는 J의 도움을 받아─그녀는 흑인으로 살아가는 데 필요한 10가지 항목 중 1.상처와 2.부조리와 3.유대감과 7.목적과 8.문신과 10.환각 등을 갖추고 있었다.─H는 자신의 일상 곳곳에 뇌관처럼 설치해 둘 흑인들을 찾아보았으나 흡족한 성과를 얻지 못했다. 나이지리아로 중고차를 수입하기 위해 일 년에 두어 차례 입국해서 한 달씩 이곳에 머문다고 자신을 소개했던 흑인은 모텔에서 벌거벗겨진 채 경찰에 체포된 뒤에야 에스코바 카르텔의 마약 운반책이라는 자신의 진짜 신분을 드러냈다. 독일 출신으로 유명 나이트클럽에서 디제이를 맡고 있는 흑인은 새벽까지 술을 마시고 인사불성인 상태에서 운전을 하다가 전봇대를 들이받았다. 다국적 초콜릿 회사의 아시아 영업을 담당하고 있는 흑인은 음식점에서 막사발을 훔치다가 발각되어 약식 기소됐다. 국제 대학농구대회에서 미국 대표로 참가하고 있는 흑인 선수는 자신이 마치 자본주의를 발명한 것인 양 거들먹거리며 길거리에서 여자들에게 치근댔다가 패싸움에 휘말렸다. 뉴올리언스 출신으로 알려진 흑인 색소포니스트는 J의 집요한 질문 공세에 슬그머니 고향을 오하이오로 바꾸더니 나중엔 완전히 모습을 감췄다. 아르헨티나 출신의 흑인 국제변호사는 끝까지 자신을 흑인으로 규정하지 않았다가 H의 공분을 샀다. 한국어를 배우기 위해 호주에서 유학 온 흑인 여대생은 너무 유복한 환경에서 자라난 탓에 사회의 모든 현상을 도전과 응전이라는 이분법적 도식으로만 해석하다가 J에게 뺨을 맞았다.

낙담한 H의 기분 전환을 위해 J는 그의 오른쪽 팔뚝에 푸른색 나비 문신을 새겨주었다. 하지만 러미널[4]의 환각에서 깨어난 H는 화를 억누를 수가 없었다. 운명과 대적할 수 있는 무기를 기대했건만 나비는 고작 인생무상의 탄식에나 어울리는 곤충이 아니던가. 게다가 지나치게 크고 화려한 날개 탓에 밀렵꾼에 의해 이미 멸종됐거나 머지않아 멸종될 것만 같았다. H가 어금니 사이에서 솟구치는 뜨거운 침을 게걸스레 삼키는 동안 J는 그의 그늘에 숨어서 격정이 수그러들길 기다렸다가 겨우 입을 뗐다. 그건 나비가 아니라 나방이기 때문에 달콤한 꿈 따윌 쫓진 않아. 윤회를 믿거나 소멸을 두려워하지도 않지. 칠흑 같은 밤이 그렇게 단련시켰어. 그래서 살아있는 동안엔 죽음으로, 죽어있는 동안엔 사랑으로 넌 구원받게 될 거야. 네가 너보다 더 오랫동안 흑인으로 살았으니까 내 말을 믿어도 좋아.

개연성은 무척 희박하지만, H가 이태원의 옥상에서 검은 상복을 태우던 새벽에 J 역시 그와 가까운 곳에서 나방들의 춤사위를 지켜보다가 각막염을 앓았을 수도 있다. 그때 정말 개기월식이 진행되고 있었을까. 하지만 J는 결코 황색인으로 돌아가는 꿈을 꾸진 않았을 것이다. 왜냐하면 적어도 이태원에선 황색인보다 흑인이 더 환영받기 때문이다.

그런데 그 푸른색 나방 한 마리가 마법처럼 H에게 4. 용기와 5. 육체와 7. 목적을 한꺼번에 주입시켰다. 그렇지 않고서야 그의 정의로운 행동을 설명할 방법이 없다. 마침내 그는 자신의 인생을 혁명의 뇌관으로 사용할 수 있게 됐도. 그리하여 아메리카에서 날아온 히스패닉 군인들이 미스 바하마의 팬티를 차지하기 위해 〈마꼰도의 오렌지나무〉를 통째로 흔들고 있는데도 눈길 한 번 주지 않고 그저 밀랍 같은 블루스 음악으로 귀를 막은 채 술잔을 비우고 있던 모든 흑인들을 대신해, H는 사건의 진앙지로 분연히 걸어 들어갔던 것이다. 급성 간염이나 급성 신부전증이 발작하여 그곳의 가짜 흑인들이 모조리 백인이나 황색인으로 변신하길 소망하면서. 그리고는 미스 바하마의 팬티를 쥐고 있는 히스패닉 군인의 정수리를 향해 맥주병을 힘껏 내리쳤다. ─나방의 날개 덕분인지 H는 공중으로 일 미터 이상 날아오른 뒤 거꾸로 처박혔다. ─둔중한 소리와 함께 붉은 피가 용오름처럼 솟아오르는 걸 지켜보면서 H는 가사(假死) 상태와도 흡사한 몽롱함을 느꼈다. 참호 안에 개처럼 늘어져 있다가 적의 기습을 받은 히스패닉 군인들의 비명과 다급한 발소리가 뒤섞이고 이름과 직책이 포함된 명령들이 빗발쳤다. 하지만 정작 맥주병을 맞고 쓰러진 자에게 응급처치를 시도하는 자는 없었다. 오렌지 꽃향기에 이끌려 지상으로 올라왔을 때 H의 손에는 파리스의 사과와도 같은 권총이 쥐어져 있었다. 늦게나마 〈마꼰도의 오렌지나무〉 아래의 흑인들이 유대감을 회복하고 홍해처럼 일어나 성벽과 탈출구를 만들어주지 않았더라면, 잉걸불로 뛰어든 나방보다도 더 비참하게 죽어갔을 것이다.

죽음을 향한 사랑, 사랑을 위한 죽음, 그리하여 마침내 사랑의 죽음까지. 흑인의 사랑엔 죽음이 전제 조건이라면 〈마꼰도의 오렌지나무〉 바깥은 모두 무덤이었으므로 굳이 멀리까지 도망칠 필요는 없었다. H의 다리가 분명 멈춰 섰는데도 몸은 어떤 힘—만유의 질서를 유지시키고 있는 척력—에 떠밀려 앞으로 나아갔고, 어둠의 끝에 이르러 J가 어떤 이름을 다급히 부르자 갑자기 백열등이 켜지고 철문이 열리더니 그들을 삼켰다. 그러고는 백열등과 철문은 어둠 속으로 다시 사라졌다. 이것은 엄연히 코란에 기록된 이야기이고, 코란은 우주의 시작과 함께 존재했다고 이맘에게 들었다.

적어도 라마단 동안만큼은 모든 무슬림이 알라의 자비를 공평하게 나누어 가져야 할 의무가 있으므로, 의류공장 사장인 핫산 씨는 수상한 도망자들에게도 잠자리와 일거리를 내주지 않을 수 없었다. 대신 몇 가지 내부 규율들—가령 직원들에게 결코 말을 걸어서는 안 된다는 조항 따위 —을 철저히 준수하겠다는 약속을 요구했다. 서울에 모스크가 하나뿐이고 흑인 무슬림이 희소하다는 사실을 떠올린다면, 핫산 씨와 H가 서로를 알아보지 못한다는 사실이 J에겐 이상하게 생각됐다. 핫산 씨는 라마단 성수기의 물량을 맞추느라 두 달째 예배당에 나가지 못했기 때문일 것이라고 둘러댔고, 라마단 수행이 모든 무슬림을 비슷하게 만드는 것 같다며 H가 핫산 씨를 거들었다. 무슬림에겐 음주와 고리대금과 거짓말이 금지되어 있는 이상, 무슬림이 아닌 J로선 거짓말을 그저 무시할 수밖에.

패션의 유행 기간은 점점 짧아지고 경쟁자들의 숫자는 점점 늘어나는 반면 저임금 노동자를 구하는 건 점점 더 어려워지고 있기 때문에, 소규모의 의류공장들은 높은 임대료에도 불구하고 대도시 내부에 위치하되 소음과 먼지로 인해 이웃들에게 피소되지 않으려면 지하실이나 옥탑방으로 숨어들어야 했다. 입구와 창문의 틈새는 방음재로 틀어 막혀 있어서 도둑과 화재를 알리는 경보조차 이웃의 담을 넘어가지 않는다. 멍텅구리배 —고성능 엔진이나 돛이 설치되어 있지 않아서 뱃사람들이 직접 노를 저어 이동해야 하고 일단 닻을 내리면 한 곳에 며칠씩 출렁거리면서 그물 작업을 해야 하는 —라고 명명된 작업실은 10대의 재봉틀과 4대의 선풍기와 1대의 전화가 끊임없이 쏟아내는 소음과 먼지, 음식과 땀과 곰팡이 냄새, 형광등의 열기와 방바닥의 냉기 사이에 떠 있었고, 배 안에서 하루에 열여섯 시간씩 일하는 뱃사람들의 피부색은 생의 준엄한 의무조항들로 코팅되어 하나같이 푸른 색이었다.

흑인이라서 게으르다든지, 무례하다든지, 멍청하다는 핀잔을 듣고 싶지 않았기 때문에, 그보다는 살인자를 찾고 있는 경찰의 갑작스런 방문을 받고 싶지 않았기 때문에, H는 핫산 씨가 하루에 다섯 번씩 멍텅구리배로 내려가 기도하는 동안에도 갑판에 남아 일을 했다. 그것은 무슬림의 신성한 의무를 어기는 행동이었지만, 그는 건강상의 이유로 예외를 인정받을 수 있었다. 게다가 J의 체력은 종이상자를 나르는 일조차 떠맡을 수 없을 정도로 허약했으므로 H는 그녀의 몫까지 일하지 않으면 안 됐다. 그가 가짜 유명 상표의 운동복을 50벌씩 상자에 담아 쌓는 동안 —거짓말을 금하는 코란이 핫산 씨의 사업을 어떻게 묵인했는지 도무지 이해할 수 없다.— J는 벽에 기대어 서서 졸거나 휘파람을 불었다. 그러다가 식당에서 빵을 훔쳐 와 그의 입에 넣어주기도 하고 식곤증을 일으키는 벌레들을 잡아주는가 하면 멍텅구리배 바깥의 소식들을 전해주기도 했다.

이태원의 술집에서 살인사건이 일어났다는 소문이 멍텅구리배 안까지 흘러 들어왔다. 언제 어디서든 사람들은 죽지만, 이태원의 이방인과 관련된 죽음은 하나같이 동기가 모호했고 결과는 처참했다. 자연스레 새로운 수습 선원들이 의심받았다. 하지만 히스패닉 군인, 그것도 하사관이 고작 맥주병에 머리를 맞고 죽을 확률이란 오렌지나무가 우박을 맞고 고사당할 그것보다도 훨씬 낮았다. 제 핏자국 위에 쓰러져 있으면서도 모자를 찾던 군인을 H와 J는 똑똑히 기억한다. 그러니 살인사건은 그들의 기억과 전혀 상관없는 곳에서 일어났는지도 모른다. 게다가 H와 J의 주머니 어디에서도 더 이상 권총 — 파리스의 사과 — 이 발견되지 않았다. 급히 홍해를 가로질러 나오다가 떨어뜨린 게 분명했다. 그렇다면 〈마꼰도의 오렌지나무〉에서 블루스 음악을 듣고 있는 흑인 중 한 명 — 파리스 — 이 그것을 집어 들고 추적자들을 향해 방아쇠를 당겼을 수도 있지 않을까. 시체와 경찰들이 모두 사라진 뒤 미스 바하마 — 헬레네 — 는 검은 영웅을 위해 잠 없는 밤을 기꺼이 선물했을지도 모른다.

마침내 라마단의 달이 이울자 핫산 씨는 건기(乾期)를 앞둔 코끼리처럼 음식을 먹어치우기 시작했고 포만감은 그를 더욱 공격적으로 만들었다. H의 일거리가 두 배로 늘어났는데도 처우는 조금도 나아지지 않았다. 핫산 씨가 하루에 5번씩 기도하는 동안에도 H에게는 1개비의 담배를 겨우 해치울 수 있는 여유가 주어졌을 뿐이다. 등짝의 통증 위에 누울 수 없는 밤에는 변기에 앉아, 살인사건의 소문을 시작한 자가 핫산 씨일지도 모른다는 추측을 조금씩 완성해 갔다. 불법체류 상태인 이주노동자들에게서 여권을 빼앗고 중노동을 강요하면서도 법적 최저임금조차 지불하지 않는 악덕 사장들이야 도처에 널려 있으니까. — 노예 상인들에게 끌려온 흑인들이 신대륙 곳곳에 목화밭과 커피농장과 금광을 건

설한 과정도 이와 크게 다르지 않다. — 걷잡을 수 없는 의혹들을 한 줄로 꿰어보니 진실은 고작 신념의 문제로 귀결됐다. 형광 불빛 아래에 하루 종일 쭈그리고 앉아서 실밥을 뜯거나 재봉선을 연결하는 멍텅구리 뱃사람들에게 현실감은 옷감 한 장의 두께보다도 얇았고, 피부색은 유행에 따라 어떤 색으로든 염색할 수 있는 특징에 불과했다.

멍텅구리배의 뱃사람들과 흑인 사이의 연관성을 열거해 보자면 아래와 같다.

1. 상처는 기억을 잠식했다. 2. 부조리란, 예고치 않은 정전이나 단수, 또는 쌀독의 바닥이 드러나거나 변기가 막혔을 때 혀끝에서 잠시 자라나는 단어이다. 3. 식당 바닥에 밥상과 이부자리를 번갈아 펼쳐야 하는 자들에게 유대감은 땀띠와 욕설을 유발한다. 4. 수년 동안 멍텅구리배 위에서 자살한 자는 단 한 명도 없다. 5. 매일 열여섯 시간씩 웅크린 채 손발을 놀리고 있는데도 그들의 육체는 여전히 의지에 따라 자유자재로 휘어진다. 6. 하루 종일 디젤엔진 소리처럼 들려오는 재봉틀 소리 속에서도 그들은 트로트를 흥얼거릴 수 있다. 7. 뱃사람들의 어휘는 폐쇄된 공간에서 특수한 목적으로만 사용된 탓에 어원을 추적할 수 없다. 8. 그들의 문신은 굳은살이나 손톱 아래에 섭새겨져 있어서, 화재 신고를 받고 출동한 소방대원들은 짓뭉개진 시체들의 신원을 쉽게 확인할 수 있다. 9. 기요틴 같은 여자 — 또는 남자 — 의 역할

은 핫산 씨가 직접 담당한다. 10. 갑판에 비치해 둔 진통제는 마약 성분 때문에 오래전부터 판매가 금지됐건만 여전히 뱃사람들에게 제공되고 있다.

H는 멍텅구리배의 선장실에서 손발이 묶인 채 최후 변론하는 핫산 씨의 공포를 상상했다. 무슬림인데도 부당한 방법으로 돈을 벌고 그것을 이웃들과 나누지 않은 게 그의 중죄이다. 그렇다고 그의 생명까지 빼앗진 않을 것이다. 그의 몫이 아닌 재산과 자유를 뱃사람들에게 골고루 나누어 주고 J를 고아원으로 돌려보낸 다음 자신은 혼자서 아메리카로 떠날 것이다. 이 계획을 성공적으로 실행하려면 무엇보다도 뱃사람들의 전폭적인 지원이 필요했다. 라디오를 빼앗는 것만으로도 충분하지 않을까? H가 맥주병으로 히스패닉 하사관을 죽였다는 소문을 믿게 됐는지 J는 근심 어린 표정으로 H에게 말했다.

멍텅구리배의 갑판장은 핫산 씨의 책상 위에 놓여 있는 라디오이다. 그것은 두 개의 스피커를 통해서 매일 같은 시간에 같은 명령을 내렸다. 그러면 뱃사람들은 일제히 일을 시작하고 끝마치는 것이었다. 가령 갑판장이 주부들의 편지를 읽는 동안 하루치의 옷감이 분배됐고, 올드 팝송이 안개처럼 흘러간 자리엔 형 뜬 옷감들이 쌓였다. 식당 안까지 들려오는 갑판장의 구령소리에 맞춰 뱃사람들은 숟가락으로 파도를 지치고 식탁을 전진시켰다. 10대의 재봉틀이 10기통 디젤엔진처럼 돌아가는 오후에는 트로트

가수들을 초청하여 식곤증을 덜어주었고 퇴근 시간의 교통 상황에 맞춰 덜 막히는 쪽으로 재봉선을 옮겨 주는 것도 갑판장의 몫이었다. 스팀다리미에서 뿜어져 나오는 증기 때문에 갑판장의 목소리가 우수에 젖기도 했다. 그는 이따금 야근을 독려하기 위해 프로야구를 중계하기도 했는데 투견장에서나 어울릴 법한 욕설들을 연발하는 바람에 뱃사람들의 손가락을 위험하게 만들었다. 마지막 뱃사람까지 잠자리로 돌아가면 비로소 핫산 씨는 갑판장의 틀니와도 같은 채널 조정다이얼을 뽑아 강제로 침묵시킨 다음 하루를 마감했다.

수피교도 같은 핫산 씨가 어쩌다 외출하게 될 때면 J는 선장실로 불려 가 갑판장의 틀니와 1.5볼트 건전지 두 개를 건네받으면서 섬뜩한 경고를 들어야 했다. 네가 정해진 시간에 채널을 바꿔 주지 않는다면 저 사람들은 가위로 서로를 공격하거나 너의 얼굴에 뜨거운 다리미를 들이댈지도 모른단다. 저들에게 살인은 명예로운 임무다. 그리고 너의 부주의가 내게 끼친 손해를 갚지 않고선 넌 마음 편히 죽을 수도 없다는 사실을 명심해라. 말만으로는 부족했는지 손바닥으로 J의 목덜미를 서너 차례 때린 뒤에야 핫산 씨는 멍텅구리배의 출입문을 밖에서 잠그고 외출했고, J는 속옷에 오줌을 지리면서까지 선장실을 떠나지 않았다.

라마단 이후 핫산 씨의 외출이 부쩍 잦아졌는데도 10명의 뱃사람들은 갑판장의 지시에 전혀 저항하지 않은 채 노예의 일상을 작동시킬 따름이었다. 결국 H는 선장실로 숨어들어 가 J를 밀치고 갑판장을 힘으로 제압했다 그리고는 단숨에 지구의 회전 방향을 바꾸려는 듯 채널 조정다이얼을 힘껏 돌렸다. 갑판장의 발작에 놀란 뱃사람들이 갑판 위에 꼬꾸라지더니 토악질을 해대기 시작했다. 절단선에서 벗어난 가위는 유리창에 박혔고, 다리미는 주름 위에 또 다른 주름을 새겨 넣었다가 뱃사람들의 손등에까지 닿았다. 방향감각을 잃은 재봉틀의 바늘은 옷감들을 뫼비우스 띠로 묶었다. 혼란에 속수무책인 건 H와 J도 마찬가지였다. 선상 폭동의 살기를 느낀 H는 J의 손을 붙잡고 선장실 안쪽으로 물러서면서 면도칼을 쥐었다. 중과부적인 싸움에서 살아남으려면 적의 우두머리를 골라내어 단숨에, 그리고 끝까지 공격해야 한다. 우두머리야말로 조직의 아킬레스건이기 때문이다. H는 고양이에게나 겨우 허락된 공간에다 자신을 통째로 숨길 수 있는 능력이 있었으나 J는 그럴 수 없었으므로, 하는 수 없이 H는 J를 끌어안은 채 결정적 순간을 침착하게 기다렸다.

인샬라, 알라가 뜻하는 대로. 그것은 언제나 기적. 알라는 지극히 위대하시다. 알라 외에 다른 신이 없음을 맹세하노라. 무슬림이 아닌 J가 중얼거렸다.

하지만 내장을 모두 쏟아내고 젖은 빨래처럼 갑판 위에 늘어진 뱃사람들에게서는 살인이나 자해의 의지를 발견할 수 없었다. 겨우 팔다리를 흐느적거리면서 그들은 일제히 웅얼거리기 시작했는데, 오랜 합숙 탓인지 그들의 음량과 음색과 높낮이가 거의 같아서 H는 순서를 정해주고 다시 말을 시켜야 했다.

그들은 모두 자신과 관련된 살인사건의 소문에 쫓겨 그곳으로 숨어들었다고 말했다. 사라진 시체야말로 자신의 알리바이를 설명하는 데 가장 치명적인 약점이었다. 핫산 씨는 자신의 종교가 산 자와 죽은 자를 나누지 않을 뿐만 아니라 살인자까지 모두 피해자로 여기고 보호해 준다고 설파했다. 다만 죄를 용서받는 방법은 노동뿐이어서, 마치 힌두교도들이 저거노트를 돌리듯, 재봉틀을 쉼 없이 돌려야 한다는 것이다. 세 끼의 식사와 잠자리가 제공됐을 뿐, 뱃사람들의 월급 통장은 핫산 씨가 관리했다. ― 그는 고리대금과 거짓말을 금하고 있는 이슬람의 교리를 들먹이며 그들을 안심시켰다. ― 자신의 전 재산을 팔레스타인에 학교와 병원을 세우는 데 사용할 것이라고 공언했지만, 그가 최고급 외제 차에 젊은 여자를 태우고 호텔 주차장으로 들어가는 것을 보았다는 뱃사람도 있었다.

차례대로 고백을 끝내자 마치 체증이 사라진 것처럼 뱃사람들의 푸른색 피부가 일제히 희거나 붉거나 검거나 노랗게 변했다. 그러더니 그들은 이빨로 서로의 동맥과 아킬레스건을 물어서 끊어주었다. 피는 거의 바닥에 튀지 않았다. 뗏목처럼 가지런히 갑판 위에 누워 있는 자들의 몸에서 태어난 나방들이 일제히 허공으로 날아올랐다. 너무 밝아 H와 J는 반사적으로 눈을 감았으나 세상은 조금도 어두워지지 않았다. 빛이 소멸의 징후인지 탄생의 전조인지 구분할 수 없는 시간이 오랫동안 지속됐다. 마침내 문이 열리는 소리가 들려왔고 H는 면도칼을 다시 움켜쥐었다.

더 이상의 살인은 절대 안 돼. 흑인에게도 인내와 자비가 있다는 사실을 증명해 보여야 돼. 어쩌면 그도 우리처럼 갑자기 무슬림으로 변신한 것인지도 몰라. 그러니 그의 언행은 무슬림과 아무 관련이 없을 거야. 그를 제자리로 돌려보내고 나면 우리도 곧 그렇게 되지 않을까? J는 H에게서 면도칼을 빼앗기 위해 필사적으로 팔을 휘두르며 울부짖었다. 그럴수록 더 거세지는 파문에 실려 구원은 손에서 더욱 멀어진다는 아이러니를 깨닫지 못한 채. 그러다가 J의 손끝에 파리스의 사과와도 같은 권총이 닿았다. J는 제 몸속의 공포를 없애기 위해 방아쇠를 당겼고, H는 처음으로 J가 기요틴 같은 여자일지도 모른다고 생각했다. J가 H의 오른쪽 팔뚝에 새겨준 푸른색 나방 문신도 이미 사라지고 없었다.

경찰이 멍텅구리배의 출입문을 강제로 열어젖혔을 때, 재봉틀과 선풍기와 전화벨 소리, 음식과 땀과 곰팡이 냄새, 형광등의 열기와 방바닥의 냉기는 없었다. 팔다리가 부러진 마네킹들과 옷감으로 가득 찬 방 안에 H만 혼자 남아서 푸른색 트랜지스터라디오를 듣고 있었고, 히스패닉계 미군이 이태원 술집에서 도난당했다고 신고한 권총 한 자루가 그의 바지 주머니에서 러미널 2정과 함께 발견됐다. 한때 그곳에서 의류공장을 운영했던 무슬림 남자는 자신의 인종과 신앙에 대한 차별을 견뎌내지 못하고 파산하여 반년 전에 가족을 데리고 고향 튀니지로 귀국했다고 이웃들이 설명했다.

경찰 조사 초기에 H는 자신이 흑인이기 때문에 죽은 사람 취급받는다고 생각했다. 그러다가 자신이 죽은 사람이기 때문에 흑인 취급을 받는다고 여겼고, 조사를 마칠 무렵에는 자신을 죽은 사람이나 흑인 어느 쪽으로 판정해도 상관없다고 선언했다. 관성이 지배하는 세계에서 폭력이 논리적으로 집행된 적은 단 한 차례도 없었으므로.

청소년 범죄심리학자인 최순용 박사는, 아메리카 의사협회가 매달 발행하는 학술지의 논문을 인용하여, 흑인의 범죄와 비극은 모두 사회의 책임이라고 주장했다. 그리고 H의 일기와 자신의 상담 기록 일체를 법원에 참고 자료로 제출했다. 어려서부터 부모에게 학대받아 온 아이에겐 자신을 흑인이나 그림자, 심지어 죽은 자와 동일시하는 자기방어 기제가 나타날 수 있다. 자기 파괴의 성향이 강화된 아이는 흑인이 되고, 자기 연민에 몰두하여 타인을 경계하는 아이는 죽은 자가 되며, 두 성향이 절반쯤 섞인 아이는 자신을 그림자로 여긴단다. 그러면서 최초 H를 흑인으로 진단한 의사 ─ 대학병원 수련의 과정을 마치고 최근 성형외과를 개업한 ─ 를 범죄 교사자로 지목했다.

그러나 판사는 변호인의 자료를 건성으로 넘긴 다음 H에게 살인미수죄를 적용하여 징역 5년 형을 선고했다. H는 판사가 인종차별주의자이거나, 이슬람 혐오주의자이거나 아메리카 추종자라고 단정했다. 어쩌면 그 판사는 죄를 짓고 죽은 자들은 반드시 흑인이나 무슬림으로 다시 태어나 죗값을 치르게 된다고 믿는지도 모르겠다. H는 입술을 빨거나 눈물을 훔치는 대신 수음을 시도하다가 법정경찰들에게 제지당했다.

미스 바하마와의 면회가 무산되자, H는 상담을 그만두겠다고 최순용 박사에게 통보했다. 박사는 H의 과대망상증세가 모두 러미널에서 비롯됐으니 항우울제 알약을 반년 동안 성실하게 복용한다면 황색인에 무신론자로 되돌아갈 수 있다고 그를 얼러댔다. 하지만 흑인과 무슬림으로서 이미 1. 상처와 2. 부조리와 3. 유대감과 4. 용기와 5. 육체와 6. 진혼과 7.목적과 8. 문신과 9. 여자와 10. 환각을 모두 경험한 이상, 설령 피부색과 종교가 바뀐다고 한들 H는 여전히 흑인이자 무슬림으로 살아갈 수밖에 없을 것이라고 확신했다. 흑인이나 무슬림이라는 단어는 본인의 정체를 반영하는 게 아니라, 타인이 자신의 혐오와 차별의식을 은닉하려 할 때만 동원하기 때문에, 타인이 바뀌지 않는 한 본인이 바꿀 수 있는 것은 거의 없다. 그악스러운 태도로 일관하는 최 박사에게 H는 차라리 천천히 시력과 청력을 없앨 수 있는 알약을 처방해 달라고 부탁했다가 퇴짜를 맞았다.

밤의 배설물처럼 세상으로 굴러떨어진 새끼들이 가장 먼저 본 것을 평생 어머니라고 여기고 따르는 행동을 각인이라고 했던가. 하지만 끝내 어머니를 만나지 못하고 허기져 잠든 것들에겐 무엇이 각인됐을까. 혹시 그 헛헛함과 공포심이 인류 역사의 처음과 끝에서 흑인을 등장시키는 건 아닐까. 단 한 순간이라도 흑인이나 무슬림으로 살아 본 자는 결코 진화의 논리를 이해할 수 없고, 미스 바하마와 J마저 사라진 이상, H는 결코 아프리카나 아메리카 어느 쪽에도 도달하지 못한 채 사랑과 죽음 사이에 평생 갇혀 지낼 것이다.

청색 수의를 입으면서 H는 적어도 감옥에서만큼은 흑인보다 더 존경받는 인종이 없을 것이라고 기대했다. 실제로 그와 같은 방을 사용하게 된 수감자들의 표정엔 두려움과 존경심이 점멸했다. 그러던 어느 날 샤워와 채식과 꿈 없는 잠이 H의 동거인들마저 흑인으로 변신시키고 말았으니, 인류 역사의 처음이자 마지막에 이른 자들 사이에선 더 이상 차별과 폭력은 없고 이해와 조화만이 지속됐다. 그래서 H는 동료들과 함께 하루 다섯 번씩 메카를 향해 무릎을 꿇고 앉아 인샬라, 알라가 뜻하는 대로, 알라 외에 다른 신이 없음을 맹세했는데, 이 광경을 목격한 교도소장은 흑인과 무슬림이 전염병에서 태어난다고 간주하고 코호트 격리(Cohort Isolation)를 지시했다.

| 주석 |

1) "파르메니데스는 이탈리아에서 가르침을 설파했고, 그의 사후 몇 년이 채 지나지 않은 시점에 시칠리아섬 아그리젠토 출신의 엠페도클레스가 난해한 우주발생론을 제창했다. 흙과 물과 공기와 불의 입자들이 뒤엉겨 무한 구체, 즉 〈고독한 순환을 즐기는 구체Sphairos redondo〉를 형성하고 있던 시기를 상정한 것이다." 호르헤 루이스 보르헤스, 「파스칼의 구」, 『만리장성과 책들』, p19, 정경원 옮김, 열린책들, 2008.

2) 그의 일기에는 다음과 같이 적혀 있었다. "프랑스 여자의 예언대로, 흑인이 태어나지 않고 만들어지는 것이라면 세상은 이미 흑인들로 가득 찼을 테지만 실상은 그렇지 않다. 백인들은 흑인들의 수를 늘리지 않으면서도 생산성을 높이는 방법을 발명해 왔다." 청소년 범죄 심리학자인 최순용 박사는 그 프랑스 여자가 프랑소와 사강Francoise Sagan이라고 밝혔는데, 시몬 드 보부아르Simone de Beauvoir와 착각한 게 틀림없다.

3) "보라, 어젯밤에는 내가 내 아버지와 동침했으니, 오늘 밤에도 아버지가 포도주를 마시게 하여 네가 들어가서 아버지와 동침하라. 이는 우리가 아버지의 씨를 보존하기 위함이니라." 창세기 19:31-36

4) Dextromethorphan hydrobromide브롬화수소산 덱스트로메토로판 성분으로 천식환자의 진해거담을 위해 주로 처방되며, 화학 구조상 모르핀과 유사하여 다량 복용할 경우 환각 증세가 나타난다.

| 작가의 말 |

처참하게 파괴된 건물 속에서
온전하게 남겨진 팔다리라도 찾아내고 싶은 간절한 소망으로
내일 폭격될 아이들의 살아 있는 팔다리에
그들의 부모는 떨리는 볼펜으로 연락처를 적어 넣는다
전쟁에서 승리하는 인간은 단 한 명도 없다
더욱이 아이들을 살해한 자들을 결코 용서해서는 안 된다
고독하게 순환하는 자들에겐 온전한 세계가 오랫동안 필요하다

**김솔**
2012년 〈한국일보〉 신춘문예에 당선되면서 작품 활동 시작. 소설집으로 『암스테르담 가라지세일 두번째』 『살아남은 자들이 경험하는 방식』 『망상, 어語』 『유럽식 독서법』, 『말하지 않는 책』, 장편소설로 『너도밤나무 바이러스』 『보편적 정신』 『마카로니 프로젝트』 『모든 곳에 존재하는 로마니의 황제 퀴에크』 『부다페스트 이야기』 『행간을 걷다』. 문지문학상, 김준성문학상, 젊은작가상 수상.

디에스 이라이

-

김덕희

-

Dies irae, dies illa, solvt saeclum in favilla.
진노의 날, 그날이 오면, 세상 만물은 재가 되리라.


\*


지하철역에서 사람들이 쏟아져나와 각자의 방향으로 흩어졌다. 기온은 며칠째 사월의 평균을 크게 웃돌고 있었다. 황사와 미세먼지 때문에 아직 해가 남아 있는데도 저녁이 다 된 것처럼 어두웠다. 사람들은 재난으로부터 도망치듯 걸음을 서둘렀다.

한 남자가 빌딩 옆의 골목으로 들어서며 담배를 꺼내 물었다. 낡은 일회용 라이터를 켜느라 잠시 멈춰 섰고 뒤에서 오던 사람들이 그를 피해 지나갔다. 그는 제자리에서 여러 번 불을 켜보다가 라이터를 들어 내용물을 살폈다. 라이터를 노려보는 그의 눈

가엔 주름이 가득했다. 그는 라이터를 몇 번 흔들어본 뒤 다시 고개를 숙였다. 철에 맞지 않은 두터운 점퍼의 앞섶을 펼쳐서는 있지도 않은 바람을 막아보기도 했다.

이윽고 라이터에서 새순처럼 작고 앙증맞은 불이 돋았다. 남자가 얼른 담배 끝을 입에 물고 경망스럽게 빨았다 뱉길 두어 번 만에 불을 붙이는 데 성공했다. 그러고도 연기를 몇 모금 더 볼이 홀쭉해지도록 깊이 빨아당겨 불씨를 온전히 살렸다. 연기를 길게 뿜어내는 그의 표정에 성취감 같은 것이 스쳤다.

대기가 정체되어 있기 때문에 연기는 얼른 흩어지지 못하고 뒷사람에게 고스란히 전달됐다. 하이힐 굽 소리가 빠르게 다가오다가 원피스 차림의 여자가 그를 향해 눈을 흘기며 지나갔다. 그러나 그는 여자의 종아리만 훑어보며 느릿느릿 연기를 한 번 더 뱉었다.

"흡연에 의한 민원 다발 지역"
"우리의 이웃을 위해 금연합시다."
"절대금연구역"

그가 통 넓은 바지를 너풀거리며 걷는 동안 골목의 담장과 건물 벽면을 따라 갖가지 경고 문구가 번갈아 나타났다. 그러나 그의 시선은 여자의 종아리만 집요하게 쫓고 있었다. 여자는 골목에서 큰길로 빠져나가며 사라졌다.

남자도 골목에서 나와 일방통행로의 사람들 사이에 합류했다. 도로는 큰 교회 건물의 주차장을 끼고 뻗어 있었으며 남자는 사람들을 아랑곳하지 않고 담배 연기를 계속해서 내뿜으며 걸었다. 교회 앞에서는 잘 차려입은 사람들이 두 줄로 늘어서서 손뼉을 치며 찬송가를 부르고 있었다. 수요 저녁 예배를 올리기 위해 입장하는 신도들을 맞이하는 중이었다. 원피스 차림의 여자도 그 사람들 사이로 사라졌다. 남자는 입맛을 다시며 여자가 사라진 곳을 잠시 쳐다봤다. 그리고 얼마 남지 않은 담배를 깊이 빨아당겼다.

남자가 마지막 연기를 휘파람 불 듯하며 교회를 향해 뱉어냈다. 연기는 묵직하고 느릿하게 허공으로 흩어졌다. 남자가 한참 연기를 쳐다보다가 눈을 몇 번 끔벅거리고 고개를 떨어뜨렸다. 손에 든 꽁초를 발아래에 튕기듯 던져버리고 발로 몇 번 짓이긴 뒤 걸음을 떼는데 주위의 몇 사람이 그가 서 있는 쪽을 향해 어, 하고 소리 질렀다.

그가 소리를 듣고 고개를 돌리려는 순간 벽돌이 그의 머리 오른쪽을 강하게 가격했다. 그는 그대로 쓰러지면서 땅을 짚었다. 사람들은 달아나듯 흩어지거나 그 자리에 얼어붙었다. 엎어진 채 땅을 짚고 있는 남자의 손이 바들바들 떨렸다.

"누가 담배를 길에서……"

양복 차림의 젊은이가 엎어진 남자 뒤에 서서 씩씩대며 말했다. 양복은 손에 들고 있던 벽돌을 들여다봤다. 돌덩이에 피가 조금 묻어 있었다. 그에 비해 쓰러진 남자의 오른쪽 귀와 목덜미에는 피가 흥건했다. 남자는 겨우 몸을 가누면서 정신을 놓치지 않으려 애썼다. 그러나 충격 때문에 어깨가 굳어버렸고 머리를 들 수 없었다. 땅을 짚고 있는 손을 머리 위로 들고 휘저으며 그저 혹시 있을 다음 공격을 막고자 할 뿐이었다.

 교회 바로 앞이었다. 교회 사람들은 신도들을 서둘러 들어오게 한 뒤 문을 닫아걸었다. 유리문 안쪽에서 상황을 살피며 미처 못 들어선 신도가 보일 때만 얼른 문을 열어주었다. 구경꾼들이 참극이 일어난 현장을 넓게 둘러싸기 시작했다. 벽돌을 든 양복이 남자에게 다가가 그의 옆구리에 구두코를 깊고 강하게 찍어 넣었다. 사람들이 다시 비명을 질렀고 남자는 배를 깔고 엎어진 채 괴롭게 숨을 몰아쉬었다.

 구경꾼들 틈에서 배달 오토바이 한 대가 비집고 나왔다. 오토바이는 상황을 그제야 발견하고 잠시 머뭇거렸다. 그러나 오래 머물지 않고 재빨리 현장을 가로질렀다. 반대편 사람들이 몸을 움직여 오토바이가 가려는 방향으로 길을 터주었다. 쓰러진 남자가 입만 뻐끔거리며 정신을 잃어가는 중에 양복이 그의 얼굴 앞으로 다가가 쪼그려 앉아 남자에게 귀를 기울였다. 남자가 힘겹게 애원했다.

 "사, 살려…… 주……"

 양복은 인상을 구기며 고개를 저었다.

 "아니요. 여기서 죽을 거예요. 그런데 뭘 잘못했는지는 아세요?"

 양복이 남자의 두 눈을 들여다봤다. 이미 초점을 잃어가고 있는 듯 어딜 보고 있는지 불확실했다. 남자는 어떻게든 몸을 일으키려 해 봤지만 소용없이 버둥거릴 뿐이었다. 이마를 땅에 붙인 채 한숨 쉬듯 대답했다.

"뭘……"

"길거리에서 담배 좀 피우지 말란 말이에요. 다음 생에서는 부디요. 알았죠?"

양복이 조용히 속삭이듯 말했다. 그런 뒤 벽돌을 높이 들어 남자의 머리를 다시 찍었다. 한 번, 두 번, 세 번…… 거듭된 가격에 결국 남자는 몸을 축 늘어뜨렸다. 그 광경을 보고 있던 이들 중에서 몇 명은 기절해 버렸다. 교회의 유리문 안쪽도 사정은 비슷했다. 주저앉아 숨을 몰아쉬는 사람이 있는가 하면, 바닥에 무릎을 꿇고 아까부터 계속 주님만 외치는 사람도 있었다. 길바닥에 늘어진 희생자의 몸이 의미 없이 한 번씩 움찔거렸다. 양복은 그나마도 잠잠해지길 기다렸다가 벽돌을 길바닥에 던졌다.

그는 피 묻은 손을 재킷 자락에 여러 번 문질러 닦은 뒤 자기 안주머니에서 휴대폰을 꺼냈다. 휴대폰을 조작하는 손이 자꾸 떨리는 바람에 하려던 것을 멈춘 채 고개를 들고 크게 숨을 들이켰다 내쉬었다. 하늘을 향한 그의 시선 끝에는 교회의 십자가가 있었고 그 순간 불이 켜졌다. 일몰이 시작되고 있었다.

그는 불 켜진 십자가를 보면서 몇 번 더 호흡을 가다듬은 뒤 휴대폰 카메라로 희생자를 한 번 찍고 그것을 자신의 SNS에 올렸다. 교회 앞으로 그새 구경꾼이 더 몰려들었다. SNS에 사람이 길바닥에 얼굴을 박은 채 피 흘리며 늘어져 있는 사진들이 올라가자 인터넷에서도 구경꾼이 삽시간에 몰렸다. 사진들 아래에는 해시태그가 달려 있었다.

#다음생에서는부디 #거리흡연

양복은 바닥에 가만히 주저앉았다. 그는 구두에 튄 피를 손으로 문지르다가 넥타이를 풀어 닦아봤다. 핏자국 중에서 깨알처럼 작게 튄 것들은 그새 말라붙어 실크 넥타이로는 잘 닦이지 않았다.

*

서울지검 형사 제3부 장한울 검사는 초임 때부터 지방으로만 돌다가 십 년을 거의 채우고서야 상경했다. 부산, 울산, 대전, 수원 그리고 서울. 아직 바닷바람을 쐬고 있는 동기들은 코스가 참으로 아름답다며 부러워했다. 동기들의 부러움을 산 만큼 장한울은 뭔가 극적인 변화를 기대했으나 배정되는 사건들은 어디에서도 있을 만한 그렇고 그런 것들뿐이었다. 십 년 동안 형사부만 돌며 매년 천오백 건 언저리로 받았으니, 지금까지 만 오천 개의 크고 작은 사건을 만졌다.

장한울은 만 오천…… 하고 읊조리듯 말해봤다. 체감되지 않는 수치이고 누가 믿어줄까 싶지만 사실이었다. 그야말로 자잘한 폭행 시비부터 살인까지 안 다뤄본 게 없었다. 이번 건처럼 둔기에 의해 머리가 깨진 사진도 적잖이 봤다. 그래서 처음엔 빤한 사건이라 생각했는데 아무래도 그렇지가 않았다.

그는 조서를 책상 위에 던지듯이 내려놓고는 의자에 깊숙이 몸을 파묻었다. 검사실 식구들이 자신의 감정적 움직임이나 숨소리에 긴장한다는 걸 알면서도 기분을 숨기지 못했다. 등받이를 한껏 젖힌 채 잠시 눈을 감고 숨을 골랐다. 왼손 주먹을 들어 이마 중앙을 꾹 누른 채 원을 그리듯 문질렀는데 그건 그가 생각의 타래를 풀고자 할 때마다 하는 습관이었다.

피의자 김준오(34)는 미혼이고 마포구 소재의 한 중견 홍보 대행사에서 육 년째 근무 중인 대리급 직원이다. 가족으로는 동네에서 중국집을 경영하고 있는 부모님과 전방 부대에서 육군 중령으로 근무하고 있는 형이 있다. 그는 범행 직후 도주하지 않고 사건 현장에서 경찰이 올 때까지 기다리고 있었다. 피해자 최희철(62)과는 일면식도 없는 사이다. 최희철의 사인은 두개골 함몰에 의한 다발성 뇌손상과 과다출혈. 부검의의 소견서는 점잔을 빼고 있었지만 간단히 말해 김준오가 최희철의 대가리를 벽돌로 박살냈다는 소리였다.

"죄에 대한 어떠한 처벌도 달게 받겠으며 피해자의 가족에게 심심한 사과의 뜻을 전합니다."

조서의 끝에 김준오가 남긴 말이다. 지금까지 진행된 심문에 성실히 임했고 심신미약을 주장한다거나 하며 형량을 줄여보고자 하는 어떠한 시도도 보이지 않았다. 경찰은 체포 9일 만에 기소 의견으로 사건을 넘겼다.

왜 그랬을까.

SNS에 올린 사진은 금방 필터링되어 막혔다. 그러나 복제된 사진이 온라인에서 증식했다. 이슈가 된 만큼 언론에서도 피해자의 머리 부분만 흐리게 처리해 사진을 자주 다뤘고 김준오가 이쪽으로 호송될 때는 기자들이 까마귀 떼처럼 몰려들었다. 김준오는 방송 카메라 앞에서 당당했다. 포토라인에서 몇 장 찍혀주고 말 일인데 조사받을 때 했던 말들을 다시 읊어대는 걸 경찰들이 급히 제지해서 호송차에 태웠다. 일련의 장면은 방송사 카메라에 고스란히 찍혀 전국으로 나갔다.

"그 아저씨의 담배 연기 뒤에는 아이를 안고 가는 엄마도 있었습니다. 죽어 마땅한 놈이라 생각했습니다."

김준오는 평소에도 길거리에서 담배를 피우는 사람들에게 불만이 많았다. 본인도 흡연자인데 그게 그렇게 싫었단다. 그래서 경고를 해주고 싶었다. 그런데 누가 죽지 않으면 아무도 신경 쓰지 않을 것 같았다. 자신을 투사로 여기고 있었고 후회도 하지 않았다. 다만 본인과 피해자의 가족에게는 미안하다고 했다.

장한울은 이마를 누르던 주먹을 떼어내고 등받이를 세웠다. 검사실 사방 벽에 쌓여 있는 사건 파일들이 차례를 기다리고 있었다. 철저히 무감해져야 했다. 어떤 강력범죄라도 그저 저 아래 세상의 아귀다툼처럼만 보아야 했다. 수사하고 형을 받아내는 일이 자신이 해야 할 전부였다. 사건에 이입되지 말자. 하나를 덜어내면 곧 새 사건이 오는데 일일이 감정을 싣다가는 몸과 정신을 보전하기 힘들었다.

왜 사건은 마치 절대량이 있어야 하는 것처럼 조금도 줄어들지 않는가. 검사 생활을 하며 그런 질문이 들 때마다 학부 시절 법철학을 가르치던 전공 교수의 말을 생각했다. 장의사가 먹고살려면 누군가는 죽어줘야 하듯 우리에겐 악이 필요하다. 1학년 장한울은 교수가 말한 '우리'에 이미 자기가 포함되어 있는 건지 물어보고 싶었다. 교수는 썰렁한 분위기 속에서 혼자 웃다가 고대 그리스 철학자 에피쿠로스가 제시한 딜레마를 들려주었다.

첫째 질문. 전지전능하고 선하다는 신이 정말 있다면 왜 악이 없어지지 않는가? 아무리 신이라도 악을 완전히 없애지는 못해서인가? 그렇다면 신은 전지전능하지 않으며 무능하기까지 하다. 다음 질문. 악을 없앨 능력은 있는데 없애지 않는 것인가? 그렇다면 신은 선하지 않다. 마지막 질문. 전지전능하고 선한 신에게는 악을 없앨 능력도 있고 의지도 있는가? 그렇다면 다시 물을 수밖에 없다. 악은 왜 존재하는가. 교수는 그 대목에서 학생들을 둘러보며 빙긋이 웃었다. 장한울은 또 무슨 괴상한 농담을 하려나 싶어 저도 모르게 인상이 찌푸려졌다.

신은 인간사에 개입하지 않는다.

장한울은 교수의 말을 듣곤 살짝 놀라 눈썹을 들었다. 생각할수록 그 논리가 꽤 그럴싸했다. 거기에 장한울은 한마디 덧붙여 봤다.

신에게 인간은 구더기나 마찬가지기 때문이다.

"공익의 대표자로서 정의와 인권을 바로 세우고……"

검사복을 처음 입고 선서를 외울 때 장한울은 선서문을 비웃고 있었다. 신이 인간사에 개입하지 않듯 본인도 그러지 않기로 작정한 지 오래되었다. 법은 철학이 아니며 법전은 경전이 아니다. 법은 그저 인공자원일 뿐이다. 그리고 인간은 누구나 자신의 이

익을 위해 자원을 활용한다. 고시를 준비하는 동안 법전을 아무리 들여다봐도 머릿속으로 들어오지 않던 조문들이 그렇게 생각한 뒤로 놀랍도록 쉽게 흡수되는 걸 느꼈다.

장한울은 옛날 기분을 떠올리며 다시 벽돌 테러 사건을 뒤적이기 시작했다. 그때 박 수사관이 서류를 그러모아 책상 위에 탁탁 소리 나게 내리쳤다. 흘낏 봤더니 이마가 넓어지고 있는 둥그스름한 옆얼굴에서 입매가 단단해졌다. 검사는 박 수사관이 뭔가를 잡았을 때, 아니 정확히 말하자면 뭔가를 잡았다고 생각했을 때마다 꼭 저런다는 걸 알고 있었다. 손발을 맞춰온 지난 2년 동안 패턴이 같았다. 수사관이 검사 앞에서 애써 자신감을 과시하는 건 자기도 소싯적엔 사법고시 응시생이었다는 자격지심에서 발원한 것 같았다.

박 수사관이 책상 옆으로 다가와 노트 한 권쯤 되는 두께의 출력 용지 뭉치를 건넸다. 검사는 수사관이 건넨 것을 보지도 않고 물었다.

"뭐 좀 나왔어요?"

"검사님. 이거 분명히 또 터집니다."

수사관의 눈빛에는 확신이 담겨 있었다. 장한울은 그제야 서류를 뒤적이며 되물었다.

"또 터진다고요?"

"먼저 말씀드렸다시피 피의자의 카드 이용 내역 중에 스토리 스테이션이란 사이트가 있었잖습니까."

검사가 손가락을 들어 허공에 돌렸다. 다 아는 내용은 건너뛰라는 뜻이었다. 피의자가 거기서 뭘 읽었는지를 확인해야겠다기에 수색영장을 받아다 준 만큼 들여다보고 알아낸 것의 핵심만 빨리 말해주길 바랐다.

"디에스 이라이?"

"라틴어로 진노의 날이란 뜻입니다. 레퀴엠, 이라고 하죠, 그러니까 말하자면, 위령미사곡이라는 게 있잖습니까? 디에스 이라이는 거기에 딸린 부속곡의 첫 소절 가사로……"

검사는 박 수사관의 말을 건성으로 들으며 서류를 더 들춰봐도 그 이상의 내용은 보이지 않았다. 박 수사관은 직접 브리핑하고 싶은 건 서류에 담지 않았다. 노트 두께로 정리한 서류의 대부분은 '디에스 이라이'라는 웹소설을 출력한 것이었다.

"그래서요?"

검사가 재촉하자 박 수사관은 마른침을 한번 삼킨 뒤 마치 외워 온 것처럼 말을 쏟아냈다.

"내용을 보시면, 이번 사건과 아주 비슷합니다. 평소에 멀쩡히 자기 일을 하면서 잘 지내던 사람들이 사회악을 응징하겠다고 사람을 죽이기 시작하거든요. 비리 공무원을 죽이고 악덕 사업가를 죽이고 조폭 두목을 죽이죠. 신이 시켜서요. 천상의 임무를 수행하는 자는 죽어서 천사가 된다고 합니다. 짐작하시겠지만 사이비 교주가 배후입니다. 이승에서의 삶은 고통의 연속일 뿐이니 집착하지 말고 사후의 영광을 누리자는 교리로 사람들을 현혹하는 겁니다."

검사는 첨부된 소설을 훑어보는 동시에 수사관이 뭘 말하고자

하는지 짚어보려 애썼다. 수사관과 만난 지 얼마 되지 않았을 때, 사법고시도 폐지된 마당에 로스쿨을 두드려보라고 한 적이 있었다. 그때만 해도 그에 대해 잘 모를 때였다. 다 정리된 일을 처리하면서도 사소한 것들을 파고 앉아 있기 일쑤였고 혹시나 새롭게 건네는 게 있을까 해서 기다려주면 언제나 빈손으로 일어나서는 멋쩍게 웃기만 했다. 그런 박 수사관에게서 15년 경력에 어울리는 예리함이나 결단력 같은 건 보이지 않았다. 사건에 너무 깊이 들어가지 말라고 지적해도 습관을 버리지 못했다. 검사는 수사관이 고시에 실패한 이유를 단정해서 말할 수 있을 것 같았다. 자기는 일찌감치 버렸던 습관, 즉 불필요하게 사건에 이입하는 습관 때문이었다.

"그러니까 계장님 말씀은, 김준오가 이 소설을 읽고 영감을 받아서 심판자 역할을 자임했다. 그거예요?"

박 수사관은 조금 당황했고 서둘러 덧붙였다.

"네, 아마 이상하게 들리시겠죠. 근데 그냥 드리는 말씀이 아닙니다. 거기, 8쪽에 제가 형광펜으로 표시한 부분 좀 보시죠. 두 장 뒤에 있을 겁니다."

검사는 귀찮은 걸 치우듯 몇 장 거칠게 들춰 수사관이 가리키는 걸 찾았다.

— 부디 저세상에서는 뉘우치길.

앞뒤를 읽어보니 이른바 심판관이 사람을 죽인 뒤 뇌까리는 말이었다. 수사관은 지금 김준오가 본인의 SNS에 참극의 사진을 올리며 달아놓은 해시태그를 말하고 있는 것이었다.

"'다음 생에서는 부디'랑 비슷하네요?"

수사관이 검사의 책상 쪽으로 한 걸음 다가서며 반색했다.

"그렇죠. 그게 바로 이런 사건이 또 터질 거라는 강력한 증거입니다. 분명합니다."

"분명…… 해요?"

"네. '디에스 이라이'의 유료 구독자는 3만 명이 넘습니다. 회까닥해서 심판관으로 나설 가능성이 있는 사람이 무려 3만이란 소리죠. 이건 사족인데 회차당 열람료가 5백 원이거든요. 한 회 올리면 천오백 넘게 번다는 뜻입니다. 저도 소설이나 쓸까 봅니다."

수사관은 실없이 웃었고 검사는 그런 수사관을 향해 이맛살을 힘껏 찌푸렸다. 수사관은 검사의 표정을 보고 자세를 바로잡았다.

"죄송합니다. 아무튼, 댓글들을 보면 일반인들이 평상시 생활 중에 마주치는 악행들 이야기가 가득합니다. 빌런이라고들 부르죠. 맨 뒷장에 제가 정리해 놨는데요, 보시면, 누가 좀 나쁜 놈들을 소설 내용처럼 시원하게 응징해 주면 안 되겠느냐면서, 이 나라 사법 기관에 더는 기대할 게 없다는 식의 메시지가 엄청 많습니다. 심지어 용기 내서 희생해 준다면 가족을 평생 책임져주겠다는 소리까지 있을 정도죠. 적개심들이 이만저만 아닙니다."

검사는 서류를 가만히 덮으며 수사관 자리 맞은편에 앉아 있는 실무관을 슬쩍 쳐다봤다. 그녀는 기계처럼 뭔가를 계속해서 타이핑하는 중이었다. 딸이 초등학교 4학년이라고 했던가. 요즘 해리 포터에 푹 빠져 있어서 엄마에게 캐릭터나 마법 주문 같은 걸 자꾸 얘기해주는데 도무지 무슨 소린지 헷갈려서 애먹고 있다고 했던 게 기억났다.

"계장님. 잘 알겠습니다. 알겠는데…… 그럼 이 소설의 작가가 살인을 교사했다는 거네요? 불러다 조사해야 할 텐데, 뭐라고 물어보죠? 당신의 독자가 지금 당신 소설을 읽고 살인을 저질렀는데 소설에 무슨 수를 쓴 거냐고 물어볼까요? 어디 봅시다. 화이트잉크? 하필이면 필명을 쓰네요? 나이도 성별도 전혀 공개돼 있지 않고요, 제 생각엔 이런 사람이라면 참고인 조사에 응할 것 같지가 않은데요? 그러면 또 영장을 쳐야 하고…… 판사한테는 뭐라고 하죠? 성명 미상의 어떤 소설가가 불특정 다수에게 모종의 방식으로 최면을 걸어 사람을 죽이고 있다. 앞으로도 그럴 가능성이 크니 급히 잡아들여야 한다. 이렇게 말하면 될까요?"

검사가 길게 얘기하는 동안 수사관의 단단하던 입매는 힘없이 늘어졌다.

"작가가 메일로는 소통하는 것 같습니다. 제가 한 번 시도를……"

"계장님!"

검사가 목소리에 힘을 실었다. 수사관은 하던 말을 멈추고 두 손을 아랫배에 가지런히 모은 채 기다렸다. 검사는 실무관이 듣고 있기 때문에 수사관의 체면을 너무 깎아버릴 수는 없어 숨을 한 번 고른 뒤 평소의 억양으로 계속 말했다.

"정말 수고하셨는데요. 우리, 사건 너무 많잖아요. 안 그래요? 차고 넘치잖아요. 그러니까 계장님. 여기까지만 하시죠. 넘기자고요."

 수사관은 얼른 대답하지 않고 입술을 달싹였다. 검사는 그런 그를 계속 쳐다보고만 있었고 한참 만에야 수사관은 눈을 내리깐 채 조용히 자리로 돌아갔다.

\*

 사건 두 개가 연달아 터졌다. 많은 것이 '서울 서북부 벽돌 테러 사건'과 비슷했다.
 먼저는 칼부림이 있었다. 아파트 지하주차장이었고 피의자는 평범한 주부였다. 그녀는 남편과 중학생 아들을 아침 먹여 내보내고 마트에 다녀온 길이라 했다. 주차구역 두 칸을 차지하고 있는 슈퍼카를 발견하곤 멀리 떨어지지 않은 곳에 자기 차를 세웠다. 관리실로 올라가서 차 번호를 대며 신고하자 관리실 직원은 인터폰으로 연결해 차주에게 주의를 줬다. 차주는 거기 아니라도 빈자리가 많을 텐데 왜 사람을 귀찮게 하느냐고 오히려 고함을 질렀다. 들리기론, 없는 사람이 옆에 대다 긁기라도 해서 큰돈을 물게 되면 오히려 더 큰 문제가 아니냐고도 했다.
 그녀는 직원의 전화기에서 흘러나오는 소리를 들으며 장바구니에 들어 있는 새 과도를 떠올렸다. 그리고 저쪽에서도 들릴 만큼 큰 소리로, 차를 긁어버려야겠다고 외친 뒤 관리실에서 나왔다. 주차장으로 다시 내려가 진짜로 차를 긁어놓곤 자기 차로 돌아가 기다린 지 10분 만에 슈퍼카의 차주가 반바지 차림으로 나타났다. 고함치며 화내던 목소리에서 상상했던 것과 달리 몸집이 작았다. 그녀는 운전석에서 그를 노려보며 과도를 소매 속에 감췄다.

차주는 본인의 차 보닛의 정중앙에 날카로운 걸로 새겨진 글자, "씨발놈"을 발견하고 흥분했다. 마구 고함을 질러가며 욕하기 시작했고 그녀는 장바구니를 들고 내려서는 조금 떨어져 지나가며 겁먹은 척했다. 차주는 인기척을 느끼고 성난 얼굴을 그녀에게 돌리긴 했으나 장바구니를 보고는 다시 보닛 위를 살폈다. 그녀는 차주가 보닛에 새겨진 글자를 손으로 문질러보며 정신이 완전히 거기 팔려있는 걸 확인하고 과도를 꺼냈다. 그리고 그의 목에 칼을 꽂았다.

첫 번째 공격이 6번 경추 오른쪽으로 들어가 추골동맥을 단번에 갈라냈다. 그러나 경찰은 그걸 전문가의 솜씨로 보지 않았다. 이어진 일곱 번의 공격에는 추가적인 치명타가 없었기 때문이다. 게다가 마지막에는 칼끝이 피해자의 견갑골에 막히는 바람에 피의자의 손이 과도의 손잡이에서 미끄러졌다. 손은 그대로 칼날을 쓸며 움켜쥐었고 주부는 손바닥을 깊게 베었다. 만약 손을 다치지 않았더라면 몇 번을 더 찔렀을지 모른다고 했다. 마침 지하주차장에 들어선 다른 주민이 현장을 목격했고 곧바로 관리실에 연락했다. 관리인이 내려와 확인하고 신고해 경찰이 현장에 도착했을 때는 이미 해시태그가 달린 사진이 SNS에서 퍼지는 중이었다.

#다음생에서는부디 #주차질서위반

오전 10시 24분이었다. SNS에 피의자가 올린 이전의 사진으로는 벚꽃이 만발한 천변에서 카메라를 향해 환하게 웃고 있는 얼굴이 있었고 그전에는 어느 북토크에 참여했다가 저자 사인을 받고 좋아하는 모습이 있었다.

그로부터 약 여덟 시간 뒤에 지하철 전동차 안에서 또 하나의 사건이 터졌다. 이 사건은 다수의 목격자가 동영상을 찍은 덕에 정황이 아주 자세히 남겨졌다.

퇴근 시간대가 막 시작될 무렵이었다. 피해자는 20대 청년이었고 임산부 배려석에 앉아 있었다. 청년은 몇 사람이 자길 찍고 있다는 걸 알면서도 일어나지 않았다. 그러기는커녕 자길 찍고 있는 휴대폰을 향해 중지를 빳빳하게 세워 보이기도 했다. 피의자는 40세의 헬스 트레이너였다. 그는 청년에게 다가가 훈계했다.

'비워둬야 하는 자리다.'

청년은 그에게 눈길도 주지 않은 채 휴대폰 게임에 빠져 있었다. 트레이너가 남자의 휴대폰을 빼앗았다. 청년은 그제야 귀에서 이어폰을 빼며 뭐냐고 물었다. 트레이너가 다시 한번 훈계했는데 청년은 앉은 채 팔짱을 끼며 대꾸했다.

'법에는 규정이 없는 걸로 안다. 지자체 교통공사에서 임의로 만든 규칙을 내가 왜 따라야 하나.'

'사회적 배려라는 걸 모르는가.'

'임산부가 보이면 비켜주면 되지 않는가. 당신이 무슨 상관

인가.'

트레이너는 격분해 청년을 구타하기 시작했다. 청년은 나름대로 저항해 봤지만 상대는 덩치가 두 배쯤 됐고, 한때 격투기 프로 선수 지망생이기도 했다. 트레이너는 이른바 길로틴 초크라는 기술로 청년의 목을 졸라 죽였는데, 목격자들은 의식을 잃게 해서 제압하려는 게 아니라 처음부터 아예 몸에서 머리를 뽑아버릴 작정인 것 같았다고 했다. 그는 자기 겨드랑이에 목이 낀 청년이 두 팔을 바닥을 향해 늘어뜨리고, 끝내 무릎마저 풀려서 체중을 온전히 자기 목에 매달아 놓을 수밖에 없게 된 뒤로도 한참이나 그대로 버텼다.

전동차 기사가 사건을 전달받고 운행을 중단한 사이에 역사 인근 지구대에서 경찰들이 투입되었을 때가 되어서야 트레이너는 청년을 놓아주었다. 청년은 헝겊 뭉치처럼 바닥에 쓰러졌고 움직이지 않았다. 경찰들이 경계하며 수갑을 꺼내는 동안 트레이너는 휴대폰을 꺼냈고 사진도 찍었다. 그리고 또 하나의 SNS 게시물이 생겼다.

*#다음생에서는부디 #임산부석무단착석*

트레이너의 SNS에는 구슬땀을 흘리며 운동하고 있거나 울퉁불퉁한 근육을 자랑하고 있는 사진들이 대부분이었다.

*

화이트잉크.

소설가. 1989년에 모 신문사의 신춘문예를 통해 데뷔했고 몇 권의 소설집과 장편소설을 내보았으나 평단과 대중의 관심은 받지 못했다. 일찍이 한국 문단이 웹소설의 가능성을 애써 폄하할 때부터 계속 그러고 있는 지금까지 작가는 늘 양측의 접점을 고민해 왔으며 첫 연재작「디에스 이라이」는 그렇게 태동했다. 최종화를 앞둔 현재 총 99화의 누적 열람 수가 300만 건을 넘었으며 이미 전 세계 20개국과 번역 출판 계약을 완료했다.

장한울 검사는 영상심문실에 들어와 앉자마자 질문지를 훑어보다가 하, 소리를 내며 덮었다. 별 뜻이 있어 그런 건 아니었고 그저 습관이었다. 참고인이든 피의자든 그렇게 한숨 쉬는 검사 앞에서 제 잘못이 생각보다 꽤 심각한 게 아닐까 하고 긴장하도록 만들기 위한 수사 기법의 일종이기도 했다. 박 수사관은 옆에 앉아 맞은편 사람을 맑은 눈으로 쳐다보고만 있었다.

화이트잉크, 본명 구종숙.

검사는 작가가 단번에 참고인 조사 요구에 응했을 때 한 번 놀랐고 60대 중반의 여성인 데 한 번 더 놀랐다. 염색한 듯 새까만 단발머리와 한껏 정성을 들인 화장으로는 나이를 가늠하기 어려웠다. 몇 권의 소설집과 장편소설을 냈다는 소개문이 있긴 했지만「디에스 이라이」를 읽어본 느낌으로는 30대 남자 작가를 상상하고 있던 터였다.

　작가는 작은 몸을 의자 등받이에 기댄 채 검사와 수사관을 물끄러미 바라보고만 있었다. 까만 정장 타입의 옷이 그녀의 몸을 더욱 작아 보이게 했다. 검사가 그녀의 가슴에 달린 네잎클로버 모양의 브로치를 보고 있을 때 그녀가 조용히 입을 열었다.

　"장, 한, 울 검사님…… 장한울…… 장한울……"

　작가가 독백하는 연극배우처럼 깨끗한 발성으로 검사의 이름을 되뇌었다. 검사는 작가의 브로치가 유난스럽다 싶게 크고 화려하다는 생각을 하며 이번에는 작가의 두 눈을 똑바로 노려봤다.

　"네. 제가 소환장 보낸 장한울 검사입니다. 아는 사람 중에 같은 이름이라도 있어요?"

　검사는 조사를 시작하기도 전에 먼저 함부로 중얼거리는 참고인의 태도가 마음에 들지 않았다. 작가는 검사의 말을 듣자마자 허리를 세우면서 두 손을 모아 가슴에 갖다 붙였다. 몸집만큼이나 손도 작아서 초록색의 화려한 네잎클로버 잎사귀들이 더욱 커다랗게 보였다. 검사는 작가의 장난스러운 동작에 눈살을 찌푸렸다.

　"장한 우리…… 아들?"

　작가는 그렇게 묻고는 두 손을 가슴에 모은 자세 그대로 동그랗게 뜬 눈을 몇 번 깜빡였고 검사는 귓바퀴가 뜨거워졌다. 설마 그걸 물으리라고는 생각지 못했다. 어릴 때부터 사람들은 장한울의 이름을 두고 집안이 천도교를 믿느냐, '장한 우리'의 줄임말이냐 하며 묻곤 했다. 그러나 임용된 뒤로는 그런 질문을 받지 않아도 되었다. 그것만으로 장한울은 한국 사회에서 누구도 함부로 대할 수 없는 검사 신분을 실감할 수 있었다. 그런데 나이에 맞지 않게 천진난만한 척하는 작가의 입에서 잊었던 질문을 받으니 얼굴에 침을 맞은 기분이었다.

"구종숙 씨, 지금 마실 나왔어요? 살인사건 참고인인 거 몰라요? 단도직입적으로 말해서, 당신 독자들이 살인을 저지르고 있다는 얘기에요. 뉴스며 인터넷이며 난린데 그런 질문이 나옵니까?"

검사가 테이블을 강하게 두 번 두드렸다. 테이블 두드리는 소리가 밀폐된 심문실을 자못 위협적으로 울렸다. 그러나 작가는 입을 삐죽이곤 다시 등받이에 몸을 기댈 뿐이었다.

"재미없네. 괜히 왔나 보다. 근데 여긴 물도 한 잔 안 주나? 나이 먹은 사람 목말라 죽으면 어쩌려고?"

검사는 말없이 참관실 쪽 유리벽을 향해 턱짓했다. 잠시 뒤 실무관이 커다란 종이컵에 물을 가득 받아 들어왔다. 작가는 물을 아주 조금 맛보고 내려놨다. 종이컵에 빨간 입술 자국이 뚜렷하게 남았다.

"뉴스랑 인터넷? 내가 다 봤으니까 나왔지. 그런 걸로 참고인을 압박하는 거야? 검사들은 어떻게 사십 년 전이랑 하나도 변한 게 없을까?"

검사는 이미 신원을 조회해 봤기 때문에 작가가 지금 대학 시절 집시법 위반으로 1년 집행유예를 받은 이야기를 꺼내려 한다는 걸 알 수 있었다. 대개 이런 경우 자기 이야기를 늘어놓으며 의도적으로 조사를 방해하곤 하기 때문이었다. 나이 든 사람일수록 더 그랬다. 다른 변죽을 더 울리기 전에 본론에 들어가야 했다.

"됐고, 어떻게 생각해요? 언론에서 떠드는 얘기 말이에요. 최소한 모방범죄는 맞는 것 같은데, 책임감 같은 거 안 느껴요?"

검사가 심각하게 묻는데 작가는 다시 눈에 장난기를 띠었다.

"내가 로비에서 기자들 어떻게 뚫고 올라왔게? 세상에, 내가 기자들 뒤로 돌아서 로비 곁문으로 들어올 때까지 전부 딴 데만 보고 있더라니까? 그런 소설 쓰는 사람은 귀 뚫고 코 뚫고 문신도 좀 있는 남자애 정도로 생각했다 이거지. 검사님도 내가 나이 든 아줌마라 놀랐지? 내가 문단에서 아주 잊히긴 잊혔구나 싶더라고. 젊을 때는 이상문학상 후보에도 오르고 그랬는데, 어떻게 아무도 몰라보냐?"

"소설에서 걸핏하면 사람을 죽였는데요, 평소에 사회 구조나 정치적 문제에 불만이 많으십니까?"

검사는 작가에게 말려들지 않기 위해 준비된 질문만 이어갔다.

"그것도 참 그래. 누구는 사람을 둘이나, 그것도 자매를, 도끼로 콱콱 찍어서 죽여도 되고, 나는 좀 그러면 안 돼? 어차피 이야기인데?"

검사가 수사관을 돌아보며 다른 웹소설 중에 그런 게 있는지 눈짓으로 물었다. 수사관도 모르는 눈치였다. 작가는 그런 두 사람을 향해 혀를 찼다.

"이럴 줄 알았지. 법, 법 할 줄만 알고 문학은 아주 꽝이네. 도스토예프스키 몰라? 죄와 벌 말이야. 내가 이런 사람들이랑 얘길 하러 왔다, 왔어."

"이봐요, 구종숙 씨!"

검사가 다시 손바닥으로 책상을 힘껏 두드렸다. 그러나 작가는 아랑곳하지 않고 천천히 종이컵을 들어 물을 한 모금 더 마실 뿐이었다. 종이컵 가장자리에 찍힌 립스틱 자국이 조금 넓어졌다.

"나도 서러워. 내가 문학상이라도 몇 개쯤 받았더라면, 그리고 그런 소설가로서 유명해졌다면 검사님이 이렇게 나올 수 있겠어? 국가가 예술을 통제하려 한다고 난리 칠 텐데? 아, 맞다. 판매금지가처분! 그거 해야 된다는 얘기 있더라? 검사님도 알지? 화이트잉크는 악마라고 하는 사람들이, 내가 늙은 아줌만 줄 알면 악마가 아니라 마녀라고 했겠지만 아무튼, 그런 개소리를 해대잖아. 사이트에서 글을 내리라는 건데, 좋아 까짓거, 검사님이 가처분 그거 한 번 해줘 봐. 어떻게 되나 보자고. 나 진짜 궁금하거든. 사람들이 막 더 읽어보고 싶어 하고 표현의 자유 어쩌고 하면서 들고 일어날 것 같지 않아? 사이트 대표랑 이 얘기하면서 얼마나 웃었는데. 대가리에 똥만 든 새끼들."

검사는 또 책상을 두드리려다 참았다. 더는 말려들기 싫었다. 작가는 어떤 시나리오를 준비해서 온 것만 같았고 검사로서는 그 예상을 비껴가는 게 절실했다. 검사는 질문지에서 눈에 띄는 게 있어 밑줄을 천천히 그었다. 박 수사관이 준비했으나 너무 어이가 없어서 뺐던 것이었다. '「디에스 이라이」에서 여자는 왜 안 죽나요.' 검사는 이 질문을 보자마자 저도 모르게 짜증이 솟구쳐서, 북토크 가십니까! 하고 수사관에게 물었다. 그러나 지금은 이런 질문으로라도 허를 찔러야 했다.

"표현의 자유란 게 있긴 있습니까? 글에서 여자는 절대 안 죽이던데, 사람들 눈치 보느라 그러는 거 아니에요? 요즘엔 뭐든 간에 여자를 건드리기만 하면 혐오네 뭐네 하니까, 구종숙 씨도 조회수 때문에 각별히 신경 쓴 거 아니냐고요. 그런데도 표현의 자유가 있다는 겁니까?"

작가가 미간을 좁히다 얼른 풀었다. 검사는 그 표정을 놓치지 않았다. 먹혀들었다는 얘기였다. 작가는 숨을 한 번 깊이 내쉬고 대답했다.

"야박하게 글이 뭐야 글이…… 작품이나 소설이라고 불러주면 돈 들어?"

"중립적인 표현입니다."

검사는 일단 작은 잽 한 방은 먹인 기분이 들었다.

"근데 그거, 믿거나 말거나 그냥 그렇게 된 거야. 의도? 그런 거 없어. 연재가 중반을 넘어갈 때 댓글에 정말 그런 말이 나오더라고. 나도 놀랐지 뭐야. 맞아, 세상이 그래. 여자 캐릭터는 함부로 못 건드려. 내 예술적 영감도 그런 세상의 틀에 제한을 받은 거지. 그리고 슬퍼지더라. 사람 죽는 이야기 읽으면서 그게 여자냐 남자냐 따지는 인간들이 내 독자라면 그만 써야 하는 게 아닌가 싶더라고. 괜한 오기가 생겨서 그냥 하던 대로 쭉 남자만 죽였지 뭐. 내가 스포 하나 할까? 살짝만. 마지막으로 또 한 사람이 죽거든. 그게 바로 여자야. 어떤 댓글이 올라올까나? 지금 몇 시야? 최종화가 오픈될 때가 된 것 같은데…… 근데 나 화장실 좀 다녀와도 돼?"

 검사는 어느 대목부턴가 듣기 지루해져서 시선을 질문지에 두고 있었다. 화장실에 다녀오겠다며 틈을 확보하려 하는 걸로 봐서는 어쨌든 방금 질문이 작가의 무엇을 건드린 건 맞는 듯했다. 그는 손만 들어 천천히 머리 뒤로 넘기듯 흔들었다. 작가가 자리에서 일어나 옷매무시를 다듬으며 말했다.

 "늙으면 이게 참 귀찮아. 물 고거 좀 마셨다고…… 그래도 난 아직 기저귀는 안 차."

 "얼른 다녀오기나 해요. 뭐 그런 것까지……"

 검사는 작가가 심문실을 나가는 걸 보면서 방금의 언행에도 어떤 의도가 있다고 확신했다. 처음부터 작가는 조사를 받으러 온 게 아니라 검사를, 나아가 국가 기관을 조롱하기 위해 나타난 것이었다. 모든 질문을 예상하고 있었고 아직 꺼내지 않은 질문마저 쓸모없게 만들었다. 심문실을 자기 집처럼 여기는 배짱만 봐도 그렇게 생각할 수밖에 없었다.

 사십 년 전에 데모하다 잡혀 왔을 때도 저랬을까.

 처음부터 여론에 떠밀려 참고인으로라도 부른 것이었다. 조사 중에 혐의점이 나와서 피의자로 전환될 가능성은 애초에 없었고, 혐의점이란 건 만들자면 만들 수도 있겠으나 보여주기용으로 하는 조사인데 그럴 이유가 없었다. 필명을 쓰며 본인을 드러내지 않기에 불응할 줄 알았다. 계속 버티면 영장을 받아야 하는데 생각하기도 귀찮은 일이었다. 그런데 뜻밖에 조사에 응하겠다고 해서 얼른 형식적인 질문만 준비했다. 허술했던 걸 인정하면서도 홀가분했다. 세계는 어차피 악과 선이 팽팽히 대결하며 균형을 유지하는 중이고, 어쩌다 보도듣도 못한 악이 나타나는 바람에 사람들이 당황하는 것뿐이었다. 그래서 지어낸 이야기 따위를 공격하는 게 아닐지. 검사는 일종의 마녀사냥이란 생각마저 들었다.

기다리기가 지루해질 즈음 박 수사관이 휴대폰을 보며 말을 걸어왔다.

"와, 최종화 진짜 올라왔네요. 뭐지? 내용은 없고 링크만······"

검사는 조사를 어떻게 마무리할까 생각하느라 수사관의 말에 관심을 주지 못했다. 그러다 수사관이 급히 의자를 밀며 일어나는 기척에 놀라 그를 쳐다봤다. 수사관은 참관실 쪽 유리벽에 대고 소리쳤다.

"구급차 부르고 전부 나와서 화장실 다 뒤져요! 검사님은 이거 좀 끝까지 읽어보시고요."

수사관이 휴대폰을 던지듯 테이블 위에 내려놓고 심문실을 뛰쳐나갔다. 검사는 휴대폰을 불길한 물건 대하듯 조심스럽게 집어 들었다. 작품이 연재되고 있던 사이트가 아니라 구종숙의 이름으로 된 SNS 화면이었다.

〈'디에스 이라이' 최종화를 대신하여〉

안녕하세요 독자 여러분. '디에스 이라이'를 연재한 작가 화이트잉크입니다.

보안 때문에 제 개인 SNS 피드에 예약을 걸어 공개합니다.
그러니 지금 읽고 계신 글에 저 외에 어떤 사람도 관여할 수 없었다는 점 분명히 밝힙니다.
디에스 이라이의 최종화는 없습니다.
미완으로 남겨두려 합니다. 대신 제 마지막 인사를 전합니다.
제 본명은 구종숙이고요, 예순다섯 먹은, 할머니입니다.
무명작가로 살다 죽을 운명이었는데 어쩌다 과분한 사랑을 받았습니다.
작품의 조회수가 올라갈 때마다 다시 태어난 기분이 들더군요.
저를 소설가로 살다 죽게 해주셔서 독자님들께 무한히 감사드립니다.
네. 저는 오늘 이 세계를 아주 떠납니다.
제 소설 때문에 실제로 살인이 벌어진다는 얘기는
처음부터 저를 아주 겁먹게 했습니다.
제 소설의 내용과 너무나 비슷한 살해 동기나 수법을 거듭 접하면서
저는 끔찍한 지옥 속에서 살고 있었습니다.
비록 참고인 조사지만 검찰에서 소환장까지 날아든 지금,
저는 이 지옥을 하루빨리 벗어나고 싶어졌습니다.
지금까지 졸필로 많은 분께 심려를 끼쳐 죄송합니다.
희생된 분들과 유가족께도 깊이 사죄드립니다.
제가 저에게 가하는 살해 수법은
희생자 여러분이 겪은 것만큼 끔찍하지 않아서 미안합니다.

저를 공격한 사람들을 원망하지 않습니다.
그런 만큼 제 소설을 연재해 준 사이트를 비롯해서
저를 옹호해 준 분들도 불필요한 비난을 받지 않았으면 합니다.
저의 하찮은 몸을 수습해야 할 서울지검 관계자 여러분께도 송구하단 말씀 남깁니다.
마지막으로 가족에게 미안하고 사랑한다는 말 전합니다.

화이트잉크 구종숙은 심문실 한 층 아래 여자 화장실에서 발견됐다. 변기 물에 왼팔을 담근 채 엎드려 있었는데 변기 안팎으로 피가 낭자했고 오른손 근처에는 커다란 네잎클로버 모양의 브로치가 피에 물든 채 떨어져 있었다. 발견자가 급히 지혈하긴 했으나 이미 립스틱이 지워진 일부 입술 부위에서 짙은 청색증이 확인됐다.

"어떡하죠, 검사님?"

수사관이 울상을 지으며 물었다.

"작정한 건데 어쩌겠어요. 감사나 준비하죠. 영상심문실 기록 잘 확보해 놓읍시다."

검사는 심문실에서 두 번쯤 테이블을 두드린 장면이 영상 기록에 어떻게 담겨 있을지 생각하며 후속 조치들을 지시했다.

\*

구종숙은 목숨을 건졌다. 그러나 과다출혈에 의한 쇼크로 뇌사와 유사한 상태에 빠졌고 병실에 누워 있는 동안 여름이 왔다. 사건들은 서둘러 소비된 뒤 조용하고 빠르게 잊혔다. 우선 구종숙의 초기작들이 재조명되었는데, 첫 소설집의 해설에서 "한국소설의 서정성이 회복되는 조짐"이라 평가했던, 작가의 모교 국문학과 교수에게 언론이 인터뷰를 요청했지만 오래전에 퇴임해 전원생활을 하고 있던 그는 건강상의 이유로 거절했다.

온라인 소설 플랫폼 스토리 스테이션은 세간의 우려와 항의에도 불구하고 작품을 내리지 않았다. 사이트의 대표는 순수한 창작 예술이 일부 극단적 사람들의 범죄 때문에 누명을 쓴 거라고 했고, 자기는 그걸 벗겨줄 책임이 있다고도 했다. 작품의 조회수는 꾸준히 늘었다. 어느 젊은 문학평론가가 자기 SNS를 이용해 「디에스 이라이」는 하찮은 스너프 필름이라고 혹평하며 스토리 스테이션을 불법 성인 사이트에 비유하기도 했다. 결과적으로 그의 글은 「디에스 이라이」의 조회수를 조금 늘려주기만 했다. 모방 범죄가 이따금 발생했으나 폭행에 그칠 뿐이었다. 언론은 주목하지 않았고 보도하더라도 단순 시비나 다툼으로 표현했다.

그사이 법무부의 검찰징계위원회에서는 장한울 검사에게 참고인 관리 소홀의 책임을 물어 견책을 결정했다. 구두경고나 다름없는 얕은 수위의 징계였다. 검사는 징계를 받아들였다. 불가항력의 일이었으므로 징계에 불복할 명분이나 논리가 없는 것은 아니었다. 그러나 사람이 죽을 뻔한 일에 대한 값으로는 싸다고 생각하는 게 좋을 듯했다. 자칫 징계위의 권위에 맞서는 태도로 비치면 조직 내에서 잃을 게 더 많았다. 따지고 보면 징계위로서도 솜방망이 처벌이라는 세간의 비판을 감수한 결정이었다.

　징계가 마무리되면서 구종숙이나 이상한 소설 따위는 깨끗이 잊을 거라 예상했다. 늘 그래왔고 앞으로도 그래야 했다. 그러나 검사는 사건들을 대하는 자세가 예전과는 조금 달라졌다는 걸 스스로 느꼈다. 일주일 전에 70대 남성이 구청 민원실에 휘발유를 소지하고 들어가 난동을 부리다 불을 질렀다. 불법으로 개축한 빌라 건물에 구청이 시정명령을 내렸는데 건물주인 피의자가 정당한 사유 없이 수차례 불복하여 구청은 강제 이행금을 부과했다. 경찰 조사에서 피의자는 나라가 자기만 표적 삼아 벌금을 때린 것 같아서 화가 났다고 했다. 다친 사람은 없었으며 민원실 직원이 재빨리 진화해 재산상의 피해도 크지 않았다.

　"도대체 빌라까지 가진 새끼가 이 지랄을 해서 뭘 얻어내겠다는 거야? 그냥 노망인가?"

　박 수사관과 실무관이 서로 눈짓을 주고받으며 검사의 눈치를 봤다. 장한울 검사가 사건을 들여다보면서 꼭 욕을 섞지 않더라도 피의자에 대해 어떤 식으로든 평가하는 건 아주 이례적인 일이었다. 검사는 인간의 이성에 대한 일말의 기대조차 버린 지 오래였다. 그런데 요즘엔 자꾸 화가 났다. 검사는 '진노'한 신이 되어 민원실 방화범에게 내릴 수 있는 법정 최고형을 찾아봤다. 아무리 꼬투리를 잡으려 애써도 다친 사람이 없고 재산상의 피해도 적어 벌이 너무 가벼웠다. 검사의 머릿속에 주운 벽돌, 새로 산 과도, 훈련으로 몸에 익힌 길로틴 초크 같은 것들이 떠올랐다.

박 수사관이 자리에서 일어나 검사에게 다가와 휴대폰 문자메시지 화면을 들어 보이며 활짝 웃었다.

"검사님, 구종숙 씨가 깨어났답니다. 다행이네요."

"네, 다행이네요."

검사는 과연 다행인지 되물으려다 그렇게만 대답하곤 눈길을 다시 서류에 박았다. 후유증이 쉽게 회복될 나이도 아니고 앞으로 사람들의 입길에 오르내릴 일들이 먼저 떠올랐다. 그렇다고 그런 걸 수사관과 토론하긴 귀찮았다. 견책이 떨어지기 전에 깨어났더라면 징계위가 어떻게 결정했을지 정도는 궁금했다. 수사관은 검사의 미지근한 반응에 머리를 긁적이며 자기 자리로 돌아갔다.

|작가의 말|

슈퍼맨, 스티븐 시걸, 성룡, 브루스 윌리스가 악을 처단하고 다니는 걸 보며 자랐다. 이후 수많은 히어로들을 봐왔다. 이젠 너무 많아서 혼란스럽다. 내게 어벤져스의 멤버들이 가진 능력과 사연들을 다 아는가 물으면 자신 없을 정도다. 그리고 그런 이야기들이 심지어는 공허하다. 아무리 봐도 내겐 그냥 산타클로스 같은 존재들이기 때문이다. 현실에서는 저렇게 많은 악당들이 활개 치고 있잖은가.

이 소설에는 악에 대한 심판관을 자처하고 자신을 희생해 버리는 세 명의 우리 이웃이 등장한다. 어떻게 보면 익행이라기보디 이기적인 행동일 뿐인 이들을 상대해 이 세 사람이 가졌던 무서운 분노는 오롯이 내 안에서 끄집어냈다는 점을 고백한다. 그 분노가 살의와 가깝다는 걸 깨닫고 놀라고 괴로워한 적도 많다. 확 써버리고 나니 나는 일단 시원하다. 나와 비슷한 경험이 있는 독자들도 이 이야기를 읽고 답답한 마음이 조금이나마 풀어지면 좋겠다.

이렇게 적어놓고 끝내면 이 작가, 과연 안전한 사람일까 하고 걱정할 분들이 있을 것 같다. 안심해도 좋다. 작가가 되기 위해 내 안에서 이는 극단적인 감정을 회피하지 않고 오래 마주하는 훈련이 되어 있을 뿐, 이런 감정을 이야기 짓는 일 외에는 사용할 생각이 전혀 없다. 사랑, 연민, 그리움과 같은 아련한 감정을 내 안에서 최대치로 끌어올려 보는 것과 비슷하다.

**김덕희**

2013년에 단편소설 「전복」을 발표하며 작품 활동 시작. 소설집 『급소』 『사이드 미러』, 장편소설 『캐스팅』, 웹북 『고문헌연구회』 『절벽의 노래』 『초대의 매너』 『디에스 이라이』 출간. 한무숙문학상 수상.

| 리뷰 |

### 최이아 /「당신도 조심하시오」

시대물에 퀴어, 추리, 판타지가 다 들어있는데 전혀 어색하지 않고 자연스러운 건 소설에 대한 작가의 성실한 자료 준비, 그리고 한 문장 한 문장에 쏟아부은 내공 때문일 것이다. 21세기적 소설의 한 가능성을 타진하고 있다고 볼 수 있고, 그것은 단연 다장르 융합형 소설에 대한 기대감을 고조시킨다. 새로운 가능성에 대한 시도가 억지스럽거나 작위적이지 않고 매우 자연스럽게 구현되고 있어 이 작가가 쓰는 이후의 작품에 대한 기대감이 커진다.
▷책물고기,「퀴어, 추리, 판타지를 감당하는 작가의 내공」


### 조재민 /「X에서 늙어 죽은 최초의 인간에 관한 보고서」

내게 이 작품은 소설을 쓸 때 형식을 어떻게 활용해야 하는지 보여주는 좋은 예시였다. SF소설들이 다른 글의 형식을 차용하는 이유 중 하나는 이를 통해 낯선 설정에 리얼리티를 부여하기 위해서라고 생각한다. 하지만 소설과 잘 붙지 않는 경우 오히려 이 기능이 역으로 작용하거나, 형식만 부각되고 이야기는 가려지기 쉽다.

이 작품이 단편소설이라는 점 그리고 실존 인물까지 언급하는 근미래 설정인 점을 고려했을 때 보고서 형식은 좋은 선택이었다고 생각한다. 새로운 세계를 보여주는 소설이 설득력을 가지려면 독자에게 많은 양의 정보를 제공해야 한다. 그러나 단편 분량 안에서 이 과정이 충분히 이루어지기는 쉽지 않다. 이 소설은 보고서 형식에 맞춰 서술과 설명으로 사건을 진행하는데, 이때 세계관의 세세한 설정들은 사실의 형태로 사건의 흐름과 평행하게 이야기 안에 들어온다.

또한 이 소설은 가상 세계를 보여주지만 그 세계가 위치하는 곳은 현실이다. 실존 인물과 이미 예정된 프로젝트가 언급되며 현재와 시간대를 공유한다. 이 시점이 가지는 장점과 단점도 양면적인데, 독자가 더 쉽게 배경에 몰입할 수도 있지만 그 반대의 가능성도 있다. 작가가 만든 세계와 현실의 간극을 크게 느끼는 독자의 경우, 전형적인 픽션 형식은 소설의 모든 사건이 허구인 것 같은 인상을 더 강화할 수 있다.

이 소설은 곳곳에 각주와 인용을 배치하여 이 글이 이미 세상에 존재하는 객관적 자료를 토대로 작성된 듯한 느낌을 준다. 그리고 소설 첫 부분에 작성자가 기자라는 것, 이 보고서가 한 인물에 대한 기록이라는 것을 밝히는데 이를 통해 독자는 미래적 배경보다 현실에서 있을 법한 인간인 주인공 필립의 이야기에 더 집중하게 된다. 소설에서 형식이 가지는 효과와 중요성에 대해 다시 한번 생각하게 해준 작품이다.
▷TPB, 「보고서라서 더 좋았던 소설」



장성욱 / 「티셔츠」

「티셔츠」의 첫 문장은 '소리가 들린 것은 새벽이었다'로 시작한다. 독자는 그것에 대해 어떤 의혹을 품지 않고 응당 새벽에 소리가 들린 것으로 받아들인다. 그런데 그 소리라는 것이 일상적인 소리가 아닌, 말하자면 이미 판타지 설정으로 깔판이 깔려 있는 소설적 세계관 속에서의 '소리'이나. 그 소리는 죽이시 디서츠 안으로 들어가 버린 언니의 목소리이다.

이러한 설정에 대해 작가는 왈가왈부하지 않는다. 어떤 경로로 언니가 티셔츠에 들어간 것인지, 티셔츠 안은 어떤 세상인지, 언니가 들어간 티셔츠는 어떤 종류의 것인지, 그냥 흰 티셔츠라고만 언급한다. 심지어 죽은 언니와 나의 관계가 어떠했길래, 언니가 나를 다시 찾아온 것인지조차 말하지 않는다.

하지만 독자는 첫 문장에서부터 자연스레 티셔츠 안의 세상으로 진입하게 된다. 독자 자신도 의식하지 못하는 사이에, 작가는 능청스러운 괴력(?)으로 독자의 목덜미를 가볍게 붙잡고 그 세상 안으로 데려가 주는 것이다. 독자의 입장에서는 판타지 세상으로 진입하는 과정에 있어서 불필요한 정신적 에너지를 낭비할 필요가 없는 것이다. 대단한 소설적 기법이라는 생각이 들었다.

소설의 각 페이지는 최소한의 언어로 채워진다. 그로 인해 각 페이지는 여백의 미를 가지며 그 자체로 흰 티셔츠라는 이미지를 연상시킨다. 최소한의 언어 구사로 여백의 미를 살린 것은 작가의 의도적인 전략일 것이다. 소설을 활자 예술이라는 측면에서 볼 때, 매우 독창적이며 세련미를 갖춘 프로페셔널한 소설로 읽혔다.

▷ 솔트, 「여백의 서사가 전달하는 힘」


## 임재훈 / 「공동」

피라미드는 기원전 2000년에 만들어졌다고 한다. 그러니까 로마인이 이집트를 점령했을 때, 피라미드는 그들 눈에도 고대 문명의 유산이었다. 우리로 치면 기자조선의 유물을 보는 기분이었을 거다.

무엇이 피라미드를 저토록 오래 유지하게 만들었을까. 그 비밀은 평범한 버팀, 저항하지 않는 마음, 긍정 반사, 무엇보다 예로부터 내려온 질서를 존중하는 것이다. 질서를 존중한다는 건, 나쁜 말로 변화와 혁신을 배척하는 일이기도 하다. 새롭지 아니한 인간만이 현실에 안주한다.

80년대 후반부터 쌓여있는 작업물이란 결국 변화에 저항하는 힘이며, 버티는 힘이며, 기성 질서에 순응하는 힘이다. 그것을 우주의 에너지가 증명했다. 이것은 선악의 문제가 아니다. 그래서 소설은 재밌으면서도 서글프고 기상천외하면서도 익숙하다. 나는 나의 동공을 물끄러미 바라본다. 생존을 위해 퇴화한 것들이 켜켜이 쌓여있는 동공을 말이다.

▷ㅇㅅㅇ, 「버티는 자들의 슬픔」


## 이아타 / 「인디고블루 청바지로부터」

흔하디흔한 사랑과 이별 이야기를 이렇게 유쾌하게 쓰는 작가가 또 있을까? 아마 찾기 힘들지 않을까 싶다. 소설이 매력적인 건 아마도 작가의 독특한 표현력 때문이라 생각한다. 허무맹랑한 청바지에 대해 말하려 한다며 자신 있게 시작하는 도입부에서부터 작가의 패기에 놀라지 않을 수 없다. '자신을 허무맹랑한 청바지라고 생각하는 여자'—이런 독특한 표현은 소설을 처음부터 몰입하게 만드는 힘을 가졌다. 작가는 어느 문장 하나 쉽게 쓰지 않았다. 문장을 읽을 때마다 입을 떡 벌어지게 만드는 독특하고 개성 있는 표현이 소설을 읽는 내내 눈을 뗄 수 없게 만들었다.

이 소설이 매력적인 건 캐릭터 때문이기도 하다. 특별할 것 없는 흔한 이별 이야기에 깊이 빠져들 수밖에 없는 이유는 주변에 실제로 존재할 것 같은 너무나 사실적으로 그린 캐릭터 때문일 것이다. 주인공의 마음이 고스란히 전해져 마치 내가 주인공이 된 듯한 강한 몰입감을 느낄 수 있다.

   살얼음 낀 매콤 시원한 열무국수 한 그릇 들이켠 것 같은 시원한 결말에 박수가 절로 나왔다.

   ▷오백, 「사이다 같이 청량한 소설」

## 이시경 / 「나는 그것의 꼬리를 보았다」

   이 소설은 한 치 앞도 예상할 수 없다. 사건이 상징적 의미와 유기적으로 결합해 나가며 결말에 이르기 때문이다. 그 과정을 통해 주제가 부력을 받으며 독자는 직관적인 의미를 전달받는다. 주인공이 한 아이를 만나며 벌어지는 일들을 읽고 나면, 소설 속에서 사건은 이렇게 사용하는 것이고, 상징은 이렇게 사용하는 거라고 독자에게, 어쩌면 AI에게도 말해주는 듯하다. AI가 제아무리 많은 학습을 통해 기발한 듯 보이고, 방대한 지식으로 새로운 이야기를 써내는 것처럼 보여도 한계는 명확하다.

   "나를 살려줬던 아이가 그랬어. 영원한 스토리의 세상에 들어가려면, 영혼이 깃든 이야기를 통해서만 가능하다고."

   주인공이 사는 곳은 창신동 골목으로, 채석장 바로 아래 위치한 골목 마을이다. 소설 속에는 해수구제사업이 언급되고 호랑이가 나오는데, 이야기를 읽다 보면 '약탈'이라는 숨겨진 키워드도 보인다. AI의 발달로 소설가의 창의적 영역, 언어가 빼앗기고 밀려나는 주인공의 상황을 상징한다.

이시경 작가의 소설을 통해서, 이렇게 다층적인 이야기에 한국적 판타지의 상징성까지 적절한 위치에 사용하는 것은 AI가 구현하기 힘든 영혼의 영역이라는 생각이 든다. 또 문장 하나도 허투루 쓰지 않는 미덕을 보여준다. 예를 들어 챗봇과 협업하는 작가들과 만난 후 길을 걸어가며 미끄러운 눈길에서 휘청이는 모습에 대한 묘사를 읽으면, 그의 불안감, 현재의 위태로움이 직관적으로 느껴진다. 이런 걸 AI가 할 수 있을까?

그래서 이 소설을 읽고 나서 질문하고 싶다는 생각을 했다. 당신은 소설가가 될 것인가? 노동자가 될 것인가? 그리고 이렇게도 말해주고 싶다. 호랑이를 지켜야 한다고. AI 창작문학 이야기를 하다가 호랑이가 웬 말인지 궁금하다면, 판타지와 현실을 자유롭고 생생하게 써낸 이 소설을 꼭 읽어보라고 추천하고 싶다.

▷김유, 「AI가 할 수 없는 것을 보여주는 소설」


### 방성식 / 「셸터」

「셸터」는 낯선 배경 속 흥미진진하게 펼쳐지는 의식에 대한 소설이다. 셸터에 갇혀 버린 주인공의 의식은 과거, 환각, 현재를 아우르며 진행되고, 종국에는 하나의 환상적인 그림으로 통일된다.

작가는 이 작품이 공포물 클리셰라고 말한다. 그것을 밝히고 간 것의 자신만만함은 빼어난 문장, 서사의 탄탄함, 세팅의 탁월함 등에서 기인한다. 작가가 그렇듯, 주인공도 공포물의 클리셰를 의식하고 있다. 주인공은 그것을 기꺼이 따른다. 주인공이 작중에 클리셰를 '의식'하고 있기에, 서사는 낯설게 뻗어간다.

이 소설은 '클리셰'보다는 '클리셰 짓밟기'에 가깝다. 단서는 주어진다. 독자의 머릿속에는 다음 장면 후보지 두어 개 정도가 그려진다. 그중 하나는 맞을 수도, 틀릴 수도 있다. 그렇지만 '별 상관은 없다.' 그게 이 작품의 포인트다.

인간은 모두 주인공과 다를 바 없이 여섯 면이 다 막힌 막막한 셸터에 갇혀 있다. 그들은 환각과도 같지만, 현실과도 크게 다르지 않다. 그래서 별 상관은 없는 것이다. 그런 셸터에서 탈출하는, 비로소 자유로워지는 귀중한 경험을, 이 소설은 제공한다. 우리 개개인은 어떤 입방체형의 셸터에 갇혀 있는가, 혹은 숨어 있는가, 사유할 수 있었던 작품.

▷minimum, 「클리셰의 힘」

## 박은비 / 「창(槍)」

> 몸을 관통한 창(槍)에 대해 모르는 척하는 것이 이 지역의 룰이었다. (박은비, 「창」 본문 인용)

첫 문장부터 이미 시작되었다. 나도 모르게 그 지역의 주민이 된 것이다. 어느새 내 몸에는 어제와 오늘을 지나온 창들이 꽂혀 있었고, 나를 스쳐 지나가는 사람들의 몸에도 어제와 오늘의 창들이 꽂혀 있었다. 룰은, 서로의 몸을 관통한 창에 대해 서로 모르는 척하기.

과연 그 지역에서는 어떤 일들이 벌어지게 될까.

힘이 느껴지는 첫 문장이었다. 잔뜩 부풀려지거나, 한껏 포장된 것이 아닌, 팽팽한 긴장감이 한풀 꺾이고 난 이후에 비로소 채워지는 내공의 힘이랄까. 거기에 시치미를 뚝 떼는 천연덕스러움까지 겸했다. 그래서일까. 꼼짝없이 목덜미가 잡힌 채 '이 지역'의 주민이 되어 이야기 속으로 끌려 들어갔다.

사실 이 소설은 매우 쉽게 읽힌다. 스토리 라인이 거창하다거나, 캐릭터 자체가 독특한 성격의 소유자도 아니다. 오히려 어디서나 볼 법한, 아주 흔한 인물의 이야기가 '이 지역 사람들의 몸에는 창이 꽂혀 있다'는 단순한 설정에 의해 전개되어지는 것이다. 탄탄한 스토리라인 때문일까, 읽는 내내 많은 공감이 갔다.

한 가지 재미있는 점은, 이 소설에는 '직관적 상상력'이라는 이름으로 조제된 약간의 마법 가루가 뿌려진 듯하다. 신기하게도 평상시에는 잘 모르다가, 타인에게 상처를 주거나 혹은 타인으로부터 상처받는 상황이 발생할 때면, 어느샌가 내 몸에, 네 몸에, 그리고 우리 몸에 꽂힌 창들을 보게 된다! 소설 속에서 작가가 동원하는 직관적 상상력은, 이 소설을 읽는 독자라면 누구에게나 분명 현실 속에서 타인을 이해하는 강력한 수단으로 작용하는 것이다. 이를 통해, 타인과의 관계 속에서 나 스스로 눈덩이처럼 불려 가던 고통과 상처가 어느새 형체를 잃어가며, 더 이상 그것들에 매몰되지 않을 수 있게 된다.

이 소설을 다 읽고 나서, '상상력'이란 결국 타인을 이해하기 위한 첫걸음의 한 방식이 아닐까 하는 생각이 들었다. 독특하고 재미있는 발상, 그 이면에 숨겨진 따스한 시선이 느껴지는 소설이었다.

▷솔트, 「첫 문장부터 나는 찔렸다」


## 도재경 / 「그가 나무인형이라는 진실에 대하여」

이 소설은 꽤나 충격적인 이야기를 늘어놓으며 시작한다. 자신이 사람이 아니라 나무인형이라는 고백. 소설 전체의 차분하고 담담한 문체는 이 거짓말을 더욱 능청스럽게 만든다. 소설은 이 말이 진실인지 거짓인지 집요하게 파고들지는 않는다. 하지만 소설을 다 읽으면 이 말이 진실일 수도 있겠다는 생각을 하게 만든다.

묘한 감정이 든다. 그가 왜 자신을 나무인형이라고 믿고 살아왔는지, 그의 아픔과 정체성에 대한 혼란이 어떻게 그런 믿음을 가지게 했으며, 그것을 우리가 어떻게 받아들여야 하는지 말하고 있다. 놀라운 이야기이면서 가슴 아픈 이야기다.

나무인형이라고 주장하는 인물이 처음에는 신기했지만 후반부로 갈수록 동정심이 생기고 그를 이해하게 된다. 그를 이해하게 됨으로써 그가 실제로 나무인형일 수도 있겠다는 생각을 하게 만든다.

꽤나 관념적이고 철학적인 주제에 대해서 이야기하고 있지만, 그 주제가 다뤄지는 무대와 등장인물은 굉장히 친숙하고 일상적이라, 스토리와 그의 거짓말에 거리낌 없이 빠져들게 된다. 마지막 반전적인 부분을 통해 작가는 우리 스스로를 돌아보게 만든다.

▷호미잼아, 「당신도 혹시 나무인형이 아니신지요?」


## 김 솔 / 「고독한 순환을 즐기는 검은 유체」

김솔 작가가 쓰는 소설은 그냥 소설이 아니다. 독자와 단순하게 소통하는 보통의 소설이라고 하기에 그의 소설은 너무 독자적이고 독창적이다. 그래서 어떤 평론가는 "김솔은 태어나지 않은 독자들을 위해 쓴다"고 했다. 태어나지 않은 독자들을 위해 쓴 소설이니 당대 독자들을 불편하게 하는 소설이라는 말은 하나 마나 한 것이 된다. 요컨대 쉽게 잘 읽히는 소설에 길들여진 독자들은 김솔 작가의 소설에서 까나리액젓 맛을 느낄 수도 있겠지만, 김솔 표에 익숙해진 독자들은 이 세상 어떤 소설 맛과도 비견할 수 없는 독창적인 맛을 느낄 것이다.

「고독한 순환을 즐기는 검은 유체」는 17살에 갑자기 흑인이 된 H의 이야기이다. H는 의사에게 유전자를 바꿀 수 없느냐고 묻지만 의사는 집에 가서 샤워하고 자라고 응대한다. 결국 17살에 흑인이 된 이 소년은 진정한 흑인으로 존중받기 위한 10가지 조건을 인지하고 현실을 받아들인다. 흑인은 태어나는 게 아니라 만들어진다는 인식을 극복할 수 없는 게 현실이기 때문이다.

누가 흑인인가.

이 소설은 단지 피부가 까만 흑인에 대한 이야기가 아니다. 우리가 사는 세상을 완전하게 뒤덮고 있는 억압과 부조리, 지배와 피지배의 불가항력적 구조 속에서 만들어지는 '흑인'에 관한 처참하고 섬뜩한 이야기이기 때문이다. 태어난 게 아니라 만들어진 흑인 H가 단지 H에서 멈추지 않는 이야기, 그러니까 이 소설은 당신과 내가 사는 세상을 배경으로 한 이야기, 당신과 나의 이야기이다.

▷ 얼그레이, 「흑인은 태어나지 않고 만들어진다」


## 김덕희 / 「디에스 이라이」

이 소설은 형식적인 면이 돋보인다. '디에스 이라이'라는 웹소설이 소설의 중심 테마이기도 하면서, 이 소설 자체도 웹소설처럼 전개된다. 웹소설과 관련된 이야기를 웹소설처럼 풀어가고 있는 것이다. 쉽고 빠른 템포, 사회악을 하나하나 응징해 나간다는 시리즈물 같은 전개 과정까지. 그래서 이 소설의 주요한 관전 포인트는 웹소설적인 소재와 형식을 어떻게 문학적으로 풀어내고 있는가를 지켜보는 것이다.

개인적으로는 소설이 확장을 위한 확장을 하고 있는가 아니면 수렴을 위한 확장을 하고 있는가를 기준으로 웹소설과 문학의 경계가 생긴다고 생각하고 있다. 대표적으로 '재벌집 막내아들' 같은 웹소설을 보면, 과거로 회귀해서 정보를 독점하고 있는 주인공이 현대사의 주요한 변곡점들을 지나오며 최대 재벌 가문과 맞서면서 독자들에게 사이다 같은 전개와 재미를 준다. 같은 패턴으로 이야기가 계속 확장되지만 어느 순간 독자들은 지치고, 무한히 확대된 이야기는 출구를 찾지 못한 채 맥없이 끝난다. (실제로 드라마화된 동 작품의 결말에 대한 엄청난 실망과 비판이 있었다.)

만약 이것을 문학적으로 다룬다면, 수렴을 위한 전략적 확장이 되었을 것이고, 결말 부분이 완전히 달라졌을 것이다. 「디에스 이라이」에서도 웹소설에 영감을 받은 독자들이 직접 사회악을 처단해 나가지만(거기까지는 흡사 웹소설을 읽고 있다는 느낌까지 주지만) 이 이야기는 후반부에 접어들면서 수렴을 준비하기 시작한다. 왜 이 흥미로운 이야기를 우리가 지금 이 시대에 주고받아야 하는지에 대해서 이 소설만의 방식으로 풀어가는 것이다. 그 출구를 지켜보는 재미가 있다. 그것은 범죄가 유형화되어 그 죗값이 상품처럼 매겨지는 사회에 대한 비판의식을 담고 있기도 하다. 결국 그 변화는 이 사건을 수사하던 담당 검사의 내적 변화로부터 시작된다.

▷ **호미잼아, 「현대사회의 분노에 대하여」**



(*리뷰는 스토리코스모스(www.storycosmos.com) '리뷰'란에 게재된 것들 중 글쓴이들의 허락을 얻어 선별 발췌 수록)

| 파동과 공명 |

# 새로운 융합형 소설들의 가능성

2023년에 『전두엽 브레이커』로 스토리코스모스 소설선001을 처음 선보인 이후 지난 일 년 동안 스토리코스모스에서 발굴한 작품들을 선별해 두 번째 소설선을 독자들에게 선보인다. 총 11편을 선별하고 보니 장르형 소설이 6편, 사실주의 계열이 5편이다. 이와 같은 소설선을 기획하게 된 애초의 의도가 한국 소설문학의 지형도에서 장르문학과 본격문학의 경계가 더 이상 무의미하다는 판단 때문이었는데 이 두 번째 소설선에서 그것은 분명한 사실로 입증되고 있다.

장르와 본격의 경계가 무의미해졌다는 말은 장르적 기법을 차용했음에도 불구하고 문학성을 넉넉하게 확보한 빼어난 작품들이 많아지고 있다는 의미이기도 하다. 장르이건 본격이건 문학성이 문학의 생명이라는 관점에서 보자면 이것은 소설 영역에서 일어나는 중차대한 21세기적 융합 현상이라고 보여진다. 분명한 장르적 갈래를 보여주는 게 아니라 다종다양한 융합의 가능성을 입증하고 있는 것이다.

이 책에 수록된 11편을 분류해보면 다음과 같다.

「당신도 조심하시오」
「X에서 늙어 죽은 최초의 인간에 관한 보고서」
「티셔츠」
「나는 그것의 꼬리를 보았다」
「셸터」
「창(槍)」

「공동」
「인디고블루 청바지로부터」
「그가 나무인형이라는 진실에 대하여」
「고독한 순환을 즐기는 검은 유체」
「디에스 이라이」

위에 제시한 6편이 장르적 기법을 차용한 소설이고 아래 다섯 편이 사실주의 계열의 소설이다. 책을 읽어보면 소설의 내용상 이와 같은 분류를 하는 게 아무 의미가 없다는 걸 알게 될 것이다. 소설이 한 편의 이야기라고 전제할 때 그 궁극의 목표는 독자와의 소통에 있다. 문제의 핵심은 소통이고, 소통을 극대화하는 전략으로 장르적 기법이 작가들에게 널리 활용되는 것도 그와 같은 맥락과 무관하지 않을 것이다.

위에 올린 6편의 소설을 읽어보면 작가들이 자기 소설의 전달

효과를 극대화하기 위해 장르적 기법을 얼마나 치열하게 활용하는지를 분명하게 알아차릴 수 있을 것이다. 한 편의 단편소설에서 다장르적 수용의 가능성을 타진하고 있는 「당신도 조심하시오」, 미래 지향성 없는 현실 세계의 타개책으로 만들어진 일론 머스크의 '메타버스 X'가 지닌 디스토피아적 세계성을 다룬 「X에서 늙어 죽은 최초의 인간에 관한 보고서」, 인과성을 제시하지 않고도 깊고 아픈 여운을 남기는 「티셔츠」, 외래품으로서의 판타지가 아니라 순수한 한국적 판타지의 가능성을 열어 보이는 「나는 그것의 꼬리를 보았다」, 호러의 클리셰를 역으로 낯설게 변주하는 「셸터」, 판타지를 너무나도 사실적인 기법으로 펼쳐 보여 소름 돋게 하는 「창(槍)」 같은 소설들의 장르 기법 차용은 다른 관점으로 보자면 현실을 소설화하는 사실주의 소설기법의 진화라고 볼 수도 있을 것이다.

사실주의 영역의 소설이라고 볼 수 있는 나머지 다섯 편의 소설들도 모두 저마다의 개성을 통해 분명한 메시지를 전하고 있는데 그 소설들의 경향성도 이전의 사실주의 계열 소설들과는 사뭇 분위기가 다르다. 마술적 사실주의를 연상시키는 「공동」이나 사소한 일상성을 경쾌한 표현주의 기법으로 낯설게 만드는 「인디고 블루 청바지로부터」, 장르와 사실주의의 경계에 걸친 「그가 나무 인형이라는 진실에 대하여」, 21세기적 변사소설의 한 유형을 새로운 장르처럼 심화시킨 「고독한 순환을 즐기는 검은 유체」, 장르 자체를 제재로 삼는 「디에스 이라이」가 그것을 여실히 보여준다.

SF적 기법이건, 추리적 기법이건, 판타지적 기법이건, 사실주의적 기법이건, 21세기 소설에서 가장 중시되는 건 누가 뭐래도 낯선 개성과 스타일이다. 이전과의 과감한 차별화를 꾀하기 위해 많은 작가가 장르적 기법을 차용하는 게 시대적 필연이라는 생각이 들게 만드는 지점이다.

아무튼 이와 같은 소설 지형도의 실시간적 변화는 독자와의 소통을 통해 또 다른 가능성으로 개진될 것이다. 전문적 SF 영역의 소설들이 그 고유성의 심화로 독자와의 소통이 소원해지는 경향을 보이고, 판타지의 극한 영역 확장이 오히려 독자적 공감대의 영역을 줄어들게 만든다는 관점에서 보자면 장르적 기법을 적절하게 활용하는 사실주의적 융합형 소설의 확장은 한국 소설문학의 새로운 가능성이 아닐 수 없다.

낯선 개성과 스타일에 있어 가장 큰 가능성을 내포하고 있는 대상은 기성작가들이 아니라 작가 지망생들이다. 스토리코스모스가 그들 잠재적 작가군에 큰 관심을 가지고 1년 4분기 상시적 작가발굴을 진행하는 건 바로 그와 같은 가능성을 현실화하기 위해서이다. 그 신인 작가들이 모두 빼어나게 활동한다는 보장은 없으나 그들이 등단과 동시에 소설문학의 최전선으로 뛰어들어 혼신을 다한 고투를 벌인다는 건 누구나 알고 있는 사실이다.

이 책에 선정된 11편의 소설 중 7편이 새파란 신인급 소설가들의 작품이라는 사실은 많은 걸 암시해 준다. 제대로 활동할 기회가 주어지기만 한다면 그 신인급 작가들로부터 한국 소설문학은 많은 변화의 추동력을 얻게 될 것이다. 하지만 그들은 여러 제약과 제한 속에서 답답하고 숨 막히는 5분대기조의 삶을 이어 나간다. 스토리코스모스에서 진행하는 등단 작가 소설 발굴과 소설선 간행이 이와 같은 측면에서 한국 소설문학의 숨통을 크게 트이게 하는 드넓은 활로가 되기를 기원해 본다.

**박상우** (소설가 · 스토리코스모스 대표 에디터)

**스토리코스모스 소설선 002**

초판 1쇄 발행 | 2024년 11월 11일

지은이 | 최이아 외
편집인 | 이용헌
펴낸이 | 박상우
펴낸곳 | 스토리코스모스
주　소 | 경기도 고양시 일산서구 탄중로 101번길 36, 105-104
전　화 | 031-912-8920
이메일 | editor@storycosmos.com
등　록 | 2021년 5월 20일 제2021-000101호

ⓒ 박상우, 2024

ISBN 979-11-93452-76-9  03810

* 이 책의 판권은 지은이와 스토리코스모스에 있습니다. 양측 동의 없는 무단 전재 및 복제를 금합니다.
* 잘못된 책은 교환해 드립니다.

www.storycosmos.com